COBALT-SERIES

後宮瑞華伝

戦戦恐恐たる花嫁の謎まとう吉祥文様

はるおかりの

集英社

後宮瑞華伝

戦戦恐恐たる花嫁の謎まとう吉祥文様

目次

イラスト／由利子

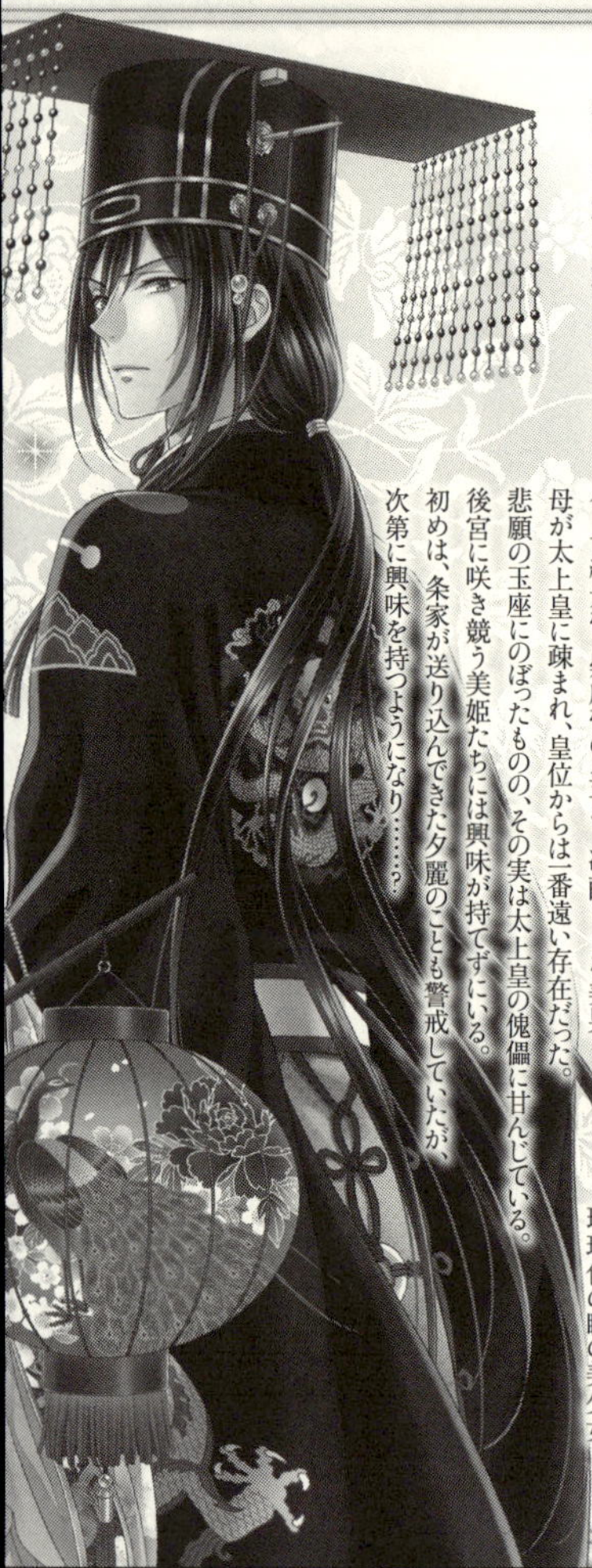

加皇后《かこうごう》

紹景帝《しょうけいてい》の皇后、28歳。
垂峰が皇子だったときに嫁いだ。
三千の美姫の頂点に立ち、
後宮を取り仕切る。

尹皇貴妃《いんこうきひ》

垂峰の皇帝即位に伴って
入宮した、22歳。聡明な才女。

段貴妃《だんきひ》

9年前に簡巡王だった
垂峰に嫁いだ、25歳。
妖艶で美しく、気位が高い。
ことあるごとに、加皇后と
対立している。

李賢妃《りけんひ》

李太后《りたいごう》の縁者、20歳。
朗らかで華やかな
美姫で、
現在懐妊中。

条敬妃《じょうけいひ》

亡き恭明皇后の姪、26歳。
すらりとした長身と
中性的な美貌を持つ。

葉温妃《ようおんひ》

異民族・雷眠《らいみん》の姫、12歳。
亜麻色の髪と
瑠璃色の瞳の美少女。

高垂峰《こうすいほう》

今上、紹景帝。崇成帝《すうせいてい》の皇子で、冷酷そうな美男。
母が太上皇に疎まれ、皇位からは一番遠い存在だった。
悲願の玉座にのぼったものの、その実は太上皇の傀儡に甘んじている。
後宮に咲き競う美姫たちには興味が持てずにいる。
初めは、条家が送り込んできた夕麗のことも警戒していたが、
次第に興味を持つようになり……？

登場人物紹介

危夕麗《きせきれい》

18歳。後宮入りし、下九嬪の最下位・充華《じゅうか》となる。
意志が強そうな瞳の美姫で、自立心が強い。
吉祥文様を愛し、怖がりながら「視える」体質。
高貴な女性のたしなみは一通りこなせる。
初恋の婚約者に裏切られた経験から、
男性が信じられないでいる。

米太監《べいたいかん》

皇帝付きの主席宦官。
嘲名《ちょうめい》は闇奴《あんど》。のんびり、
おっとりと見えるが
抜け目がない。

泉芳儀《せんほうぎ》

下九嬪《かきゅうひん》の筆頭、芳儀。16歳。
上昇志向が強く、
下九嬪の中で一番威張っている。

爪閑儀《そうかんぎ》

下九嬪の第4位、17歳。
夕麗を姉のように
慕ってくれている。

太上皇《たいじょうこう》

崇成帝・高遊宵《ゆうしょう》。
事実上の皇帝で、いまだに
強い影響力を持っている。

舌太監《ぜつたいかん》

敬事房《けいじぼう》太監。
夜伽の手はずを整え、
記録などを取る役目。

色内監《しょくないかん》

危充華付きの主席宦官。
嘲名は亡炎《ぼうえん》。下九嬪の
最下位の妃嬪（夕麗）に仕える
羽目になり、ふてくされている。

凱王朝宗室　高家　家系図

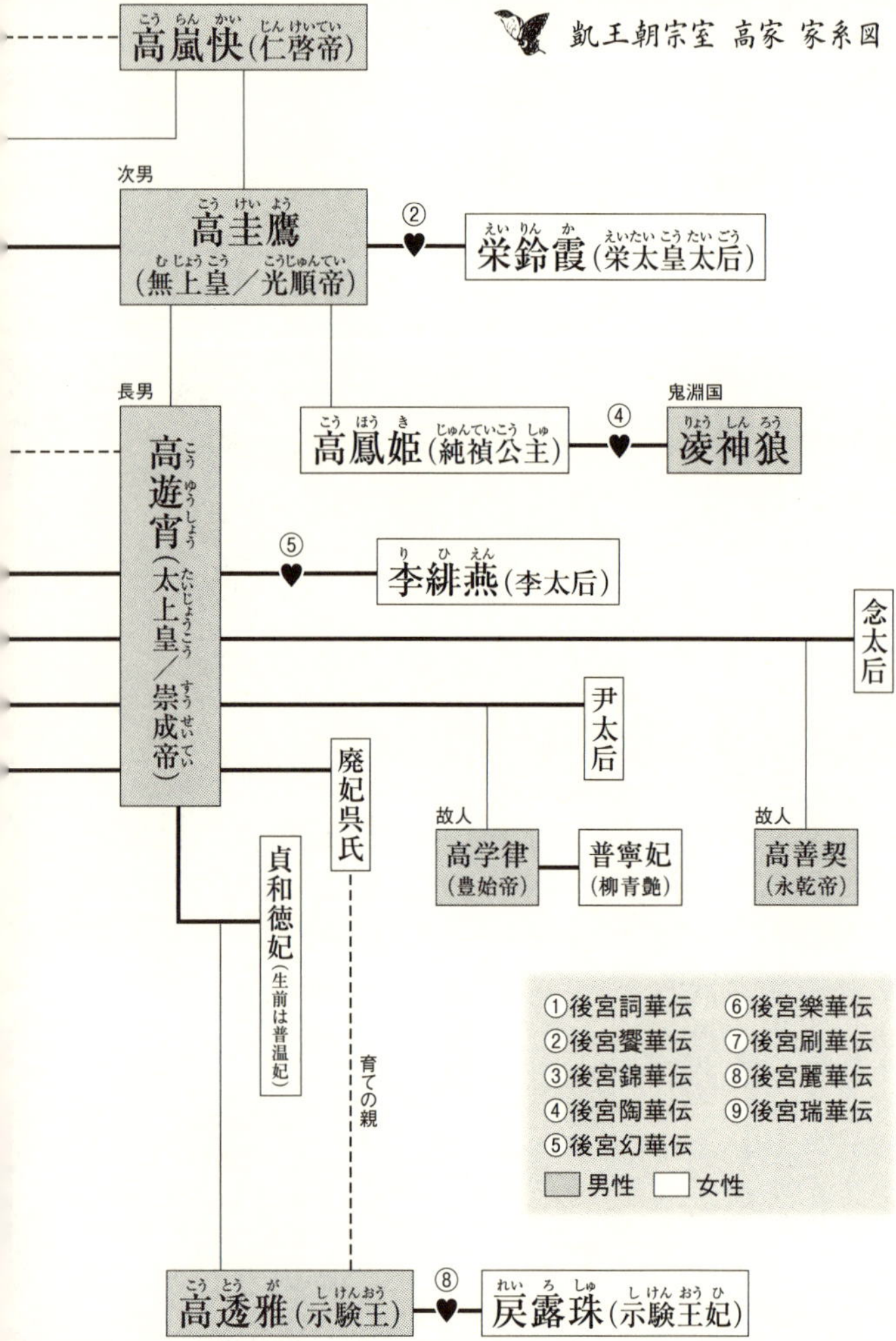

高嵐快《こうらんかい》（仁啓帝《じんけいてい》）
次男
高圭鷹《こうけいよう》（無上皇《むじょうこう》／光順帝《こうじゅんてい》）
②
栄鈴霞《えいりんか》（栄太皇太后《えいたいこうたいごう》）
長男
高鳳姫《こうほうき》（純禎公主《じゅんていこうしゅ》）
④
鬼淵国
凌神狼《りょうしんろう》
高遊宵《こうゆうしょう》（太上皇《たいじょうこう》／崇成帝《すうせいてい》）
⑤
李緋燕《りひえん》（李太后）
念太后
尹太后
廃妃呉氏
故人
高学律（豊始帝）
普寧妃（柳青艶）
故人
高善契（永乾帝）
貞和徳妃（生前は普温妃）
育ての親
高透雅《こうとうが》（示験王《しけんおう》）
⑧
戻露珠《れいろしゅ》（示験王妃《しけんおうひ》）
①後宮詞華伝
②後宮饗華伝
③後宮錦華伝
④後宮陶華伝
⑤後宮幻華伝
⑥後宮樂華伝
⑦後宮刷華伝
⑧後宮麗華伝
⑨後宮瑞華伝
男性
女性

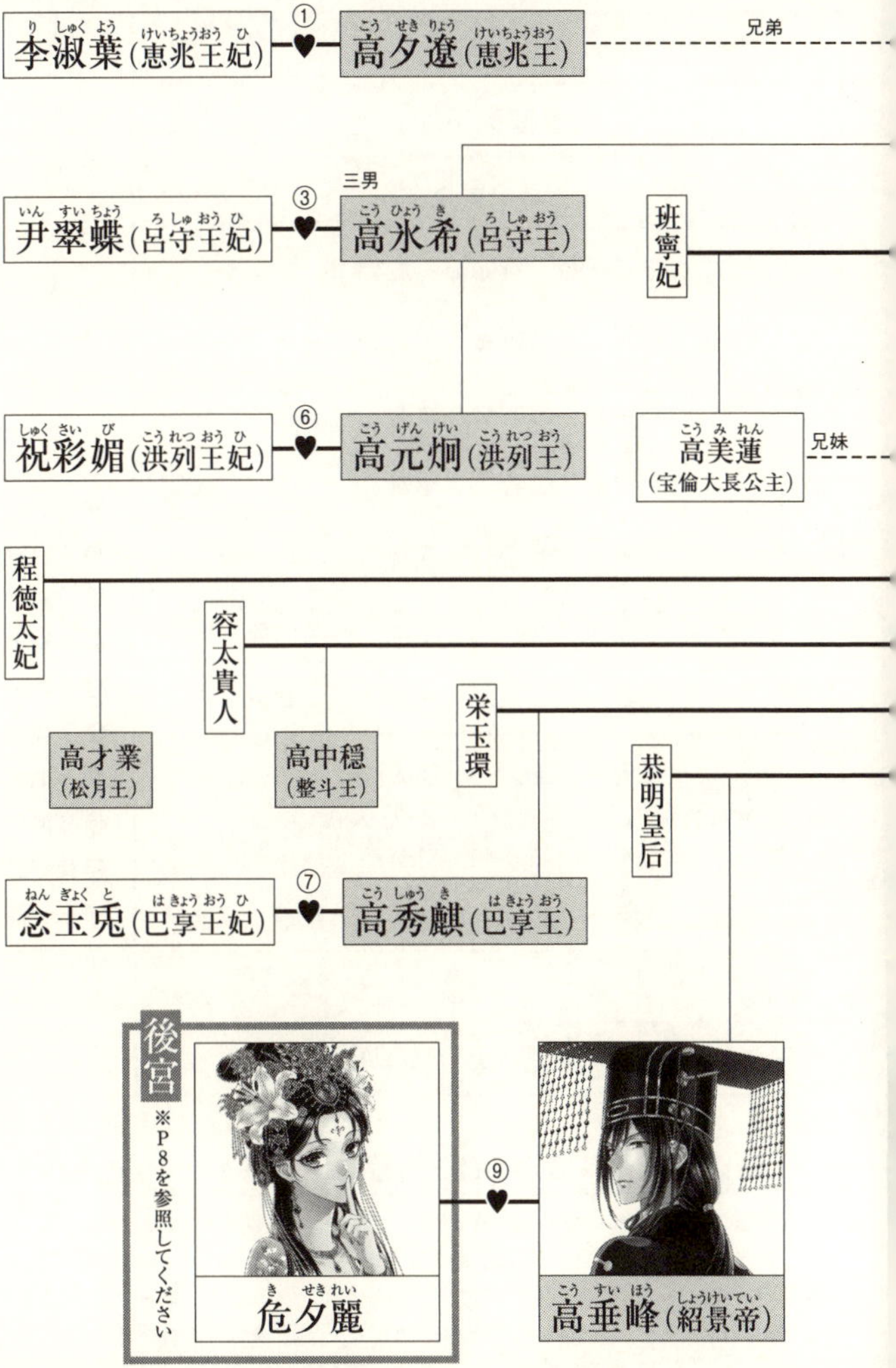

李《り》淑《しゅく》葉《よう》(恵兆《けいちょう》王《おう》妃《ひ》)
①
高《こう》夕《せき》遼《りょう》(恵兆王《けいちょうおう》)
兄弟
三男
尹《いん》翠《すい》蝶《ちょう》(呂《ろ》守《しゅ》王《おう》妃《ひ》)
③
高《こう》氷《ひょう》希《き》(呂《ろ》守《しゅ》王《おう》)
班寧妃
祝《しゅく》彩《さい》媚《び》(洪《こう》列《れつ》王《おう》妃《ひ》)
⑥
高《こう》元《げん》炯《けい》(洪《こう》列《れつ》王《おう》)
高《こう》美《み》蓮《れん》
(宝倫大長公主)
兄妹
程徳太妃
容太貴人
高才業
(松月王)
高中穏
(整斗王)
栄玉環
恭明皇后
念《ねん》玉《ぎょく》兎《と》(巴《は》享《きょう》王《おう》妃《ひ》)
⑦
高《こう》秀《しゅう》麒《き》(巴《は》享《きょう》王《おう》)
後宮
※P8を参照してください
危《き》夕《せき》麗《れい》
⑨
高《こう》垂《すい》峰《ほう》(紹景帝《しょうけいてい》)

凱帝国後宮制度（紹景3年以降）

太皇太后《たいこうたいごう》						
皇太后						
皇后❶						
妃嬪《ひひん》	十二妃《じゅうにひ》	皇貴妃《こうきひ》❷	貴妃《きひ》❸	麗妃《れいひ》	賢妃《けんひ》❹	
		荘妃《そうひ》	敬妃《けいひ》❺	成妃《せいひ》❻	徳妃《とくひ》	
		順妃《じゅんひ》❼	温妃《おんひ》❽	柔妃《じゅうひ》	寧妃《ねいひ》	
	上九嬪《じょうきゅうひん》	昭儀《しょうぎ》❾	昭容《しょうよう》	昭華《しょうか》	婉儀《えんぎ》	婉容《えんよう》
		婉華《えんか》	明儀《めいぎ》	明容《めいよう》	明華《めいか》	
	下九嬪《かきゅうひん》	芳儀《ほうぎ》❿	芳容《ほうよう》	芳華《ほうか》	閑儀《かんぎ》⓫	閑容《かんよう》
		閑華《かんか》	充儀《じゅうぎ》	充容《じゅうよう》	充華《じゅうか》⓬	
侍妾《じしょう》	六侍妾《りくじしょう》	貴人《きじん》	玉人《ぎょくじん》	佳人《かじん》		
		淑人《しゅくじん》	良人《りょうじん》	楚人《そじん》		
	五職《ごしょく》	英姫《えいき》	弘姫《こうき》	承姫《しょうき》	賛姫《さんき》	令姫《れいき》
	御女《ぎょじょ》					
女官						

❶ 加皇后
❷ 尹皇貴妃
❸ 段貴妃
❹ 李賢妃
❺ 条敬妃
❻ 程成妃
❼ 蘇順妃
❽ 葉温妃
❾ 比昭儀
❿ 泉芳儀
⓫ 爪閑儀
⓬ 危充華（危夕麗）

後宮のお作法㊀ 后妃侍妾がつける指輪

左手の薬指に銀の指輪…いつでも夜伽できます
左手の中指に金の指輪…月の障りがあって夜伽できません
右手に銀の指輪…………昨夜、寵愛を受けました
右手に翡翠の指輪………懐妊中なので夜伽できません

後宮のお作法㊁ 彤史《とうし》

敬事房の女官。
皇帝の閨のことを記録する
彤史の記録なしに身籠った場合、
皇帝の子とは認められない

後宮瑞華伝

戦戦恐恐たる花嫁の謎まとう吉祥文様

序章

鸞鳳和鳴《らんぼうわめい》

私が耳打ちすると、主上《しゅじょう》は朝堂《ちょうどう》を飛び出した。

寵愛《ちょうあい》する危芳儀《きほうぎ》が倒れたと聞いたからだ。

こんなことは、はじめてだった。主上は今まで誰も寵愛しなかった。加皇后《かこうごう》が流産したと聞いたときでさえ、見舞いにも出向かなかったのだ。

しかし、危芳儀は例外らしい。

「夕麗《せきれい》！　無事か⁉」

主上は危芳儀の部屋に駆けこんだ。長椅子《ながいす》に座っていた危芳儀が立ち上がり、拝礼しようとする。主上はそれをとめて、彼女の隣に腰かけた。

「挨拶《あいさつ》などしなくていい。それより、大丈夫なのか？　倒れたと聞いたが」

「散歩していたら、ふらついただけです。みなが大げさに騒ぎすぎて」

「めまいがしたのか？」

危芳儀がうなずくと、主上はそばにひかえた太医《たいい》に鋭い視線を向けた。

「どこが悪いんだ？」

「悪いなどと、とんでもない。お慶《よろこ》び申しあげます。ご懐妊《かいにん》でございます」

太医がにこやかに頭《こうべ》を垂れる。主上は疑わしげに眉《まゆ》をはねあげた。

「今度こそ、間違いないのだろうな？」

「私のほかに二名の太医が確認しました。間違いございません」

とたん、精悍《せいかん》な龍顔《りゅうがん》に喜色《きしょく》が広がった。

「名を考えねばならぬな。その前に産着《うぶぎ》を仕立てさせねば。ああ、揺籃《ようらん》も作らせよう」

「まあ、お気が早いこと。まだ生まれていませんのに」

危芳儀はあたたかく微笑《ほほえ》んでいる。主上は愛《いと》しそうに彼女を抱きしめた。

（危芳儀さまは主上の李太后《りたいこう》さまであらせられるか）

三代前の崇成帝《すうせいてい》は李氏のみを深愛した。李氏は皇子を産まなかったにもかかわらず、妃嬪《ひひん》の筆頭に君臨し続け、先代・豊始帝《ほうしてい》の御代では皇太后に封じられた。

危芳儀も主上の伴侶《はんりょ》として、いずれは后の位にのぼるのだろうか。

幸福に満ちた光景なのに、私はなぜか未来への希望を抱くことができなかった。

それはおそらく、ここが後宮だからだろう。

天子の花園《はなぞの》にとこしえの幸福は存在しない。ここにある幸せは――たとえ、それがどれほど確かなものに見えようとも――うたかたの甘い夢にすぎないのだ。

第一章

双《そう》獅《し》戯《ぎ》球《きゅう》

凱《がい》王朝、紹景《しょうけい》三年春。

九名のみであった嬪《ひん》が増員されて十八名となり、上九嬪《じょうきゅうひん》、下九嬪《かきゅうひん》となった。

二代に渡って皇子なき皇帝が崩御《ほうぎょ》したため、皇統《こうとう》が途絶えることを憂《うれ》えた太上皇《たいじょうこう》が新たな美人を紹景帝に薦《すす》めたのである。

しかしながらこの措置《そち》も、崇成帝の直孫を増やすことはできなかった。

皇宮は外朝《がいちょう》――暁和殿《ぎょうわでん》。

いたるところに壮麗《そうれい》な五爪《ごそう》の龍が躍る執務室で、高垂峰《こうすいほう》は政務を片付けていた。

「敬事房太監《けいじぼうたいかん》がまいりました」

皇帝付きの主席宦官《かんがん》・米太監《べいたいかん》がうやうやしく腰を折った。

敬事房は皇帝の閨房《けいぼう》のことをつかさどる役所だ。太監とは宦官が主管する官府《かんぷ》の長官を指すが、皇帝や皇貴妃以上の位にある貴人に仕える主席宦官もそう呼ばれる。

通せ、と命じると、ひどく顔色の悪い宦官が入室してきた。敬事房太監の舌太監《ぜつたいかん》だ。四十路《よそじ》に見えぬ無駄を削《そ》ぎ落とした美貌《びぼう》は、不健康そうという以外に欠点がない。

「今宵《こよい》の侍寝《じしん》（夜伽《よとぎ》）はいかがいたしましょうか」

舌太監はにこりともせずに銀盤《ぎんばん》を差し出した。

銀盤の上には、皇后と妃嬪の名札が並んでいる。その数、二十七。后妃の総数は三十一名だが、十五未満の者および月の障《さわ》りがある者は省《はぶ》かれている。

「久しく恒春宮《こうしゅんきゅう》にいらっしゃっていません。たまにはお出かけになっては」

皇后の住まいを恒春宮という。

「恒春宮を訪ねると、段貴妃《だんきひ》がうるさく騒ぐだろう」

四徳《しとく》をそなえた厳格な加皇后と、驕慢《きょうまん》で負けん気が強い段貴妃は、事あるごとに対立している。二人の寵愛争いにかかわるのはごめんだ。

「それでは、尹皇貴妃《いんこうきひ》さまはいかがで？」

「尹皇貴妃ばかり訪ねるなと、父上にくぎを刺されたばかりだ」

別段、尹皇貴妃を寵愛しているわけではない。加皇后や段貴妃と違って、尹皇貴妃は寵愛争いに躍起《やっき》になっていないので、付き合うのが楽なのだ。

「では、条敬妃《じょうけいひ》さまはいかがでしょうか」

「条家の女は嫌いだ」

垂峰は吐き捨てた。条という名を聞くだけでも虫唾《むしず》が走る。

「このたび入宮《にゅうきゅう》いたしました下九嬪のどなたかをお召しになってはいかがでしょう。目新しい花を愛《め》でられれば、ご気分も晴れるかと」

米太監こと米闇奴《あんど》が和《なご》やかに微笑んだ。宦官は浄身《じょうしん》（去勢）した際に本名を捨て、上官から名を授かる。これは嘲名《ちょうめい》といわれる蔑称《べっしょう》で、米太監の場合は闇奴がそれにあたる。

無愛想で陰気な舌太監とは異なり、闇奴は陽気でおっとりとした美男だ。年齢は三十代半ば。いつもにこにこしているが、高級宦官であるからには外見通りのお人好しではないだろう。

善人が出世できる場所ではないのだ。皇宮というところは。

「父上がお選びになった女など、どれも同じだ」

太上皇（崇成帝）の意向にしたがい、新たに九名の美姫《びき》を下九嬪として入宮させた。全員と顔合わせは済んでいるが、どの美人にも興味はわかなかった。

「でしたら、くじ引きで決めましょうか」

闇奴は下九嬪の名札を螺鈿《らでん》の箱に入れた。それを適当に混ぜて、垂峰に差し出す。

薦められるまま、垂峰はくじ引きの要領で名札をひいた。

「危充華《じゅうか》と出ました。危家のご令嬢ですね」

下九嬪は芳儀《ほうぎ》、芳容《ほうよう》、芳華《ほうか》、閑儀《かんぎ》、閑容《かんよう》、閑華《かんか》、充儀《じゅうぎ》、充容《じゅうよう》、充華の九名である。

危充華は下九嬪の最下位だ。

（……条家が送りこんできた女だな）

后妃侍妾《こうひじしょう》に同姓なしという後宮の定めがある。特定の氏族《しぞく》があまたの美姫を使って寵愛を独占しないよう、入宮させる令嬢は各氏族につき一名のみと決まっている。

後宮に条敬妃がいる限り、条家から他の娘を入宮させることはできない。

ゆえに条家は、姻戚《いんせき》関係にある危家の令嬢を入宮させた。

危充華は条家の強い後押しで入宮してきた娘であり、文字通り条家の手駒《てごま》なのだ。

（どうせ、ろくな女じゃない）

極力かかわりたくないが、条家からしつこく勧められている。

条家は亡き母・恭明《きょうめい》皇后の実家。すなわち外戚《がいせき》である。一度くらいは侍寝させないと、わざわざ危家令嬢を送りこんできた条家の面子《めんつ》をつぶしてしまう。

「危充華を召す」

内心うんざりしながら、垂峰は危充華の名札を舌太監にわたした。

皇位についてから嫌いなものがどっと増えた。その筆頭は――夜だ。

後宮、翠眉殿《すいびでん》。

その殿舎《でんしゃ》では、女主人が女官たちにかしずかれて湯浴みしていた。

「進御《しんぎょ》なんかしたくない」

危充華――危夕麗は湯船の縁にもたれて溜息をついた。

「ねえ、雨果《うか》。お召しを断りたいんだけど、何か手ごろな口実はない？」

「進御は妃嬪の栄えある務め。名誉こそあれ、お断りする理由はございませんわ」

危充華付き主席女官の方《ほう》雨果がおっとりと微笑んで髪を洗っている。五十路《いそじ》と聞いているが、十は若く見える。ぽっちゃりとした体つきと肉づきのよい顔立ちのせいだろうか。

「男と寝るのに名誉もクソもないわよ」

「危充華さま、お言葉遣いが乱れていらっしゃいますわよ？」

雨果にたしなめられ、夕麗は再び大きな溜息をもらした。

天子の寝所に侍《はべ》って寵愛を受けることを進御という。つい先ごろ、敬事房太監の舌太監がやってきて、今宵の進御は夕麗に決まったと告げた。おかげで翠眉殿は女主人の身支度《みじたく》のためにてんやわんやの大騒ぎとなり、夕麗は衣服をはぎとられて湯船にほうりこまれた。

「どうして進御なさりたくないのですか？」

「主上《しゅじょう》が男の人だからよ。わたくし、男という生きものが大嫌いなの」

「まあ、なぜですの？」

「男の人は浮気で薄情だもの。おまけに嘘つきだわ。その場限りでどんな口約束もするし、平気で約束を破って悪びれもしない。男の人って、真情というものがないから嫌いだわ」

「世の中には、誠実な殿方《とのがた》もいらっしゃいますわよ」

「そんな人には会ったこともないし、これから先も会うことはないでしょうね」

紹景帝・高垂峰は御年三十。大勢の后妃侍妾との間に五人の皇子と六人の公主をもうけながら、新たに九人の美姫を娶《めと》った皇帝が誠実な男性であるはずはない。

「大嫌いな男の人とかかわりたくないから後宮に入ったのよ。なのに、入宮早々、進御を命じられるなんて、どれだけついてないのかしら」

「どうでもいいですけど、面倒事だけは起こさないでくださいよ」

危充華付き主席宦官の色亡炎《しょくぼうえん》が拷問具《ごうもんぐ》の手入れをしながら言った。

亡炎は西域《さいいき》の小国・雷眠《らいみん》の出身。金髪碧眼《へきがん》の美青年だ。

「万事、主上のおっしゃる通りになさればいいんです。余計なことはしない、考えない、思わない。房事《ぼうじ》の道具に徹していれば、何もかもうまくいきます」

「余計なことなんかしないわよ。房事がさっさと終わってくれるのを待つだけ」

「それが一番ですよ。どうせ、主上はあなたを二度とお召しにはなりません。条家ゆかりのご令嬢ですからね。今宵は条家に義理立てするおつもりでお召しになったんでしょう」

「色内監《ないかん》！　二度とお召しがないなんて、縁起《えんぎ》でもないことをおっしゃらないでください！」

内監とは、妃嬪《ひひん》付きの主席宦官を指す。

「事実を言っただけですよ。そのほうが俺にとっても好都合だし。何事もなく三年をやり過ごせば、愛《いと》しの東廠《とうしょう》に戻って、思う存分、拷問を楽しめるんですからね」

東廠は第三代皇帝が創設した特務機関だ。国内外の密偵たちが監視の目を光らせ、不穏分子の摘発を大義名分に官民《かんみん》の心胆《しんたん》を寒からしめている。

亡炎は昨年まで東廠に所属していた。本人によれば、凄腕《すごうで》拷問官として大活躍していたらしい。東廠長官の旅太監《りょたいかん》に目をかけられ、順調に出世していたが、昨年末、異動を命じられた。旅太監曰《いわ》く、「後宮勤めを経験してこい」とのこと。三年何事もなく勤めあげれば東廠に戻すと言われ、夕麗に仕える羽目になったのだという。

「そんなに東廠に戻りたいの？」

「戻りたいですよ！　拷問できない毎日は俺にとって拷問なんです！」

亡炎は瑠璃《るり》色の瞳で夕麗をにらんだ。

「絶対に主上のご機嫌を損ねるようなことはなさらないでくださいね。主上はただでさえ、気の短い御方です。くれぐれも逆らったり、口答えしたりなさらないように」

「面倒くさいわね。いっそ進御を回避したほうが早いじゃない。何か断る口実はないの？　体中に発疹《ほっしん》が出てるとか、下痢《げり》がとまらないとか」

「下手《へた》な嘘はつかないでくださいよ。太医《たいい》に診察されたら一発でバレるんですから」

「仮病がバレたらどうなるの？」

「当然、宮正司《きゅうせいし》が出張ってきて懲罰《ちょうばつ》されますね」

宮正司は後宮警吏《けいり》とも呼ばれる。後宮内の糾察《きゅうさつ》及び禁令、懲罰をつかさどる役所だ。

「どうやら、栄えあるお務めを果たすよりほかないようですわね」

「はあ……。主上が心変わりしてくださらないかしら」

雨果の手を取って湯船から出る。女官たちが清潔な布で体を拭いてくれた。

実家にいた頃は湯浴みの世話をしてくれる者などいなかったから、全部自分でやっていたが、入宮してからは、何もかも使用人たちがやってくれる。

「……あっ」

夕麗の太ももを拭いていた年若い女官が小さく声を上げた。

その理由を見て取って、夕麗はにやりとする。

「これじゃ進御はできないわね」

月の障りがある間は侍寝してはならない。今夜の進御は夕麗以外の誰かが務めるだろう。

凱の後宮には、皇后の下に十二妃《じゅうにひ》と呼ばれる十二人の妃がいる。それぞれ、皇貴妃、貴妃、麗妃《れいひ》、賢妃《けんひ》、荘妃《そうひ》、敬妃《けいひ》、成妃《せいひ》、徳妃《とくひ》、順妃《じゅんひ》、温妃《おんひ》、柔妃《じゅうひ》、寧妃《ねいひ》という。

十二妃の下には上九嬪《じょうきゅうひん》がいる。上九嬪は昭儀《しょうぎ》、昭容《しょうよう》、昭華《しょうか》、婉儀《えんぎ》、婉容《えんよう》、婉華《えんか》、明儀《めいぎ》、明容《めいよう》、明華《めいか》である。その下にいるのがこのたび新設された下九嬪だ。

十二妃および上下九嬪を妃嬪と呼ぶ。

妃嬪よりも下の位は侍妾《じしょう》という。

六《りく》侍妾（貴人《きじん》、玉人《ぎょくじん》、佳人《かじん》、淑人《しゅくじん》、良人《りょうじん》、楚人《そじん》）、五職《ごしょく》（英姫《えいき》、弘姫《こうき》、承姫《しょうき》、賛姫《さんき》、令姫《れいき》）、御女《ぎょじょ》がそれである。各位階一名ずつの妃嬪と違い、侍妾には定員がない。

妃嬪は侍妾より高位に置かれているぶん、特別な務めを課せられている。

その最たるものが毎朝の朝礼である。

「皇后さまに拝謁いたします」

恒春宮の広間に集った妃嬪たちがひざまずいて拝礼した。磨《みが》き上げられた床に色彩豊かな衣装が広がり、装いを凝《こ》らした結い髪で金歩揺《きんほよう》がしゃらしゃらと歌う。

「立ちなさい」

宝座《ほうざ》に腰かけた加皇后が涼やかな声で命じた。

「ありがとうございます、皇后さま」

いっせいに礼を言って立ち上がる。すでに何百回と繰り返したおさだまりの挨拶《あいさつ》だ。

「昨夜は泉《せん》芳儀が進御を務めました。泉芳儀、こちらへ来なさい」

泉芳儀が得意げな足どりで宝座の前に進み出る。

「彤史《とうし》から進御はつつがなく済んだと聞いています。これからも妃嬪の一人として、主上に心を尽くして仕えなさい。そして一日も早く、御子《みこ》を身籠《ごも》るように」

彤史は敬事房に属する女官だ。夜伽《よとぎ》の際、閨《ねや》の中でどのような会話がなされたか、どのようにして秘戯《ひぎ》が行われたか、つまびらかに記録するため、寝間の隣室に控えている。

進御の翌朝、皇后は彤史の記録に目を通す。夜伽を務めた妃嬪侍妾をねぎらい、至らぬ点があれば訓告する。これを平然とやってのける女性だけが後宮の女主に向いている。

「ご期待にそえるよう、努力いたします」

泉芳儀がもったいぶった調子で頭《こうべ》を垂れると、加皇后は最後尾にいる夕麗に目を向けた。

「危充華は残念でしたね。なれど、気落ちしないように。いずれまた運がめぐってきます」

「お心遣いに感謝いたします」

夕麗は如才《じょさい》なく拝礼した。

（女訓書《じょくんしょ》から出てきたような皇后さまだわ）

加皇后はあまたいる后妃《こうひ》の中で最年長の二十八歳。

十年前、簡巡王《かんじゅんおう》だった高垂峰に嫁《とつ》いだ。二十歳《はたち》で王子を産んでいる。新帝即位にともなって第一皇子は立太子《りったいし》され、加氏は立后《りっこう》された。経書《けいしょ》が理想とする良妻賢母を絵に描いたような婦人で、気高い美貌《びぼう》に現れた正妻の風格は、見る者を恐縮させるほどだ。

「せっかく進御を命じられたのに月の障りに邪魔されるなんて、危充華は運が悪いわね」

全員が椅子《いす》に座った後、段貴妃が絹団扇《きぬうちわ》の陰で哀れっぽく微笑《ほほえ》んだ。

「でも、よくあることよ。わらわも月のもののせいで侍寝《じしん》を拝辞《はいじ》したことが何度もあるわ。主上はわらわをお召しになることが多いから、どうしても月の障りと重なってしまうのよ。そういうときは、主上のご寵愛《ちょうあい》におこたえすることができずに、とても心苦しいわ」

段貴妃は豊満な胸のふくらみを見せつけるように襟《えり》ぐりを開けた襦裙《じゅくん》を着ている。年齢は二十五。百里先まで脂粉《しふん》の香りが漂ってきそうな艶《なま》めかしい美女だ。

「そういえば、皇后さまは月の障りで進御を拝辞なさったことがございませんでしたわね？」

段貴妃が挑発的な笑みを向けると、加皇后は柳眉《りゅうび》をぴくりと動かした。

「主上は月の障りを避けてわたくしをお召しになるのです。長年連れ添っている夫婦ならば、それくらいのことは当然です」

「そうですわね。皇后さまは誰よりも夫に愛されていらっしゃって、うらやましいこと」

段貴妃がいやみたっぷりに言いかえすと、広間の空気がぴりぴりと張りつめた。

加皇后と同じく、段貴妃は親王《しんのう》時代の今上帝《きんじょうてい》に嫁いでおり、皇子を二人産んでいる。紹景帝の即位前に、加皇后とは皇后の座をめぐって争ったそうだ。加皇后が嫡男《ちゃくなん》を産んでいたので段貴妃は妃嬪におさまったが、今もなお皇后位を諦めていないらしい。

「うらやましいのはわたくしのほうですよ、段貴妃。そなたは主上に深く愛されていて、毎晩のように進御を……あら、ごめんなさい。彤史の記録によれば、この三月は一度も進御していなかったわね。毎晩のように御前に侍っていたのは、ずいぶん昔のことだったわ」

加皇后が笑顔でやりかえす。段貴妃は艶《つや》っぽい微笑みに苛立《いらだ》ちをにじませた。

実家が政敵同士であるせいか、加皇后と段貴妃はすこぶる不仲だ。加皇后が右と言えば段貴

妃は左、段貴妃が西と言えば加皇后は東という具合に、何かと対立している。

「もうじき蝶恋花《ちょうれんか》の宴《うたげ》ですわね」

ふんわりと微笑んで話題を変えたのは、宝座のそばに座る尹皇貴妃だった。

尹皇貴妃は三年前、紹景帝の即位にともなって入宮した妃嬪だ。二十二歳にして公主を二人産んでいる。才媛《さいえん》と呼ぶにふさわしい、落ちついた雰囲気《ふんいき》の佳人である。

「私は海藍《かいらん》の衣装を着るつもりですけれど、みなさまはどの色をお召しになるのかしら?」

宴席では、特別な場合を除き、妃嬪の衣装の色が重なってはならない。

特に下位の妃嬪が上位の妃嬪と同じ色をまとえば、懲罰《ちょうばつ》の対象となる。なお、皇后はこの限りではないが、皇后がまとう色は、妃嬪が真っ先に避けなければならないものだ。

「わたくしは牡丹紅《ぼたんこう》をまとうつもりです」

「わらわは月季紅《げっきこう》の衣を用意させていますわ」

ここでも加皇后と段貴妃は火花を散らす。牡丹紅と月季紅はひどく似た色なのだ。

「私は銀朱《ぎんしゅ》かなあ。今まで着たことないし。妹妹《まいまい》はどうする?」

「ええと、どうしよう? お姉さまは何色がいいと思う?」

「そうだな。妹妹の瞳の色に合わせて、瑠璃《るり》色にしたらいいんじゃない? きっと似合うよ」

「じゃあ、瑠璃色にする」

親しげに微笑み合うのは、李賢妃《りけんひ》と葉温妃《ようおんひ》だ。

李賢妃は李太后の縁者。尹皇貴妃同様、紹景帝の即位にともなって入宮した。二十歳になったばかりの快活な美人で、現在、懐妊《かいにん》している。

亡炎の祖国でもある雷眠の姫君、葉温妃は四年前、皇帝が簡巡王だった頃に嫁いだ。亜麻《あま》色の髪と瑠璃色の瞳を持つ美少女だ。まだ十二歳なので、閨に召されることはない。

後宮では、年上の女性をお姉さま、年下の女性を妹妹と呼ぶことがある。后妃侍妾《こうひじしょう》は疑似《ぎじ》的な姉妹となるためだ。親しみをこめる場合と、棘《とげ》をこめる場合があるが、李賢妃と葉温妃の場合は前者だろう。二人は実の姉妹のように仲がいい。

「条敬妃はどう？　何色を着るか、決めたかしら？」

「深煙《しんえん》です、皇后さま」

条敬妃は愛想笑いもせずにそっけなく答えた。深煙はくすんだ茶色だ。

「そなたはいつも暗い色を選ぶのですね。たまには明るい色を着てみないのですか？」

「明るい色は苦手ですから。暗いほうが落ちつきます」

条敬妃が皇帝に嫁いだのは、加皇后と同じ十年前。今年で二十六歳になる。すらりとした長身の美姫《びき》だが、整いすぎた花顔《かがん》はどこか中性的で、感情の動きが読みとれない。

「泉芳儀はいかが？」

「わらわは荷花紅《かかこう》をまといますわ。大好きな色ですの」

下九嬪《かきゅうひん》の筆頭・芳儀に封じられた泉芳儀は十六歳。段家ゆかりの有力氏族《しぞく》の令嬢で、段貴妃の姪《めい》だ。花のように愛らしい容姿には生来の高慢さがにじんでいる。

「爪閑儀《そうかんぎ》は？」

「あっ……はい。え、ええと……その……」

加皇后に話をふられ、ちんまりと椅子に腰かけていた爪閑儀はうろたえた。

年齢は夕麗より一つ下の十七。薄幸《はっこう》そうな趣《おもむき》をまとう儚《はかな》げな乙女《おとめ》だ。ひどく緊張していて、朝礼がはじまってからずっと、膝の上で両手をかたく握りしめている。

「……も、申し訳ございません。まだ決めておりません」

「では、淡紅《たんこう》になさい。可憐《かれん》なそなたに似合いますよ」

「ご教示いただき感謝します、皇后さま」

最後の最後で、夕麗に順番が回ってきた。

「わたくしは翠緑《すいりょく》にいたします」

まだ誰も挙げていない色を選んだ。妃嬪の中で最下位の夕麗には、他に選択肢《し》がない。

（ああ、面倒くさい）

衣装の色を決めるだけで、いちいち話し合いをしなければならないとは。

しかし、こんなことでさえ、後宮の美人たちにとっては大問題だ。上位の后妃の機嫌を損《そこ》ねずに美しく装い、皇帝の寵愛を射止める。それこそが天子の箱庭に咲く花たちの基本的な戦術である。もっとも夕麗は、この戦いに参加するつもりはさらさらないのだが。

(主上《しゅじょう》になんかこれっぽっちも興味はないわ)

夕麗は紹景帝の寵愛を受けるために入宮したのではない。三千の美姫がひしめく黄金の獄《ひとや》に自ら志願して入ったのは、好きなことをして気ままに生きていくためだ。

文様——それは図画の形をした祈りの呪文である。

たとえば、四季平安《しきへいあん》という文様。これは花瓶《かへい》に月季花《げっきか》(庚申薔薇《こうしんばら》)をいけた図だ。月季花は毎月、花を咲かせるので、長春花《ちょうしゅんか》という別名を持ち、一年中を寓意《ぐうい》する。花瓶の瓶は平と同音。花瓶にいけられた月季花は、一年中平和という意味になる。

金魚が塘《とう》(池を表す枠《わく》)で泳いでいる図は金玉満堂《きんぎょくまんどう》という。魚は玉と音が似ており、塘は堂と同音。黄金や宝玉が部屋の中に満ちていることを表し、富や幸福を意味する。

富貴耄耋《ふうきぼうてつ》は牡丹に猫と蝶を配した図だ。牡丹は富貴を、猫は同音の耄、蝶は同音の耋を指す。耄は九十歳、耋は八十歳のことだから、長寿を祈る文様である。

蟹は試験合格。鹿は長命富貴《ちょうめいふうき》。燕《つばめ》は夫婦円満。蟷螂《かまきり》は立身出世。瓜《うり》は子孫繁栄《はんえい》。

文様には必ず吉祥の意味がある。

はるか昔から、先人たちは凶を避けて吉を求めるため、さまざまな形に言霊《ことだま》をこめてきた。

「見て！　ここの格子窓《こうしまど》には喜在眼前《きざいがんぜん》があるわ。鵲《かささぎ》の羽根の形が凝っているわね。あ、こっちには一路栄華《いちろえいが》。芙蓉《ふよう》の花びらが細やかで惚《ほ》れ惚《ぼ》れするわ」

夕麗はうっとりとしながら、吉祥文様がほどこされた格子窓を眺めていく。

喜在眼前は二羽の鵲と古銭の図。鵲は喜びを表す。銭には中央に穴がある。文様ではこれを目と見なし、銭眼《せんがん》の逆さ読み、眼銭《がんせん》と同じ発音の眼前を示す。意味は「喜びは目の前に」。

芙蓉と一羽の鷺《さぎ》が組みあわされれば、一路栄華となる。芙蓉は栄華を、鷺一羽で一路を表す。意味は「一生、栄耀栄華を享受《きょうじゅ》する」。

「梁《はり》にはきらびやかな彩鳳祥雲《さいほうしょううん》、柱には清らかな玉樹臨風《ぎょくじゅりんふう》、軒裏《のきうら》には鮮やかな万代長春《まんだいちょうしゅん》……吉祥文様がこんなにたくさん！　夢を見てるみたいだわ！」

「お喜びに水を差すようですけどね、ここ、物置ですよ」

亡炎は拷問《ごうもん》器具の図録を開いて、柱に寄りかかっている。

「知っているわよ。物置なのに吉祥文様があふれているから感動してるの」

二月末の午後、夕麗は飛桃園《ひとうえん》の戯台《ぎだい》（舞台）に来ていた。

飛桃園は淫虐《いんぎゃく》の天子とあだ名された波業帝《はぎょうてい》が愛した園林《ていえん》だ。多種多様な桃の木が植えられ、満開の時期になると、仙境のごとく花の雲に覆《おお》われる。だが、夕麗の目を奪うのは、千紫万紅《せんしばんこう》の美景ではなく、戯台の物置に刻まれた文様なのだった。

「右にも左にも、上にも下にも、文様文様文様！　なんて素晴らしいのかしら！」

子どもの頃から、夕麗は文様が好きだ。

文様にこめられた意味を読みとけば、それが単なる図形ではなく、吉祥への願いを表した天への手紙だということが分かる。文様は福を招くための予祝《よしゅく》であり、陽の気に満ちていて、眺めるだけで、あるいは身につけるだけで、生きる助けになってくれるのだ。

「どれもこれも素敵な文様だから、目移りしちゃうわ」

夕麗は紙と筆を取り出して、目に映る文様を片っ端から描きとめた。同じ文様でも作り手が違えば趣が変わってくる。二つとして同じものがないところも面白いのだ。

部屋に戻ったら、剪紙《せんし》にしようと思う。剪紙は、はさみや小刀で紙を切り抜いたり、刻んだりして文様を表す工芸だ。出来上がったものは窓や壁に貼ったり、刺繡《ししゅう》や染物の型紙にしたり、贈答品を飾りつけたりするのに使う。

「こんなものにいちいち感激してたんじゃ、毎日疲れますよ。後宮には、文様が入ってないところなんかないんですから」

「そうなの⁉　じゃあ、ひょっとして浄房《じょうぼう》（厠《かわや》）にも素敵な文様があるのかしら⁉」

「まさか浄房めぐりをするっていうんじゃないでしょうね？　かんべんしてくださいよ」

「翠眉殿の浄房の扉には、美しい春花三傑《しゅんかさんけつ》の文様がほどこされていたわ。下っ端妃嬪《ひひん》の殿舎《でんしゃ》の浄房さえ、あれほど綺麗《きれい》なんだもの。主上の浄房には天帝の宮殿みたいに華麗な文様がほどこされているんでしょうね」

皇帝の浄房はさぞかし立派な建物だろう。絢爛豪華《けんらんごうか》な建物に美麗な文様はつきものだ。

「主上の浄房なんか入れませんよ」

「よし、善は急げね。亡炎、下級宦官《かんがん》の官服を用意して。わたくしの背丈に合うものをね」

「あのー、俺の話聞いてます？　主上の浄房には入れないんですけど？」

「外から見るだけで我慢するわよ」

「我慢するとかそういうことじゃなくてですね、まずいんですって。不用意に近づくと、刺客《しかく》と間違えられることだって……行くなら如星軒《じょせいけん》がおすすめですよ。あそこは主上があまりお使いにならないので、鉢合《はちあ》わせする危険は少ないかと」

銀子を握らせると、亡炎はあっさり手のひらを返した。賄賂《わいろ》を贈れば、宦官はたいがいの願いを聞き入れてくれる。まさに地獄の沙汰《さた》も金しだいだ。


その日の黄昏時《たそがれどき》、夕麗は恒春宮の広間でひざまずいていた。

「危充華。自分が何をしたか分かっているのですか」

宝座《ほうざ》に腰かけた加皇后がまなじりをつりあげて問う。

「はい、皇后さま。わたくしは如星軒の屋根にのぼり、墨汁《ぼくじゅう》を落としてしまいました」

「その墨汁が恐れ多くも主上の龍顔《りゅうがん》に降り注いだことについて、何か弁解は？」

「ございません」

如星軒――綺麗な名前だが、皇宮内で「軒」とつく建物はおおかた浄房である。

今日の午後、下級宦官に変装した夕麗は如星軒に出かけた。そこは想像以上に豪華な建物で、浄房と知っていなければ、富豪の別邸と見紛《みまが》うほどだった。お目当ての文様もいたるところにほどこされていたが、夕麗が一番注目したのは瓦当《がとう》だ。

軒丸瓦《のきまるがわら》の先端の円形の部分を瓦当という。吉祥の文字や文様が彫りこまれているので、夕麗としては見逃せない。しかも如星軒の屋根の瓦当はひとつひとつ違う文様が彫りこまれていた。

夕麗はいそいそと梯子《はしご》で屋根にのぼり、うきうきしながらそれぞれの瓦当を描きとめた。

熱中しすぎて、携帯用の墨池《ぼくち》が瓦の上を転がり落ちたことに気づくのが遅れた。

その直後、皇帝が如星軒から出てきた。

物音を聞いて頭上を振り仰《あお》いだ皇帝は、頭から墨汁をかぶることになった。

(主上が中にいらっしゃるなんて、知らなかったものだから)

知っていたら、さすがの夕麗でも屋根の上にはのぼらなかったのだが。

「一報を聞いたときには耳を疑いました。如星軒の屋根にのぼるだけでも重罪だというのに、あろうことか主上に墨汁を浴びせるなんて……。想像するだに恐ろしい」

「申し訳ございません」

夕麗は床にひれ伏した。こうなったら平謝りするしかない。

「これが墨汁ではなく、毒物であったらと思うとぞっとします。幸い、主上にお怪我《けが》はありませんでしたが、主上は大変お怒りでした」

無理もない。浄房を出たとたん、墨汁の雨に降られたのだから。

「危充華には、罰として杖刑《じょうけい》二十を命じます」

背中や臀部《でんぶ》を棒で叩く刑罰を杖刑という。

「杖刑を受けたのち、天鏡廟《てんきょうびょう》で一月奉仕すること。毎日、清掃を行い、写経《しゃきょう》をして、罪深い心を清めなさい」

皇后は後宮の女主人。後宮の秩序を守るため、罪を犯した妃嬪侍妾《じしょう》を罰する。墨汁を頭からかぶった皇帝が、夕麗を睨《にら》んだだけで何も言わず立ち去ったのは、そのせいだ。

「ご恩情に感謝いたします、皇后さま」

恐縮したふうに平伏しながら、夕麗は思った。

(今度からは、ばれないようにしなくちゃ)

叱責《しっせき》されて罰を食らっても、あまり懲《こ》りてはいないのだった。


妃嬪侍妾の刑罰をとりしきるのは、後宮警吏《けいり》こと宮正司《きゅうせいし》の宦官である。

「杖刑って、思ったほど痛くないのね」

刑を受けた翌々日、夕麗は天鏡廟に向かっていた。二日やすんだが、もう快復した。

「俺が袖《そで》の下を渡しておいたから、手加減してくれたんですよ」

亡炎が輿《こし》からおりる夕麗に手を差し出した。

「あれにはコツがありましてね。痛そうに見えるけど、実際は全然痛くない叩き方ってのがあるんです。後宮警吏には知り合いがいますから、便宜《べんぎ》を図ってもらったんですよ」

「どうりでたいして痛くなかったわけだわ。いくら払ったの？　返すわ」

「別にいいですよ。こないだもらった賄賂をそのまま使っただけですから」

「だめよ。わたくし、借りを作るのは嫌いなの。部屋に戻ったら払うわね」

「金のことはいいですから、おとなしくしていてくださいよ。主上が墨汁まみれになったときは、肝《きも》がつぶれました。ああいうことは二度とごめんです」

夕麗は生返事をして、ゆるやかな坂の向こうにそびえる天鏡廟を見上げた。

力強く反り返った屋根には黄金に輝く瑠璃瓦《るりがわら》がふかれ、朱赤に塗られた巨大な柱は陽光に照り映えている。朱塗りの大扉に描かれているのは、極彩色《ごくさいしき》の鸞鳳和鳴《らんぽうわめい》。鸞と鳳凰《ほうおう》は瑞鳥《ずいちょう》であり、雌雄《しゆう》を表す。仲睦《なかむつ》まじい夫婦を象徴する文様だ。

「天鏡廟って、先帝陛下の寵妃《ちょうひ》さまを慰霊するために建てられた神廟《しんびょう》なのよね？」

「ええ。祀《まつ》られているのは嫦娥《じょうが》ですけれど、祭壇《さいだん》にある女神像は亡き普寧妃《ふねいひ》さまのお姿に似せて造られたものですの」

日傘をこちらにさしかけている雨果がおっとりと答えた。

「普寧妃さまは本当に不憫《ふびん》な御方でしたわ。あんな悲惨《ひさん》な最期《さいご》を遂《と》げられるなんて……」

「ひどい事件だったそうね。灰龍《かいりゅう》の案《あん》といったかしら」

先帝・豊始帝《ほうしてい》の寵妃であった普寧妃は、ある高楼《こうろう》に呼び出され、火を放たれて殺された。犯人は廃妃夾氏《はいひきょうし》。寵愛される普寧妃を妬《ねた》んでの犯行だった。

ここまでなら、後宮では珍しくない事件である。わざわざ名前をつけられることもない。

この事件にたいそうな名がついているのは、知らせを受けて駆けつけた豊始帝が炎の中に飛びこんだからだ。周囲の者は必死で引き止めたが、豊始帝は彼らをふりきって、燃え上がる高楼に飛びこみ、普寧妃を助け出した。

しかし、その時点で普寧妃はすでに事切れていた。

「痛ましいお姿でしたわ。芍薬《しゃくやく》に似た花のかんばせは見る影もなく、かろうじて衣服の模様から普寧妃さまであることが分かるという有様で……」

救出劇により瀕死《ひんし》の重傷を負った豊始帝は、まもなく崩御《ほうぎょ》した。

龍の化身たる皇帝を焼き尽くした事件なので、灰龍の案というのだ。

のちに捕らえられた夾氏は、「あくまで普寧妃を妬んで殺そうとしたのであって、主上を弑《しい》すつもりはなかった」と弁明したが、夾氏一門は皇帝弑逆《しいぎゃく》の咎《とが》で族滅《ぞくめつ》された。

「で、その事件現場に建てられたのが天鏡廟です」

「えっ⁉　灰龍の案って、あそこで起きたの⁉」

「そうですよ。知らなかったんですか？」

亡炎があくびまじりに答えるので、夕麗はぎょっとして立ちどまった。

「……へ、変なことなんて起きないわよね……？　ゆ、幽霊、が出る、とか……」

「怪奇現象ですか？　あるらしいですよ。風もないのに蠟燭《ろうそく》の火が消えるとか、女のすすり泣きが聞こえるとか、女神像がひとりでに動くとか、祭壇に供えた花が燃えるとか」

「天鏡廟勤めの女官や宦官はよく体調を崩してしまいますの。よほど奇妙ことがあるのでしょうね。入れかわりが激しくて、半年と続かないと聞きますわ」

さーっと血の気がひいていく音が聞こえる。

神廟での奉仕なんて楽勝と思っていたが、加皇后はそこまで甘くなかったようだ。

「危充華さま⁉　どちらへいらっしゃるんです⁉」

夕麗がくるりと後ろを向いて来た道を引き返したので、雨果が呼びとめた。

「忘れ物をしたから、翠眉殿に戻るわ」

裙《くん》の裾《すそ》を持ちあげて、ゆるやかな坂道を駆けおりる。

（……護符《ごふ》が必要だわ！）

夕麗は幽霊と名のつくものが大の苦手なのだ。

太上皇となった父帝──崇成帝は皇位を退いてから灯影宮《とうえいきゅう》に居をかまえた。

灯影宮は垂峰の曽祖父《そうそふ》にあたる仁啓帝《じんけいてい》が長らく暮らしていた宮殿だ。隠居《いんきょ》部屋として建てられたもので、画山水《がさんすい》の中に入りこんだかのように幽玄《ゆうげん》なたたずまいである。

「父上、義母上《ははうえ》。つつしんでご挨拶《あいさつ》申し上げます」

垂峰は金漆塗《きんうるし》りの宝座《ほうざ》の下にひざまずいて型通りの口上を述べた。

宝座に腰かけているのは、父たる太上皇と、その寵妃である李太后だ。

耳順《じじゅん》近い年齢であるにもかかわらず、父帝は相変わらず若々しい。それでいて身にまとう威厳はいやますばかりで、こうして相対すると自分の未熟さを痛感させられる。

同じことは李太后にもいえた。五十路《いそじ》をこえたばかりの李太后は、長年後宮を率《ひき》いてきた婦人の威風と品位に満ちていて、知らず知らずのうちに気おされそうになる。

そのせいか、二人とも垂峰の苦手な人物だった。

「おまえの後宮には、ずいぶん面白い妃嬪《ひひん》がいるらしいな」

垂峰が席につくのを待って、父帝は笑いまじりに切り出した。

「後宮の歴史は長いが、浄房《じょうぼう》の屋根から皇帝に墨汁を浴びせた妃嬪は前代未聞だ」

「本当に。現場に居合わせなかったのがとても残念ですわ」

父帝と李太后は微笑《ほほえ》ましそうに笑ったが、垂峰は思いっきり顔をしかめた。

(あんな無礼な女は、はじめて見た)

如星軒の屋根にのぼるだけでも暴挙だというのに、さらに墨汁をぶちまけるとは。

しかも、当の本人はたいして悪びれてもいなかった。

闇奴に叱責されて屋根からおりてきた危充華は、垂峰の足元に這《は》いつくばって謝罪するどころか、真っ先に墨池を拾いにいったのだ。皇帝よりも地面に転がった墨池のほうを心配するとは、肝が太いのか、命知らずなのか……何にせよ無礼千万である。

「加皇后は杖刑を言い渡したとか。入宮して間もないのに痛い思いをするとは哀れなことだ」

「自業自得《じごうじとく》ですよ。哀れむに値しません」

「そう冷たいことを言うな。変わり種の妃というのも面白いものだぞ。何を隠そう、余《よ》の愛する李太后が変わり種だった。入宮早々、異彩を放っていたからな。目を奪われているうちに、いつの間にか、心まで奪われていたという始末だ」

父帝は愛《いと》しげに李太后と視線を交わし合った。

「これも何かの縁かもしれぬ。近々、危充華に進御《しんぎょ》させよ」

「墨汁の縁ですか？」

「あるいは浄房の縁か。どんな縁でもよいではないか。妃嬪を閨《ねや》に召して子をなす。皇統《こうとう》を絶やさぬためには避《かんげん》けて通れぬ、天子の大事な務めだ」

聞き飽きた諫言が耳に苦く響いた。すでに皇太子は八つだ。第二皇子と第三皇子は双子なのでどちらも七つ。四歳の第四皇子と三歳の第五皇子もいる。それでもなお、父帝は妃嬪に皇子を産ませよと垂峰に命じる。たった五人では到底足りないというのだ。皇帝の予備品が。

永乾帝も豊始帝も皇子を遺《のこ》さなかった。父帝はそれを憂《うれ》えているらしい。垂峰に何かあったときのためにも、垂峰の代わりになる皇子がいれば安心できるというわけだ。

（いや、余の代わりじゃない。『皇帝』の代わりだ）

息子に譲位《じょうい》してからも、父帝は天子たることをやめたわけではない。朝議《ちょうぎ》にこそ出席しないが、相変わらず朝廷は崇成帝の支配下にあるし、群臣《ぐんしん》が顔色をうかがう相手は、十二旒《りゅう》の冕冠《べんかん》をかぶって玉座に君臨する垂峰ではなく、その背後にひかえた父帝である。

即位してしばらくの間は、愚かにも垂峰はそのことを理解していなかった。

ようやく皇帝の予備品でなくなり、自分自身になることができたと素直に喜んでいた。

皇帝になってやりたいことがあった。それは美女を侍《はべ》らせることでも、贅沢《ぜいたく》を貪《むさぼ》ることでもなく、腐敗した政《まつりごと》の病巣を断ち切ることであった。

もはや、凱は熟しすぎた果実だ。建国から長い時が経ち、多種多様な民族をのみこんで東西南北に領土を広げた結果、あちこちにできたほころびから腐臭を放つ膿《うみ》を垂れ流している。朝廷を席巻する汚職、肥大化《ひだいか》した宦官機構、堕落《だらく》した軍部、政局を混乱させる派閥《はばつ》争い……凱を内側から腐らせる宿痾《しゅくあ》は枚挙にいとまがない。

この国を延命するには、早急な変革が不可欠である。

即位するなり、垂峰はさまざまな改革案を打ち出した。

しかし、親王時代からあたためてきたそれらが実を結ぶことはなかった。

それどころか、垂峰は種をまくことすらできなかった。どんな提議も群臣には柳に風と受け流された。彼らにとって綸言《りんげん》は雑音に等しく、新帝は玉座の飾りでしかなかった。

それも無理からぬことではあった。垂峰は東宮《とうぐう》の主になったことがない。親王として治めていた箇巡国は、国土の半分が砂漠に覆《おお》われる僻地《へきち》。朝廷から遠く離れた片田舎《かたいなか》でつちかった経験やそこで得た人材など、都では何の役にも立たない。皇太子時代に高官たちを操る術《すべ》を学ばなかった新皇帝が、伏魔殿《ふくまでん》たる皇宮でいきなり辣腕《らつわん》をふるえるはずはないのだ。

くわえて父帝が垂峰の改革案を性急すぎると切って捨てた。

『強引な変革は強い反発を生む。朝廷に何の基盤もないおまえがその反動に耐えられるのか』

短命の皇帝が二代続いた。高官たちが新帝に期待しなくなるのも道理である。

そんな中で無理に改革を進めても、成果が得られないばかりか、政の混乱を招き、よりいっそう凱の病を進行させるだけ。父帝は反駁《はんばく》の余地もない正論で垂峰を黙らせた。

今の垂峰にできることは、国の病巣に大鉈《おおなた》をふるうことではなく、少しずつ自分の手駒《てごま》を増やして朝廷に足がかりを作り、皇子を産みふやして皇統を安定させることだ。

（せいぜい子作りに励《はげ》めということか）

それもまた天子の務めだ。後宮は皇帝の色欲を満たすために存在するのではないのだから。

豊始四年、太上皇と豊始帝の弑逆未遂事件《しいぎゃくみすいじけん》――断腸《だんちょう》の案《あん》が起きた。

首謀者《しゅぼうしゃ》は崇成帝の異母妹・宝倫大長公主《ほうりんだいちょうこうしゅ》。ひそかに恋い慕《した》っていた甥《おい》の示験王《しけんおう》・高透雅《とうが》を皇位につけようとしての犯行だった。当の示験王によって陰謀《いんぼう》をあばかれた宝倫大長公主は投獄《とうごく》され、獄中で自害した。むろん、罪人なので陵墓《りょうぼ》に陪葬《ばいそう》されることはなく、遺体は処分された。供養《くよう》することも禁じられているが、垂峰は折に触れてひそかに追福《ついふく》している。

宝倫大長公主は最も気の合う身内だった。皇族らしく贅沢を享受《きょうじゅ》し、自由奔放《ほんぽう》に生きながら、どこか満たされない器《うつわ》をかかえた婦人だった。そういうところに共鳴したのだ。

事件の一報を受けたときは耳を疑った。彼女は権力に固執する人間ではなかったし、透雅への恋慕《れんぼ》ゆえというのも、いまひとつ合点《がてん》がいかなかった。

彼女は色恋に溺《おぼ》れるような婦人ではなかった。彼女が欲していたのは、男女の情愛ではなく、己の根幹にかかわる自尊心だったはずだ。ほかでもない、垂峰がそうであるように。

事件の真相がどうであれ、宝倫大長公主が偲《しの》ぶべき人であることは変わりない。

今夜も、後宮の園林《ていえん》の片隅でひっそりと紙銭《しせん》を焚《た》いていた。満開の碧桃《へきとう》がはらりはらりと白い花びらを散らしている。その寂しげな色彩は弔《とむら》いの色を思わせた。

(叔母上《おばうえ》がご健在だったら、話し相手に困ることはなかったのにな)

皇帝のそばには常に誰かがいる。それは皇族であり、后妃侍妾《こうひじしょう》であり、宦官《かんがん》であり、官吏《かんり》であり、女官や宮女《きゅうじょ》だ。しかし、彼らが垂峰の理解者足りえることはない。

今そばにいるのは、闇奴の部下の若い宦官だ。供養の間はあえて闇奴を遠ざけている。

宦官は師弟関係で複雑に結ばれており、弟子は師匠《ししょう》を師父《しふ》と呼んで敬《うやま》う。闇奴の師父は司礼監秉筆太監《しれいかんへいひつたいかん》の旅《りょ》太監。東廠《とうしょう》の長官を兼任する旅太監は、父帝子飼いの部下である。闇奴が皇帝付きの主席宦官を務めているのは、まぎれもなく垂峰を監視するためだろう。どうせ秘密裏《り》に宝倫大長公主の供養をしていることも、とっくに知られているのだろうが、せめて故人を偲んでいる間だけは、監視の目から遠ざかっていたい。

（……何だ？）

ふいにガサガサという耳障《みみざわ》りな音が聞こえてきた。音はだんだん近づいてくる。

もしや刺客《しかく》かと身がまえた瞬間、すぐそばの生垣《いけがき》から女が飛びだしてきた。

珍妙な恰好《かっこう》の女だった。長い裙《くん》にはびっしりと護符のようなものを縫《ぬ》いつけており、頭には虎模様の鉢巻《はちま》きをまいていた。乱れ放題の結い髪には無数の葉っぱがくっついている。

その女が危充華だと気づくのに寸秒かかった。

「主上《しゅじょう》！　早く逃げてくださいませ!!」

危充華は血走った目をして垂峰につめよった。

「今すぐ逃げないと大変なことになりますわ!!　あれが出たんですから!!」

「あれとは何だ？」

「天鏡廟です!!　うっかり墨汁《ぼくじゅう》をこぼしたら、正体を現しましたの!!」

危充華はひどく混乱しているようだ。何を言っているのか、さっぱり分からない。

「はじめは人だと思ったのです！　人にしか見えませんでしたもの！　ですが、わたくしが墨汁をこぼしたら、その人にかかってしまって！　いえ、人ではないのですけど！　とにかく、おぞましい姿をしていました！　体中が焼けただれて、顔は無残に溶けていましたの！」

天鏡廟。墨汁。おぞましい姿。なんとなく察しがついた。

「もしかして、おまえも見たのか？　天鏡廟の幽霊とやらを」

天鏡廟には幽霊が出るという噂《うわさ》があった。墨汁は幽霊が嫌うものである。墨汁を浴びると、人間に化けた幽霊は化けの皮がはがれて本来のおぞましい姿に戻るという。

「主上もご覧になったのですか⁉」

「見てない。噂を聞いたことがあるだけだ」

きっぱりと言い切って、垂峰は溜息をついた。

「幽霊など、ばかばかしい。くだらないことで大騒ぎするな」

「本当に出ましたの！　お疑いなら、わたくしと一緒に来てください！」

「断る。余は暇じゃない」

「あー！　怖いのですね⁉　怖いから来たくないのですね⁉」

「怖いものか。くだらないことには付き合いきれないと言ったんだ」

「みなさま、聞いてください！　主上は幽霊が怖くてたまらないそうですわ！」

「誰に話してるんだよ。うるさいやつだな」

「だって、主上が幽霊を怖がっていらっしゃるから面白くて」

「怖がってないと言っているだろ」

「でしたら、わたくしと一緒に来ていただけますね？　怖くないのでしょ？」

妙に勝ち誇ったような表情をしている。いちいち癇《かん》に障る女だ。

「どうせ、何かの見間違いだろう」

面倒くさいことになったと思いつつ、天鏡廟に向かう。

「だいたい、何なんだ、その恰好は」

「魔除《まよ》けの護符を裙に縫いつけてきましたの。天鏡廟には幽霊が出ると聞いていましたので」

危充華は垂峰の後ろからついてきた。やけにびくびくしている。

「その鉢巻きも魔除けか」

「虎は邪気を祓《はら》いますから。ここに予備があります。主上もおつけになってくださいませ」

「いらぬ」

「幽霊にとりつかれてしまいますわよ？」

「幽霊などいない」

「いたのです！　この目でしかと見ましたもの！」

そうこうしているうちにゆるやかな坂道をのぼり、天鏡廟にたどりつく。いくつもの吊り灯《どう》籠《ろう》に照らし出される朱赤の神廟は、濃密な闇の中にひっそりとたたずんでいる。おそらく、危充華が飛びだしてきたままなのだろう。正殿の大扉は半開きになっていた。

「どこに幽霊がいるんだ？　何もいないじゃないか」

廟内《びょうない》は木の枝を模した燭台《しょくだい》にぼうっと照らされている。衝立《ついたて》の前に置かれた机のそばに墨汁がこぼれているほかは、これといって不審な点はない。

「おおかた、自分の影にでもびくついていたんだろう」

「違いますわ！　男の人の幽霊でしたもの！」

危充華は涙目で見上げてくる。両手で垂峰の袖《そで》をしっかりと握っていた。

（……今夜はずいぶん様子が違うな）

如星軒の屋根から垂峰に墨汁をぶちまけたときとは違って、いたく弱々しい。よほど幽霊が怖いのか、あるいは、皇帝の気を惹《ひ》く芝居にたけているのか。

「今夜はもう遅い。殿舎《でんしゃ》に帰ってやすめ」

立ち去ろうとしたとき、危充華に袖を引っぱられた。

「今しばらくここにいてくださいませ。廟内の片づけをしなければなりませんので」

無視してもよかった。とどまる理由はなかった。にもかかわらず、彼女の手をふりはらえなかった。先日のふてぶてしさとは打って変わった儚《はかな》さに気をとられてしまって。

（……これが寵愛《ちょうあい》を得るための演技なら、たいした役者だ）

疑わしい目をしながらも、垂峰は彼女の望みどおりにすることにした。

「ここで待っているから、片づけを済ませてこい」

「よかった。でも、せっかくですから、燭台の明かりを消してくださいませ。その前に、窓を閉めてくださいね。あっ、ついでに香炉《こうろ》の火が消えているか確認してくださいます？」

あれこれ用事を言いつけ、自分はさっさと机のほうに行って雑巾で床の墨汁を拭きはじめた。

(やはりふてぶてしい女だ)

皇帝に命令を下すとは無礼な。むっとして突っ立っていると、危充華がこちらを見た。

「ぼーっとしてないで、早くしてください！　また幽霊が出ますわよ！」

「幽霊なんかいないと言っているじゃないか」

ぶつぶつ文句を言いながら、なぜか燭台の明かりを消す羽目になるのだった。


翌朝、夕麗はげっそりして朝餉《あさげ》の席についた。幽霊の悪夢にうなされてろくに眠れなかったのだ。食欲はないが、食事を無駄にするのはいやなので無理にでも食べる。

「昨夜は驚きましたわ。主上が危充華さまを翠眉殿まで送ってくださったのですもの」

女主と違い、雨果は上機嫌である。

「進御《しんぎょ》なさる絶好の機会でしたのに、お引きとめにならなかったのは残念でした」

「もともとその気はないけど、たとえあったとしても、皇后さまに無断で進御なんてしたら、わたくしは杖刑《じょうけい》二百回を言い渡されて、あっという間に死んじゃうわよ」

原則として、宮女は天子の寝殿《しんでん》たる仙嘉殿《せんかでん》以外で進御してはならない。

しかし、妃嬪《ひひん》以上の后妃はこの限りではなく、自分の住まいに皇帝を迎えることができる。ただし、その場合、皇后の印璽《いんじ》を捺《お》した通知書が不可欠である。この通知書を鳳戯牡丹《ほうぎぼたん》という。皇后の印璽を捺す紙に牡丹と戯《たわむ》れる鳳凰《ほうおう》の透かし模様が入っているからだ。

鳳戯牡丹がなければ、皇帝は妃嬪の閨《ねや》に入れない。皇后には、皇帝が他の妃嬪を寵愛することを阻止する権限が与えられているわけだ。もっとも、皇后が皇帝の意に逆らって鳳戯牡丹を出さないということは、まずありえない。たとえ事前に通告のない進御が行われても、翌朝には皇后が鳳戯牡丹を出して帳尻を合わせるのが慣例である。

「主上は危充華さまをお気に召してくださったのではないでしょうか？　今まで主上が妃嬪を殿舎までお送りになるなんてことは、ございませんでしたし」

「わたくしが幽霊にびくびくしていたから送ってくださっただけよ。他意はないわ」

皇帝は思っていたよりも親切な人かもしれない。夕麗に付き合って天鏡廟まで来てくれたし、雑用を手伝ってくれたし、翠眉殿まで送ってくれた。終始、苦虫《にがむし》を嚙《か》みつぶしたような顔をしていたが、血も涙もない人物ではなさそうだ。

「はあ……。もう天鏡廟には行きたくないわ」

せめて昼までの務めであれば耐えられるのだが、夜遅くまで香を焚き、蠟燭《ろうそく》を灯して写経《しゃきょう》をするよう、加皇后から言い渡されているのだ。

「しかし、妙ですわね。天鏡廟でお亡くなりになったのは普寧妃さまですのに、なぜ男の人の幽霊が出たのでしょうか」

灰龍の案の事件現場で亡くなったのは、普寧妃だけだという。

「男の人でも女の人でも幽霊には変わりないわ。もっと護符《ごふ》を作って自衛するしかないわね」

朝餉が済めば朝礼だ。夕麗は身支度《みじたく》をして恒春宮へ向かった。

三月はじめの園林《ていえん》は多種多様な桃が咲き乱れている。清らかな白、燃える緋色《ひいろ》、可愛《かわい》らしい薄紅、艶《つや》やかな深紅……色とりどりの桃花が織りなす絢爛《けんらん》な文様には惚《ほ》れ惚《ぼ》れする。

園林をつらぬく回廊《かいろう》の途中で、泉芳儀と爪閑儀を見かけた。

「……か、返してください！」

爪閑儀がいつになく声を荒らげている。そちらを見ると、泉芳儀が簪《かんざし》を手にしていた。

「そ、それは姉の形見《かたみ》なんです。と、とても大事なものですから、差し上げるわけには……」

「わらわはこれが気に入ったの。いいでしょ、簪のひとつやふたつ」

「こ、困ります……！　それがないと、私……私……」

爪閑儀は今にも泣きだしそうな顔をしていた。夕麗は見かねて二人の間に入る。

「何の騒ぎですか？」

「爪閑儀から簪をもらったのよ。わらわに似合いそうでしょ」

泉芳儀は銀製の簪を見せた。かたどられているのは、向かい合うつがいの鵲《かささぎ》。これは喜相逢《きそうほう》という文様で、別れることのないかたい契《ちぎ》りを表している。

「爪閑儀さまは差し上げたおつもりはないようですよ。お姉さまの形見だそうですから」

「形見だから何なの？　わらわが欲しいと思ったものは、何であろうとわらわのものよ」

「お願いします。ほかの簪なら差し上げますから、それだけは返してください」

爪閑儀は消え入りそうな声で懇願《こんがん》する。夕麗はしばし黙考《もっこう》した。返せと言って返してくれる相手ではない。哀れむように眉尻《まゆじり》をさげて、爪閑儀に耳打ちする。

「ここは慈悲《じひ》をほどこすおつもりで差し上げたらいかがですか、爪閑儀さま。どうやら泉芳儀さまは人から簪を奪い取らなければならないほど、困窮《こんきゅう》なさっているようですから」

「困窮ですって⁉」

「ご実家が貧しくていらっしゃるから、爪閑儀さまの美しい簪を欲しがっていらっしゃるのでしょう？　小人窮《しょうじんきゅう》すれば斯《ここ》に濫《らん》すと申しますものね。おかわいそうなこと。宝飾品にさえ事欠くほどお困りなら、わたくしの簪も差し上げましょうか？」

夕麗がにっこり微笑《ほほえ》んで結い髪から簪を引き抜くと、泉芳儀はまなじりを吊り上げた。

「危充華は泉家を知らないのかしら？　泉家は段家とゆかりのある名門なのよ。都には泉氏一門の別邸が軒《のき》を連ねているわ。宝飾品なんて、腐るほど持っているわよ」

「では、どうして爪閑儀さまの簪を欲しがっていらっしゃるのです？　腐るほど持っていらっしゃるという簪は、爪閑儀さまの簪に遠く及ばぬがらくたばかりなのですか？」

「がらくたのはずないでしょう‼　あなたが見たこともないような豪華な簪ばかりよ‼」

「でしたら、爪閑儀さまの簪は無用の長物《ちょうぶつ》ですわね？　お返しくださいませ」

泉芳儀は歯ぎしりせんばかりに顔をしかめた。

「そんなに欲しいのなら、返してあげるわよ」

こちらに手渡すと見せかけて、簪を回廊の外に放る。ちょうどそばに池があった。ぽちゃんという音を響かせて、喜相逢の簪は池の底に沈んでいく。

「あら、手が滑ったわ。でも、別にいいでしょ。あんな安物の簪、また買えばいいんだから」

泉芳儀は女官たちを引き連れて立ち去った。爪閑儀は回廊の欄干《らんかん》から身を乗り出し、池の中をのぞきこむ。硝子《ガラス》細工のような横顔はすっかり青ざめていた。

「ここで待っていてください。わたくしが拾ってまいりますわ」

夕麗は靴《くつ》と襪《くつした》を脱ぎ捨てて、回廊の欄干をまたいだ。裙《くん》の裾《すそ》をたくし上げて、ばしゃんと池に入る。池の深さは膝までしかない。透明な水底に沈んだ簪はすぐに見つかった。

「ありがとうございます……！」

回廊に戻った夕麗が濡れた簪を手渡すと、爪閑儀は頼りなげな瞳をいっそう潤ませた。

「大切な簪は身につけないほうがいいでしょう。邪《よこしま》な方に目をつけられるかもしれませんから」

「ええ、そうしますわ」

「じゃあ、急ぎましょう。遅刻すると皇后さまのお叱《しか》りを受けます」

雨果の手を借り、急いで襪と靴を履《は》きなおす。注意していたのに、裙の裾が濡れていた。遅刻しなくても、加皇后の叱責《しっせき》はまぬかれないようだ。

「本当にありがとうございました。一生、恩に着ますわ」

「一生なんて大げさですわよ」

「せめてお姉さまと呼ばせてください。私、入宮以来どなたとも親しくできなくて……。もし、ご迷惑でなければ、姉妹のようにお付き合いさせてくださいませんか……？」

爪閑儀がおずおずと見つめてくる。思わず守ってあげたくなるような愛らしさだ。

「じゃあ、お互いに堅苦しい言葉遣いはやめましょ。わたくしは夕麗よ」

「夕麗お姉さまね。私は丹蓉《たんよう》というの」

「赤い蓮《はす》？　素敵な名ね。あなたに似合っているわ」

夕麗が微笑みかけると、丹蓉は気恥ずかしそうに花顔《かがん》をほころばせた。

厳しい規則や面倒な務めの多い後宮生活も、友人がいれば楽しくなるだろう。


三月半ば。後宮では蝶恋花《ちょうれんか》の宴《うたげ》が催《もよお》される。

彩相園《さいしょうえん》の芍薬《しゃくやく》畑には、色とりどりの胡蝶《こちょう》が放たれた。芳《かぐわ》しい芍薬と戯れる胡蝶の群れを背景に、皇帝の御前には贅《ぜい》をつくした美食がところせましと並べられている。

宮妓《きゅうぎ》たちが艶《あで》やかな群舞《ぐんぶ》を披露する中、垂峰は不機嫌な顔で酒杯を傾けていた。

（宴、宴、宴……どうして宮中のやつらはこうも宴が好きなんだ？）

垂峰は大の宴嫌いである。歌舞だの雑劇《ざつげき》だの幻術だの百戯《ひゃくぎ》だのにはまるきり興味がないし、美食にも美景にも美女にも関心がない。こんなものに付き合わされるくらいなら、上奏文の山に埋もれているほうがはるかに有意義だ。

即位直後、垂峰は宮宴の大半を廃止しようとした。宴のたびに浪費される金子《きんす》ほど無駄なものはないからだ。しかし、高官たちがこぞって反対した。

建国以来の伝統が、神仙の加護が、宗室の威信がと、そろいもそろって抗弁する。なぜなら、彼らの懐《ふところ》は宴にかかわる諸費で潤っているからだ。強硬な手段に出れば、高官たちと真っ向から対立することになる。結局、宴の規模を縮小するのが精いっぱいだった。

（これが皇帝か）

非力なものだ。至尊《しそん》の位にのぼりながら、宴ひとつ廃止できないとは。

「主上《しゅじょう》、お酒はほどほどになさいませ。お体に毒ですわ」

隣の宝座《ほうざ》から、加皇后が穏やかに微笑みかけてきた。

「こちらの蒸し菓子はいかがです？　牡丹の花びらを練《ね》りこんだものですの。富貴花《ふうきか》とも呼ばれる牡丹を主上がお召し上がりになれば、大凱《だいがい》はますます繁栄《はんえい》いたしましょう」

「牡丹をお召し上がりになるまでもなく、主上はすでに天下一富貴でいらっしゃいますわ。それより、皇后さまは芍薬をお召しになるべきではなくて？　芍薬は子宝に恵まれる強壮薬になると申します。おひとりしか御子を授かっていらっしゃらない皇后さまには必要かと」

　皇后より一段下がった宝座にいる段貴妃がすかさずいやみを言う。

「主上は宮妓たちの舞に退屈していらっしゃるご様子。わらわが龍鳳呈祥《りゅうほうていしょう》の舞を献上いたしますわ。この日のために、稽古《けいこ》してまいりましたの」

「おやめなさいな、妹妹《まいまい》。主上は堅実な御方ですから、歌舞がお嫌いなのです」

「皇后さま。そのようなことをおっしゃっては、段貴妃さまがおかわいそうですわ」

　口を挟んだのは、皇后派の程成妃《ていせいひ》だった。絹団扇《きぬうちわ》の陰で笑う瞳に、明らかな棘《とげ》がにじむ。

「舞は段貴妃さまの唯一の特技なのですもの。それを主上がお嫌いになっているなんておっしゃったら、段貴妃さまの立つ瀬がございませんわ」

　段貴妃が歯ぎしりしたとき、貴妃派の蘇順妃《そじゅんひ》が言った。

「私が思うに、主上は歌舞よりも、お小言《こごと》のほうがお嫌いかと。せっかくの華やかな席ですのに、お酒をたしなめられるとは興ざめではございませんこと？」

「お小言とは無礼ではなくて？　皇后さまは主上のお体を気遣っていらっしゃいますのよ」

「主上は偉丈夫《いじょうふ》であらせられます。お酒をたくさんお召しになるのは当然だわ」

「何事にも限度というものがあるでしょう」

「それはあなたの白粉《おしろい》のこと？　脂粉《しふん》の匂《にお》いが強すぎて料理の味が分からなくなりそうよ」

（……また始まった）

後宮は皇后派と貴妃派に二分されている。妃嬪《ひひん》たちは各陣営に分かれ、角突《つのつ》き合わせている。宴のたびにいやみ合戦を見せつけられるから、垂峰の宴嫌いが加速するのだ。

「主上、そろそろ蝶戯《ちょうぎ》を始めましょうか」

后妃たちのいさかいを尻目に、閹奴がうさんくさい笑顔で提案した。

蝶戯とは、蝶恋花の宴で行われる余興だ。后妃たちを競わせる遊戯なら、矢を壺《つぼ》に投げいれる投壺《とうこ》、碁《ご》や象棋《しょうぎ》、紙牌《カード》遊びや双六《すごろく》、茶の産地や品種を飲み分ける闘茶《とうちゃ》、香木の香りを聴き分ける闘香《とうこう》、剪紙《せんし》や鞦韆《ぶらんこ》、果ては騎乗して行う打毬《ポロ》まで、どんなものでもいい。

勝ち抜いた后妃には褒賞《ほうしょう》として、皇帝から蝶恋花文の手巾が下賜《かし》される決まりだ。胡蝶と花を組み合わせた蝶恋花文は、胡蝶が男性を、花が女性を暗喩《あんゆ》する。夫婦和合を意味する文様であり、これを下賜された后妃は今宵《こよい》、皇帝と春の夢を結ぶことができるのだ。

実にくだらないしきたりだが、后妃たちにとっては、寵愛《ちょうあい》を得る絶好の機会である。

また、垂峰にとっても、独り寝の夜を確保することができる好機だった。

要は無理難題を吹っかけて、勝負なしに持っていけばいいのだ。

一昨年は后妃たちが知るはずもない兵法書から出題した。昨年は異国の歴史書から奇問を出題した。いずれも正解者は出ず、垂峰はひとりでぐっすり眠ることができた。

今年も独り寝の楽しみを獲得《かくとく》するべく、難解な問題を用意してきた。

「画中の時刻をその理由とともに答えよ」

垂峰は宦官《かんがん》たちが広げた一幅《いっぷく》の絵画を示した。

描かれているのは、園林《ていえん》で憩《いこ》うさまざまな鳥獣たちだ。

牛、馬、虎、蛇、蟾蜍《ひきがえる》、猿、猫、鴛鴦《おしどり》、犬、猪、豚、蝙蝠《こうもり》、兎《うさぎ》、鶏《にわとり》、鼠《ねずみ》、羊、山羊《やぎ》、鸚鵡《おうむ》、雀《すずめ》、家鴨《あひる》、鹿、燕《つばめ》、孔雀《くじゃく》、豹《ひょう》、獅子――そのどれかに時刻が隠されている。

「答える回数はひとりにつき一度きりとする。どうだ？　先陣を切る者はいるか？」

「未《ひつじ》の刻ですわ」

威勢よく答えたのは、泉芳儀だった。

「だって、羊が真ん中に描かれていますもの」

「残念ながら違う」

「では、亥《い》の刻でしょう。猪が北北西の方角にいますから」

尹皇貴妃が思慮《しりょ》深げな面持《おもも》ちで言う。

「目の付け所は悪くないが、はずれだ」

「鶏が鳴いているように見えますので、夜明けかしら」

程成妃はおずおずと口を開いた。

「夜明けではあやふやすぎる。よく見れば、もっと正確な時刻があらわれているぞ」

「寅《とら》の刻では？」

「いいえ、卯《う》の刻だわ」

「正子《しょうし》ではありません？　鼠だけが真正面を向いていますので」

后妃たちは思い思いの答えを述べたが、どれも正答ではない。

（そう簡単には当てられまい）

悩みに悩んで作った設問なのだ。今年も正解者は出ないだろう。

「当て推量でもいい。まだ答えていない者は適当な時刻をあげてみよ」

「わたくしは見当もつきませんので、棄権《きけん》いたします」

条敬妃は退屈そうな表情でそっけなく言った。

「爪閑儀と危充華はまだ答えていないようね？　せっかくの機会よ。運試しと思って答えを言ってみたら？　ひょっとしたら、当たっているかもしれなくてよ」

段貴妃が艶《つや》っぽく微笑《ほほえ》んで、爪閑儀と危充華に水を向けた。

「わ、私は……ええと……も、申し訳ございません。わ、分かりません……」

爪閑儀の弱々しい声が響くと、后妃たちの視線はいっせいに危充華に集まる。

「わたくしは答えたくありません」

末席に座る危充華はにこりともせずに言った。咲き初《そ》めの百合《ゆり》のごとき花顔には艶《あで》やかな化粧《けしょう》がほどこされていた。瑞々《みずみず》しい黒髪は頭上で髻《もとどり》を作り、余らせた二房の髪を両肩に垂らす流蘇髻《りゅうそけい》に結われている。造花の沈丁花《じんちょうげ》、無数の貴石をあしらった髪飾り、さながら胡蝶が羽ばたいているかのように金歩揺《きんほよう》が髻で揺れる。

清艶《せいえん》な白木蓮《はくもくれん》が咲き競う襦裙《じゆくん》をまとった危充華は、三千の美女が集《つど》う後宮にあっても人目を惹《ひ》かずにはいられぬ玉容《ぎよくよう》の持ち主だったが、どこか刺々《とげとげ》しい気配があった。

「なぜです？　正答を言い当てれば、今宵、進御《しんぎよ》できるのですよ」

加皇后がやや苛立《いらだ》ったふうに尋ねる。

「進御したくないから、答えたくないのです」

「まあ！　なんて無礼なの！」

「信じられない！　主上のご寵愛を受けたくないなんて、どうかしてるわ」

「いったいどういうつもりなのかしら。寵を賜《たまわ》ることほど、幸せなことはないのに」

危充華の返答に妃嬪たちがざわめく。

「進御はわたくしたち后妃にとって栄えある務め。それを公然と厭《いと》うとは何事ですか」

加皇后が視線を鋭くして危充華を睨《にら》んだ。

「皇后さまったら、もう少し寛容におなりになったら？　新参者の失言にいちいち目くじらを立てなくてもよいでしょう。危充華が答えたところで正解するとは限らないのですから」

「寛容にも限度というものがあります」

段貴妃の言葉をはねのけ、加皇后は肘掛けを叩いた。

「本来なら不敬《ふけい》な発言だけで処罰に値しますが、宴席の和を乱したくはありません。素直に答えを言えば、非礼は不問にふすとしましょう。さあ、早くお答えなさい」

危充華は黙っていた。しばらくして、鳥獣たちの絵をふり仰《あお》ぐ。

「正午です」

「その答えは葉温妃がすでに出したぞ。葉温妃は牛が井戸のそばにいるから、正午ではないかと言った。井と正を同じ発音と見なしてな。しかし、正確には井と正の発音は違う。よって牛が井戸のそばにいるから正午という答えは不正解だ」

「牛は関係ありませんわ。この絵の時刻を表しているのは、猫です」

風鈴のような涼しげな声音《こわね》に、垂峰は表情が凍りつくのを感じた。

「画中の猫を見てください。猫の目が糸のように細くなっていますわね。猫の目は夜には丸くなり、昼には細くなります。正午は最も陽気が盛んな時刻。猫の目は一文字《いちもんじ》のように細くなります。富貴全盛を表す文様、正午牡丹《ぼたん》に見える隠喩《いんゆ》と同じですわ」

みなの視線は絵に集まり、ついで垂峰に向かう。

「……正解だ」

宴席はしんと静まり返った。おめでとう、と尹皇貴妃が祝福の口火を切る。

「よかったわね、危充華。蝶恋花文《ちょうれんか》の手巾はあなたのものよ」

「正午牡丹なんて思いつかなかったわ。危充華は天運に恵まれているわね」

「皮肉なものですわよね。進御したくない方が正解してしまうなんて」

后妃たちは口々に危充華を祝福した。その大半は棘を含んだ言葉だったが。

「正解者に蝶恋花の手巾を贈ろう。危充華、こちらへ来い」

垂峰は危充華を呼んだ。闇奴を介して、手巾を渡す。

「謹《つつし》んでちょうだいいたします、主上」

危充華は極彩色《ごくさいしき》の手巾をおしいただく。つんと取り澄ました美貌《びぼう》に喜びの色はなかった。

天子の寝殿《しんでん》・仙嘉殿《せんかでん》は別名を龍の巣という。反り返った屋根の瓦当《がとう》をはじめとして、柱、梁《はり》、格天井……いたるところに威風堂々たる五爪《ごそう》の龍の文様がほどこされているからだ。

「危充華さま、くれぐれも自発的な行動はなさらないでくださいよ。何もしない、言わない、思わない。閨事《ねやごと》は主上にお任せして、ぼーっと天井でも見ててくださいね」

金塗りの輿《こし》からおりると、亡炎が切羽詰《せっぱつ》まった様子で夕麗に耳打ちしてきた。

「しつこいわね。何回同じことを言えば気が済むのよ」

「三千回だって言いますよ。心配で心配でしょうがないんですから」

「ふーん。さてはあなた、わたくしのことが好きなのね？　悪いけど、片想いよ」

「俺が好きなのは俺ですよ！　自分可愛《かわい》さであなたに忠告してるんです！　まったく、あなたと来たら、如星軒の屋根にはのぼるわ、主上に墨汁《ぼくじゅう》ぶちまけるわ、虎の鉢巻《はちま》きつけてうろうろするわ、朝礼の前にざぶざぶ池に入るわ……挙句《あげく》の果てには、宴席で『進御したくない』宣言！　あなたが何かやらかすたび、俺の拷問《ごうもん》人生が遠のくんですよ！　自重してください！」

鼻息の荒い亡炎にハイハイと適当な返事をして、夕麗は龍文に彩られた屋内に入った。

亡炎ら翠眉殿の使用人とは手前の部屋で別れ、舌太監に先導されて朱塗りの長廊《ちょうろう》を渡る。

長廊の突き当たりには、黄龍《おうりゅう》が浮き彫りにされた扉がどっしりとかまえている。敬事房の宦官たちが扉を開くと、さながら黄龍が咆哮《ほうこう》したかのように重たげな風が起こった。

（房事《ぼうじ》なんて、目をつぶっている間に終わるわ）

以前の夕麗は、年頃の娘らしく、恋しい人と結ばれる夜に憧れていた。そんなときが来れば、彼はどんな甘い言葉をかけてくれるだろうかと、胸をときめかせたことさえあった。

今や、憧れもときめきも過去のものだ。閨事は妃嬪の務めだから応じるだけ。そこに感情は存在しない。一夜明けて生娘《きむすめ》ではなくなっても、何の喜びも悲しみもないだろう。

「――何をしている」

皇帝の声が降って、夕麗は拝礼の姿勢のまま、はたと我に返った。

すでに舌太監は退室した後だ。瀟洒《しょうしゃ》な調度品《ちょうどひん》が集う室内は燭台《しょくだい》で明々と照らされている。

どうやら、ここは寝間ではなく、居間らしい。

衝立《ついたて》に描かれているのは、戯《たわむ》れる龍と鳳凰《ほうおう》。これは結婚の喜びを表す文様、龍鳳呈祥《りゅうほうていしょう》だ。壁の掛け軸《じく》の絵は、百合と万年青《おもと》と蓮《はす》と小箱である。百合が「百」、冬にも枯れない万年青は「年」、蓮は「和」、小箱は「合」を表す。夫婦が末永く睦《むつ》まじく暮らすようにとの願いをこめた吉祥文様だ。吊り灯籠《どうろう》には宜男多子《ぎだんたし》、萱草《かんぞう》と石榴《ざくろ》の図が描かれている。萱草は妊婦がおびると男子を産むといわれるまじない草、石榴は子だくさんを意味する。

部屋中を彩る文様は、どれもこれも、結婚や子宝に通じるものばかりだ。

「いつまでそこにひざまずいているつもりだ?」

寝間の入口にかけられた珠簾《すだれ》を荒っぽくかきわけ、皇帝が睨むような目で夕麗を見た。

皇帝は五爪の龍が織り出された夜着《よぎ》をまとっている。長い黒髪は低い位置でひとつにくくり、背中に流していた。端整な面輪《おもわ》が苛立《いらだ》ちでゆがんでいるのが、いっそ凄艶《せいえん》だった。

夕麗は慌てて立ち上がり、皇帝を追いかけた。

寝間に入ると、鳳凰の香炉《こうろ》で焚《た》かれている龍涎香《りゅうぜんこう》が頭をくらくらさせた。鳥の形をした燭台が灯されているので、室内はほんのり明るい。真っ暗でなかったことに安堵《あんど》した。

夕麗は暗い場所が嫌いなのだ。――あの夜を思い出すから。

「脱がせてもらうことを期待しているのなら、いつまで経っても務めは果たせぬぞ」

皇帝は牀榻《しんだい》に腰をおろし、面倒くさそうに視線を投げた。

「女の帯をとくのは殿方《とのがた》の楽しみだと、『金閨神戯《きんけいしんぎ》』には書いてありましたわ」

『金閨神戯』は宮女向けの房中術書《ぼうちゅうじゅつ》である。全四十巻、すべて目を通している。

「何回同じことをやらされていると思っているんだ。いい加減、辟易《へきえき》してるんだよ」

後宮には三千の美姫《びき》がいるのだ。三千回も帯をほどいていたら、さすがに飽きるだろう。

いやなことはさっさと済ませたい。夕麗は自分で帯をほどき、夜着と内衣《したぎ》を脱ぎ捨てた。

「いかがなさいましたか？」

皇帝が自分の裸身をじっと見ているので、何かまずい点でもあるのかと思って尋ねる。

「少しは恥ずかしがったりしないのか」

裸を見られるのはこれがはじめてではない。入宮前、敬事房の宦官が体を調べに来た。その際は文字通り隅々まで調べられた。素肌に見苦しい欠点がないか、生娘かどうか、病《やまい》にかかっていないかどうか、細部まで調べ上げられ、合格したからこそ入宮できたのだ。

（まるで家畜みたい）

売りに出される牛や馬のような扱いだが、それについて抗議しても仕方ない。

事実、妃嬪侍妾《じしょう》は綺羅《きら》を着た家畜にすぎないのだ。とうに割り切っているので羞恥心《しゅうちしん》などないが、皇帝が恥じらいとやらを求めているのなら、それらしくふるまっておくか。

「きゃあ恥ずかしい」

「……何だ今のは」

夕麗が両手で顔を隠して棒読みの台詞《せりふ》を言うと、皇帝が呆《あき》れ気味に溜息をついた。

「恥ずかしがっているんですわ。主上《しゅじょう》がそうしろとおっしゃるので」

「顔以外は丸見えだが、いいのか？」

「手は二つしかありませんから、他のところは隠せません。他の部分を隠せとのご下命なら、そのようにいたしますが。どこを隠しましょうか？」

「……茶番はいいから、こちらへ来い」

命じられるまま、そばに寄る。むき出しの腕を引っ張られて、褥《しとね》に押し倒された。

「甘い言葉など期待するな。余《よ》は好き好んでおまえを抱くわけじゃない」

「お互いさまですわ。わたくしも好き好んで主上に抱かれるわけではありません」

薄明かりの中、冷淡な視線が柔肌《やわはだ》に突き刺さる。

（双獅戯球《そうしぎきゅう》ね……）

牀榻の天井の錦には、雄《おす》と雌《めす》の獅子が繡球《しゅうきゅう》（刺繡《ししゅう》をほどこした毬《まり》）と戯れるさまを描いた文様が刺繡されていた。繡球は男女の愛情の結晶とされており、この図案は夫婦が睦み合って子をもうけることを表している。いかにも進御の閨《ねや》にふさわしい文様というわけだ。

「何を見ている？」

皇帝がいぶかしげに問う。現実を追い出すように、夕麗は目を閉じた。

「何も見ていません」

明日の朝礼のことを考えるとげんなりする。間違いなく、いやみの雨を浴びるだろう。

「おまえのせいで、独り寝の楽しみを逃してしまった」

冷ややかな情交の後、皇帝は煙管《きせる》をくわえて牀榻に座った。

夕麗が絵の中に隠された時刻の謎を解いたことを恨んでいるらしい。

「主上は共寝より独り寝がお好きなのですか？」

「当たり前だ。女がそばにいては、安心してやすめない」

「安心できないとは……女人《にょにん》を恐れていらっしゃるということですか？」

「恐れるものか。嫌いなんだよ」

皇帝は面倒くさそうに紫煙《しえん》を吐いた。乱れた夜着を羽織《はお》り直し、帯を締めている。

夕麗も夜着を着たかったが、床に脱ぎ捨てたままだ。体がだるく、起き上がるのがひどく億劫《おっくう》なので、鴛鴦《おしどり》文が刺繍された綾錦の布団に入ったままでいる。

「女はわずらわしい。あからさまに媚《こ》びを売ったり、めそめそ泣いてみたり、ぐずぐずと恨み言を言ったり、うっとうしいにもほどがある」

「そんなに女人がお嫌いなら、後宮なんてお持ちにならなければよいのに」

うっかり本音を言ってしまう。脳内亡炎が「自重！」と叫んだ。

「誰が好き好んで後宮など持つものか」

意外にも皇帝は腹を立てず、溜息まじりに紫煙を吐いた。

「おまえも、加皇后も、尹皇貴妃も、段貴妃も、他の女たちも、父上がお選びになった女か、叔父上《おじうえ》に押しつけられた女だ。後宮には俺が惚《ほ》れこんで娶《めと》った女など、一人もいない」

「では、主上は、恋をなさったことがないのですね？」

「恋が何の役に立つ。せいぜい暇つぶしになる程度だろう。くだらぬ」

「わたくしも同感ですわ。恋なんてくだらない」

「なぜだ？　女は恋だの愛だのに生きるものじゃないのか？」

皇帝が不思議そうに夕麗を見おろした。

「わたくしもかつては恋や愛に夢を抱いていました。……でも、あるとき、気がついたのですわ。殿方の真心を信じることほど、愚かしい行為《い》はないと」

胸の奥が鈍くうずいた。失恋の傷はとっくに癒えたはずなのに。

「そういえば、おまえの身上書《しんじようしよ》には『入宮前に恋人がいた』と書いてあったな。どんなやつだったんだ？　結婚の約束はしなかったのか？」

夕麗は口をつぐんだ。皇帝相手に元恋人の話をするのはまずいだろう。

「貞操《ていそう》を疑っているわけじゃない。単に興味があるだけだ。おまえみたいなふてぶてしい女を恋の虜《とりこ》にした男とは、どういうやつなんだ？　暇つぶしに話してみろ」

「……話したくありません」

「やけに頑《かたく》なだな。さては、まだそいつに未練があるんだな？」

「未練なんてありません！」

夕麗はがばと起き上がって全否定した。皇帝は面白がるように口の端を上げる。

「だったら話せ。たわいない寝物語だ。彤史《とうし》には記録を止めさせる」

皇帝が隣室に控えている彤史に会話の記録を止めるよう命じた。

「……元恋人のことなんてお話ししたら、わたくしは罰せられるのではありませんか？」

「おまえに恋人がいたことは、余も皇后も承知している。入宮前に貞操を失っていたわけではないんだから、今更、誰もおまえを罰しはしない」

紫煙の香りが苦く胸に響く。夕麗は裸の体に押し当てた布団をぎゅっと握りしめた。

「……あの方とはじめて会ったのは、三年前の元宵節《げんしょうせつ》です。家人に無断で灯籠《とうろう》見物に出かけたわたくしは、途中で道に迷ってしまって……」

ふいに、牀榻のそばに人影が見えて、夕麗は続きをのみこんだ。

ぬっとそびえたつ何者かは、一目で人ならざる者だと分かる風貌《ふうぼう》をしていた。赤黒く焼けただれた皮膚《ひふ》、獣じみた息遣い、ぬらぬらと炎がからみつく衣服……。どろりと溶けたように崩れた顔の中で、ふたつのまなこだけが炯々《けいけい》と剣呑《けんのん》な光を放っている。

『……なぜだ……なぜ……』

地を這《は》うような低くざらついた声が耳朶《じだ》を撫《な》で、全身が粟立《あわだ》った。

瞬時にして動けなくなった夕麗に、その者は手をのばしてくる。

否《いな》、手と思《おぼ》しき何かだ。指も甲も掌《てのひら》も、いびつな火ぶくれに隙間《すきま》なく覆《おお》われ、もとの形すら分からない。肉の焼け焦げる臭《にお》いとともに、それがじわじわと夕麗に迫ってくる。

『なぜ裏切った……おまえは、どうして……』

次の瞬間、夕麗は甲高《かんだか》い悲鳴を上げた。

「おい、何だ⁉　どうした⁉」

夕麗が布団の中にもぐりこむと、皇帝は不審そうに声をかけてきた。

「で……出ましたの‼　あっ、あれが……‼　ゆ、ゆ、幽霊が……‼」

「はあ？　幽霊？　そんなもの、どこにいるんだ？」

「目の前にいますわ‼　牀榻のそばに‼　天鏡廟で見た幽霊と同じですわ‼」

「牀榻のそば？　何もいないぞ」

皇帝はのんきにあくびなどしている。夕麗は布団の中からそろりと顔を出した。

「いるでしょう！　ほ、ほら、そこに……え？」

牀榻のそばには、物言わぬ暗がりが横たわっているだけだ。

つい先ほど見たおどろおどろしい亡霊は――霧のように消えてしまっていた。


「おかわいそうなお姉さま」

淑《しと》やかな手つきで茶杯《ゆのみ》を傾け、丹蓉は痛ましげに柳眉《りゅうび》をひそめた。

眠気を誘う朗《ほが》らかな春の昼下がり。どっしりと根を張った紫木蓮《しもくれん》の大木の下にささやかな茶会の席をもうけ、夕麗は昨夜の顚末《てんまつ》を丹蓉に話して聞かせた。

「災難だったわね。望まぬ進御《しんぎょ》をしいられた挙句、幽霊にまで出くわしてしまうなんて」

「進御のことはいいのよ。それより、主上の閨《ねや》にまで幽霊が出るとは思わなかったわ」

夕麗は龍舌餅《りゅうぜつへい》をかじった。龍舌餅はいわゆる蓬餅《よもぎもち》で、上巳節《じょうしせつ》の食べ物だ。とうに上巳は過ぎているが、夕麗が好物だと言ったせいか、今日は丹蓉が作って持ってきてくれた。

「心底ぞーっとしたわ。恐ろしい声を出して、すぐそばまで迫ってきたんだもの。なのに、主上は何も見ていないっておっしゃったの。主上の目の前にいたのに」

皇帝には幽霊が見えなかったようだ。

「おかげで皇后さまにはまた怒られてしまうし。わたくしってとことんついてないわ」

昨夜の騒動を彤史から聞きつけた加皇后は、朝礼で夕麗を叱責《しっせき》した。

『幽霊を見たから御前で叫び声を上げたですって？　まったく、ばかばかしい。そんなくだらぬことで不様《ぶざま》に取り乱すなど、妃嬪《ひひん》として恥ずべきことです』

本当に幽霊を見たのだと言っても、全然信じてくれない。加皇后だけでなく、丹蓉をのぞく他の妃嬪たちもくすくすと笑ってばかりで、夕麗の訴えを真に受けてくれなかった。

「仙嘉殿って怖いところね。幽霊が出る閨なんておぞましいわ」

「二度と進御を命じられなければいいわね」

「大丈夫よ。主上はお義理でわたくしをお召しになっただけだもの。二度目はないわ」

寵幸《ちょうこう》とやらは金輪際《こんりんざい》めぐってこないはずだ。皇帝はそもそも女嫌いで夜伽《よとぎ》を嫌っていたようだし、夕麗が特別気に入られた様子もなかった。

「妹妹《まいまい》も進御を命じられたら注意してね。魔除《まよ》けの護符《ごふ》を身につけていったほうがいいわよ」

「……私、進御なんかしたくないわ」

「分かるわ。誰だって幽霊がいる閨には近づきたくないわよね」

「幽霊より、私……主上が怖いの」

丹蓉はうなだれた。強張《こわば》った花のかんばせには、恐怖が濃くにじんでいる。

「子どもの頃から、男の人が怖いのよ。男の人のそばにいるだけで気絶しそうになるの。閨で……体に触れられるなんて、想像するだけで震えが止まらなくなるわ」

「ひょっとして……男の人にひどいことをされたことがあるの？」

おそるおそる尋ねると、丹蓉は涙目になってうなずいた。

「……六つの頃よ。叔父さまに……体を触られていたの。はじめは、何とも思ってなかったわ。叔父さまのこと、好きだったのよ。お父さまは厳しくて怖い方だから、私はよく叱《しか》られていたけど、叔父さまは私に親切にしてくださったの」

甘い菓子や優しい言葉で慰めてくれる叔父に、幼い丹蓉は心を許していた。

「体に触ってくるのも、私を姪《めい》として可愛《かわい》がってくださっているんだと思っていたわ。だけど、だんだん気持ち悪くなっていったの。……その、ふ、服を脱がされたりして……」

吐き気をこらえるように白い手で口元を覆う。震える柳眉が痛々しさをかきたてた。

「無理に話さなくていいわよ」

夕麗は丹蓉のそばに行き、彼女の肩にそっと手を置いた。

「つらかったでしょうね。そんな災難に遭《あ》ったのなら、男の人を怖がって当然だわ」

信頼していた叔父に裏切られたのだ。丹蓉が味わった嫌悪と絶望は察するに余りある。

「その叔父さまって人が不幸のどん底に落ちることを祈るわ」

夕麗が力強く言うと、丹蓉はかすかに表情を緩《ゆる》めた。

「叔父さまはもう亡くなっているの。私が十二のときに」

泥酔《でいすい》して階段から転げ落ち、そのまま帰らぬ人になったのだという。

「きっと天罰が下ったのね。今頃、地獄の獄卒《ごくそつ》にさんざん痛めつけられているわよ」

年端もいかない姪に汚らわしい欲望を向ける下劣《げれつ》な男には地獄がお似合いだ。

「あっ、そうだわ。ねえ見て。お姉さまの匂《にお》い袋の文様に似せて作っているの」

丹蓉が作りかけの匂い袋を見せた。

文様は四季安泰《あんたい》。四扇《せん》で一まとめの屏風《びょうぶ》のような様式で、代表的な四季の花——牡丹《ぼたん》、蓮《はす》、菊、梅を描く。一年を通して安らかであるようにとの願いがこめられている。

「よくできているわね。わたくしの匂い袋とそっくりだわ」

「まだまだ下手《へた》だわ。花の刺繍《ししゅう》って思ったより難しいのよね。お姉さまのほうが上手よ」

「これはわたくしの亡くなった母が作ったものなの。わたくしは、刺繍は得意じゃないわ」

四季安泰の匂い袋に触れると、母のことを思い出す。母は吉祥文様に詳しく、いろいろな図形に幸せを願う気持ちがこめられているのだと教えてくれた。

「ご尊母《そんぼ》さまの忌日《きにち》はいつ？　私も一緒に供養《くよう》したいわ」

「ありがとう。五月はじめよ。妹妹のお姉さまの忌日も教えて？　文様を入れて紙銭《しせん》を作るわ」

丹蓉は最愛の姉を産褥熱《さんじょくねつ》で亡くしている。

「秋だからまだ先よ。お姉さまが紙銭を作ってくださるなら、私は祭壇《さいだん》にお供えするお菓子を作るわ。刺繍は苦手だけど、お菓子作りは得意なの」

「妹妹が作ってくれたお菓子なら、九泉《きゅうせん》にいる母も喜ぶわ。縁があって、同じ人に嫁《とつ》いで姉妹になったんだもの。これからはお互いの家族を供養しましょうね」

おしゃべりの種も尽きる頃、亡炎が舌太監の来訪を告げた。

「舌太監？　いったい何の用かしら」

「敬事房太監が后妃を訪ねる用件は一つしかありませんよ」

まさか、と夕麗は息をのむ。悪い予感は的中していた。

「お慶《よろこ》び申し上げます、危充華さま。主上《しゅじょう》は今宵《こよい》も御身をお召しになるそうです」

舌太監が不健康そうな面《おもて》を伏せて拝礼するや否や、夕麗はさーっと青ざめた。

悪夢のただ中にいるみたいだ。またしても仙嘉殿に行く羽目になるとは。

舌太監が退室するなり、危充華は垂峰の眼前で慌ただしく帯をほどいた。

「可及的速《かきゆうてきすみ》やかに済ませてください。寝間には入りたくないので、ここでお願いします」

夜着と内衣《したぎ》をぞんざいに脱ぎ捨て、一糸《いっし》まとわぬ裸身を灯燭の明かりにさらす。

「何をぐずぐずなさっているんですかっ。早くはじめてくださいませっ。さっさと終わらせてさっさと帰りたいのですからっ。ほら、主上もとっととお脱ぎになって！」

「おいやめろ。落ちつけ」

殺気立った危充華に帯をとかれそうになり、垂峰は彼女を止めた。

「落ちついてる暇はありませんのよ‼　ちゃちゃっと済ませてくださいませ‼」

裸身の美姫《びき》に迫られているというのに、まるきり艶《つや》っぽい雰囲気《ふんいき》にならないのは、危充華が血走った目をしているせいか、色気のかけらもない台詞《せりふ》のせいか。

「落ちつけと言っているだろうが。今日は夜伽のために呼んだわけじゃない」

垂峰は彼女が脱ぎ捨てた夜着を拾い上げた。むき出しの白い体にふわりとかけてやる。

「昨夜、おまえが言っていたことが気になってな。詳しい話を聞こうと思って呼んだんだ」

長椅子《ながいす》に腰かけ、彼女にも隣に座るように命じる。

「昨夜のことって？　わたくしの……かつての恋人のことですか？」

「それはひとまず置いておくとしよう。今、聞きたいのは昨夜の騒ぎのことだ」

危充華がなかなか長椅子に座らないので、細腕をつかんで無理やり座らせた。

「寝間で幽霊を見たと言って大騒ぎしただろう」

青貝螺鈿《あおがいらでん》の煙草盆《たばこぼん》を引き寄せて、煙管《きせる》をくわえる。

「あのときは、余《よ》の気を惹《ひ》くために一芝居打ったのかと疑っていたが、あとあと思い返してみると、おまえの怯《おび》えようは真に迫っていた。嘘をついているとは思えない」

「嘘なんてついていませんわ！　本当に幽霊を見ましたの！」

「その幽霊とやらだが、天鏡廟で見た幽霊と同じだと言っていたな。どういうやつなんだ？」

普段なら幽霊騒ぎなど一笑にふすところだが、今回は寝間に出たということなので、いささか気がかりだ。怨霊《おんりょう》の類《たぐい》は信じないけれども、場所が寝間となれば気分はよくない。

「どういうやつって、おぞましい幽霊ですわよ」

「もっと具体的に言え。武人か文人か、高貴な身なりか、貧しい身なりか」

「顔が焼けただれていたので人相は分かりませんが、背格好はええと……主上くらいかしら」

昨夜の恐怖がぶり返したのか、危充華はぶるりと震えた。

「逞《たくま》しい体つきの殿方《とのがた》のようでしたから、武人かもしれませんわね。身なりはよく分かりませんでしたわ。衣服はあちこち焼け焦げていて……」

見る見るうちに青ざめていく。自分の両肩を抱き、長椅子の上で縮こまった。

「……こ、これ以上は思い出したくありませんわ……」

歯の根が合わないほど震えている。危充華はたいそう怖がりらしい。

垂峰は困ってしまった。幽霊を見たのは彼女だけなのだから、危充華が話してくれなければ、詳しいことは分からずじまいだ。

「安心しろ」

しばし迷った末、垂峰は危充華を荒っぽく抱きよせた。

「また幽霊のやつがのこのこ出てきたら、余が追い払ってやる」

正直に言って、女人《にょにん》の抱きよせ方というのがこれでよいのかどうか、自信がない。

何しろ、いつもは自発的に女人を抱きよせたりしないのだ。垂峰が女人に触れるのは夜伽をさせるときだけで、閨事《ねやごと》に必要な最低限の接触以外は極力、避けることにしている。

なぜなら、骨までしみついた女嫌いゆえ、柔肌《やわはだ》に触れると生理的な嫌悪感がこみ上げてくるからだ。昨夜の進御でも、危充華にはできるだけ触れずに房事《ぼうじ》を済ませた。

おかげで彼女は無垢《むく》な体を開かれるのに苦労していたが、彼女がどれほど苦痛を感じようと知ったことではない。垂峰にとって閨事は義務以外の何物でもなく、枕席《ちんせき》に侍《はべ》る女人にとってもそれは同じだ。互いに愛情などないのだから、いたわりや喜びもなくて当然だろう。

しかし今は、危充華の恐怖を和《やわ》らげなければならない。女人に優しくする方法などろくに知らないが、とりあえず抱きよせて、猫を撫《な》でる要領で頭を撫でてやる。

「主上は幽霊をご覧になれないのに、どうやって追い払ってくださいますの？」

「余が下がれと命じれば消えるだろう」

「命じただけで、どうして幽霊が消えるのです?」

「天子の命令には何人《なんぴと》たりとも逆らえぬ。たとえ幽霊でもな」

皮肉交じりの軽口を叩くと、危充華は涙で潤んだ瞳をぱちぱちさせた。

ふいに桜桃《おうとう》のような唇をほころばせ、ころころと軽やかな笑い声をもらす。

「頼もしいですわ。主上がいらっしゃれば、幽霊も怖くありませんわね」

「ああ、そうだ。余のそばにいれば怖がることはない。昨夜の幽霊だって、余に恐れをなしていなくなったんだぞ。余がいなかったら、やつはおまえに襲いかかっていたかもしれない」

危充華が短く悲鳴を上げて垂峰にしがみついてくる。やわらかい肢体《したい》はひどく頼りなく、力を入れて抱くと壊れてしまいそうだ。

「怖がらなくていい。余がそばにいる」

大丈夫だと囁《ささや》きながら細い肩を撫でていると、小刻みな震えがしだいにおさまってくる。

「……四爪《しそう》の龍でしたわ」

危充華は垂峰の夜着をぎゅっと握りしめていた。

「幽霊の衣服はほとんど燃えていましたが、四爪の龍の刺繍が少しだけ残っていましたわ」

「四爪の龍……親王の亡霊なのか?」

五本爪の龍はむろん皇帝の象徴である。皇帝の祖父たる無上皇《むじょうこう》、皇帝の父たる太上皇、皇帝の祖母たる太皇太后、皇帝の母たる皇太后、皇帝の正室たる皇后も、まとうことが許されているが、五爪《ごそう》の龍が真っ先に示すのは、天下万乗《ばんじょう》の君たる皇帝をおいて他にはない。

片や四爪の龍は皇太子および親王、皇帝の娘たる公主、皇帝の姉妹たる長公主《ちょうこうしゅ》、皇帝の伯叔母たる大長公主《だいちょうこうしゅ》を指し示す文様だ。以前は皇太子だけがまとうことができたが、崇成帝の御代、親王から公主に至るまでの皇族に四爪の龍を身につけることが許された。

「天鏡廟で死んだ親王はいないはずだが」

後宮にいわく付きの場所は少なくないが、親王が死んだ場所というのはそうそう多くない。

親王は王府をかまえて後宮の外で暮らすものであり、後宮への出入りは、母妃へのご機嫌伺《うかが》いや特別に皇帝の許可が下りた場合を除き、原則として禁じられているからだ。

「ずっと昔の人なのかもしれませんわ。きっと強い恨みを持っているに違いありません。だって、わたくしに向かって『なぜ裏切った』と言っていましたから」

「裏切られて死んだということか。しかし、なんでおまえだけに見えるんだろうな。天鏡廟でも、余が来たときには幽霊は消えていた。寝間でも余には何も見えなかった」

垂峰は腕の中の危充華を見おろした。

「もしかしたら、やつはおまえが好きなんじゃないか？」

「えっ⁉　幽霊が、わたくしを……好きですって⁉」

「おまえの前には二度も現れているじゃないか。閨まで追いかけてくるとはかなりの熱愛ぶりだな。この分だと、おまえの行く先々に出没するかもしれぬ。そのうち……」

危充華が真っ青になってカタカタ震えているのに気づき、続きをのみこむ。

「妙なものだな。皇帝の顔に墨汁《ぼくじゅう》をぶちまける豪胆者《ごうたんもの》のくせに、幽霊を怖がるとは」

「だって、主上より幽霊のほうが怖いのですもの！」

「余は怖くないのか？」

「ちっとも怖くありませんわ。主上は生きていらっしゃいますから」

危充華は大真面目《おおまじめ》に答える。垂峰はまたしても噴き出した。

「生きているから怖くないか。なるほど、一理ある」

ひとしきり笑い、長椅子から立ち上がった。床に落ちていた蝶恋花《ちょうれんか》文の内衣を拾う。

「後ろを向け。内衣を着せてやる」

女人に内衣を着せてやるのは、これがはじめてだ。首の後ろで肩紐を結び、細腰の少し上で背中の紐を結んでやる。はじめてにしては、うまくいったほうだろう。

「……今夜は進御《しんぎょ》しなくてよいのですか……？」

「したいのか？」

後ろを向いたまま、危充華は小さく首を横にふった。

「だったら、いい。いやがる女を腕ずくで組み敷くほど、女に飢えてはいないからな」

改めて夜着を着せて、襟《えり》を合わせ、帯を締めてやる。

「殿舎《でんしゃ》に戻るがいい」

「主上はどうなさいますの？　まさか……あちらの寝間でおやすみになるのですか⁉　いけませんわ！　また幽霊が出たら……」

「余は亡霊など恐れぬ。だがまあ、進御させないのなら仙嘉殿でやすむ理由はないな。金烏殿《きんうでん》に行こう。彤史《とうし》に聞き耳を立てられていては、落ちついて眠れない」

　金烏殿もまた天子の寝殿だ。仙嘉殿と違い、皇帝しか入ることができない。

「あー！　本当は怖いのでしょう⁉　怖いから仙嘉殿では眠れないのですね⁉」

「怖くないと言っているだろうが。彤史がいない寝間でぐっすりやすみたいだけだ」

「正直におっしゃってくださいませ！　幽霊が怖いんだって！」

「怖いものか。おまえじゃあるまいし」

「だったら、あちらの寝間でおやすみになればよいでしょう。いちいち移動する手間が省《はぶ》けて、睡眠時間をたっぷり確保できましてよ？」

　肩を怒らせて偉そうに言う。先ほどまで青い顔でぶるぶる震えていたのが嘘のようだ。

「なっ、何をなさいますの⁉」

　垂峰は危充華をぞんざいに担《かつ》ぎ上げた。

「寝間に行くんだよ。いちいち移動する手間が省けて、睡眠時間を削《けず》らずに済むんだろ」

「そ、それなら、お一人でどうぞ！　わたくしは翠眉殿に帰りますわ！」

「おまえがいないと幽霊は出ないだろう。臆病者呼ばわりされて黙ってはいられない。ぜひとも幽霊とやらに出てきてほしいものだ。余が直々に成敗《せいばい》してくれる」

「やっ、いやですっ！　おろしてくださいませ！」

じたばたと暴れる危充華を抱えて部屋を出る。そのまま長廊を渡り、屋外で待っていた輿《こし》に乗せる。ここに来てはじめて、危充華はおとなしくなった。

「何を笑っている」

危充華が嬉しげに顔をほころばせるので、垂峰は片眉《かたまゆ》をはね上げた。

「やっぱり、主上も幽霊が怖いんだわと思うと嬉しくって」

むっとして言い返そうとしたとき、危充華にがっと両肩をつかまれた。

「わたくしたち、怖がり仲間ですわね」

弾けるような笑顔に毒気を抜かれて、文句を言う気も失せた。

(笑った顔は悪くないな)

刺々《とげとげ》しい澄まし顔より、ずっと魅力的だ。


その夜、後宮は嵐に見舞われていた。

格子窓《こうしまど》がガタガタと音を立てて揺れ、夕麗はびくっとしてはさみを落とした。

天鏡廟での務めはつらい。清掃は午前中にさっさと済ませられるが、夜半まで天鏡廟にこもり、香を焚《た》いて燭台《しょくだい》を灯し、写経《しゃきょう》しなければならないのだ。しかもたった一人で。

『爪閑儀に手伝ってもらいたいですって？　これはそなたへの罰なのですよ。罪は自分自身で償《つぐな》うものです。誰かに手伝ってもらおうなんて甘い考えを持つのはおよしなさい』

見かねた丹蓉が手伝いを申し出てくれたが、加皇后に冷たく却下された。

身から出た錆《さび》なので加皇后を恨んでもしょうがないが、もしここに丹蓉がいてくれたら、幽霊のことを忘れて、おしゃべりしながら楽しい時間を過ごせるのに。

天鏡廟の外では雷雨が暴れている。稲光が格子窓を引き裂くたび、心臓が縮みあがった。

（……怖い怖いと思うから怖いのよ。怖くない怖くないって思わなくちゃ）

こういうときは、剪紙《せんし》をして気を紛《まぎ》らわすに限る。

机の上に落としたはさみを拾い上げ、折りたたんだ紅の紙を丁寧《ていねい》に切っていく。

まず作ったのは福寿双全《ふくじゆそうぜん》だ。蝙蝠《こうもり》と桃と二枚の古銭を組み合わせた図である。蝙蝠は幸福を、桃は長寿を表す。全と発音が似ている銭が二枚あるので、双全（二つを兼ね備えた）という意味になる。幸せで長生きすることを願う文様だ。

次に五毒協合《ごどくきょうごう》を作る。五毒、すなわち蠍《さそり》、百足《むかで》、蛙《かえる》、蛇、守宮《やもり》などの害虫を神力のある瓢箪《ひょうたん》の中に閉じこめた図だ。端午節《たんごせつ》によく作られる剪紙で、魔除《まよ》けになる。

二匹の鯰《なまず》と大きな橘《たちばな》を組み合わせた年々大吉《ねんねんだいきち》も作ってみる。鯰は年、橘は吉に通じることから、二匹の鯰で年々、大きな橘で大吉を表す。正月の祝い言葉だ。

出来上がっていく剪紙を机に並べて眺めていると、恐怖はいつの間にか吹き飛んでしまった。吉祥文様は魔を退け、福を招く。幽霊も追い払ってくれたのだろうか。

「何をしているのかと思えば、紙切れで遊んでいるのか」

「ぎぇっ……!!」

突然、男の声が降ってきて、夕麗は文字通り椅子《いす》の上で飛び上がった。

「そう驚くな。余《よ》は幽霊じゃないぞ」

皇帝が肩を揺らして笑っている。幽霊ではなかったことに、ひとまず安堵《あんど》した。

「今夜はひどい嵐だから、臆病者のおまえはさぞかし怯《おび》えているだろうと思って様子を見に来てやれば、写経もせずに紙切れで遊んでいるとは。皇后に言いつけようか」

「写経はちゃんと終わらせましたわ。それにこれは、紙切れではありません。剪紙です」

拝礼していなかったことに気づいて、慌てて立ち上がろうとすると、皇帝に止められた。

「器用なものだな。はさみだけで、こんな複雑な文様ができるのか?」

「練習すればできるようになりますわ。主上《しゅじょう》もいかが?」

「結構だ。剪紙など、女の手慰みだからな」

「あら、女にできることすらおできにならないんですか? お可愛《かわい》らしいこと」

袖《そで》で口元を隠してわざとらしく笑うと、皇帝は不機嫌そうに唇をゆがめた。

「はさみで紙を切るだけだろう。たいした芸当じゃない」

「では、挑戦なさっては？　ぜひとも、主上の剪紙を拝見したいものですわ」

「見せてやるとも。そこをどけ」

皇帝は夕麗を押しのけるようにして椅子に座った。紅の紙を折り、はさみを持つ。しばらく黙々と紙を切り落としていた。手つきは乱暴で、かなり危なっかしい。

「まあ、これは何かしら……？」

出来上がったものを前に、夕麗は首をひねった。めちゃくちゃに切った紙にしか見えない。

「分からないのか？　龍だよ」

皇帝はむしゃくしゃしたふうに紙を机に放る。すっかりつむじを曲げてしまったようだ。

「はさみではなく、紙を動かしながら切っていくとうまくいきますわ」

夕麗は紅の紙で猫の顔を切った。

「猫の顔なのに目がないじゃないか」

「目を作りたければ、真ん中から半分に折って、さらに半分に折って、山折りになっている部分に切りこみを入れます。ほら、目ができましたわ」

夕麗が切った紙を広げると、猫の顔にひし形の目が二つできていた。

「余にもできたぞ。簡単だ」

皇帝は夕麗のまねをして猫の顔を切り、二つの目を作った。いやに得意げである。

「次はこれを切ってくださいませ。どんな形ができるかしら」

夕麗は半分に折った紙に文様の下絵を描いた。皇帝はその線にそって紙を切る。

「蓮《はす》だな。なかなかの出来映えだ」

「それではこちらはどうかしら？　ちょっと難しいですわよ」

「ん？　何だ、これは。蝶か……？　花か……？　いや、違うな。ああ、雲文《うんもん》か」

はじめこそ不貞腐《ふてくさ》れていたが、しだいに興が乗ってきたらしい。

皇帝は次々に紙を切っていく。うまくいかずに苛立《いらだ》ってしまったときには、夕麗がすかさずコツを教えた。桃、柿、金魚、馬……いろいろな文様が出来上がっていくにつれて、荒っぽい手つきはだんだん丁寧になり、手元を見つめる目つきも真剣になっていった。

「どうだ、余の孔雀《くじやく》は。会心の出来だろう」

皇帝は自信たっぷりに出来上がった剪紙を見せた。

「孔雀《くじやく》……？　虎のように見えますわよ」

「よく見ろ。ここが頭。これがくちばしだ。このギザギザは羽根の模様で……」

いきなり、視界が真っ暗になった。燭台の火が消えたのだ。風もないのに。

「しゅ、主上⁉　ど、どこにいらっしゃいますの⁉」

へっぴり腰になり、暗がりに手をのばして皇帝を探す。ふいに力強く腕を引っ張られた。

「火が消えただけだ。余はどこにも行っていない」

間近で低い声がじんと響いた。膝の上に抱きかかえられたのだ。逞《たくま》しい腕に包まれてほっと胸を撫《な》でおろすも、背筋がぞくぞくしてくる。

（な、なんで火が消えたのかしら。おかしいわね。蠟燭《ろうそく》が残り少なかったわけじゃないし）

正殿には枝を広げた木のような燭台が複数置かれている。それら一つ一つに火が灯っていたのだ。全部いっせいに消えるなんて、ありえないはず……。

「おまえか？　歌っているのは」

「え？」

「女の歌声が聞こえる。おまえじゃないなら……歌っているのは誰だ？」

皇帝がいぶかしげにつぶやくので、いよいよ寒気がしてきた。

「わ、わたくしには何も聞こえませんわよ。か、風の音ではなくて？」

「いや、女の歌声だ。この曲は……『可憐黄金波《かれんおうごんぱ》』だな」

『可憐黄金波』は剣舞『朱涙散月《しゅるいさんげつ》』の中の歌曲だ。恋人を想って泣く女人《にょにん》の哀歌である。

「びぇっ……!!」

天地を引き裂くような雷が鳴り響き、夕麗は皇帝にしがみついた。

「前から思っていたが、おまえは可愛い悲鳴を上げられないのか？　『ぎぇっ』だの、『びぇっ』だの、色気がない。閨《ねや》に幽霊が出たときは、絞《し》め殺される家鴨《あひる》みたいに叫んでいたし」

「か、可愛い悲鳴なんか上げる余裕はありませんわっ……！」

視界が雷光で照らされ、またしても雷鳴がとどろく。

「何だ、あれは？」

「……な、な、何ですの⁉　わたくしには何も見えませんわよ‼」

「おまえが余の袖の中にもぐりこんでいるからだ。おいやめろ、出てこい」

皇帝の袖の中に頭を突っこんでいた夕麗は、かなり強引に引っ張り出された。

「格子窓を見てみろ。あんな模様、あったか？」

皇帝に促されて格子窓のほうをおそるおそる見やる。雷光が暗がりを貫いた瞬間、真っ赤に染まった格子窓が見えた。否《いな》、格子の一つ一つに赤い文様が浮き出ているのだ。

「……ゆ、幽霊の仕業《しわざ》ですわ！　こ、格子窓に、文様なんてついていませんでしたもの！」

「ここからじゃよく見えないな。近くに行ってみよう」

「ええっ⁉　い、いけませんわっ！　ゆ、ゆ、幽霊がそこにいるかも……」

皇帝はうろたえる夕麗を置いて格子窓のほうへ行こうとする。夕麗は皇帝の背中にしがみついた。及び腰のまま、皇帝に引きずられるようにしてついていく。

「これは窓花《そうか》だな。牡丹《ぼたん》と二羽の……白頭鳥《はくとうちょう》か？」

窓に貼る剪紙を窓花と呼ぶ。

「牡丹と白頭鳥？　それなら、白頭富貴《はくとうふうき》でしょう」

頭頂部が白い白頭鳥は白髪の寓意《ぐうい》。富貴を象徴する牡丹と合わせれば、夫婦ともに白髪が生えるまで幸せに暮らすことを願う文様になる。

（白頭富貴の窓花があんなにたくさん……）

皇帝の後ろから、こわごわ格子窓を見るなり息をのむ。硝子《がらす》が入れられた格子すべてに、白頭富貴の窓花が貼りついていた。色はどれも鮮血色。稲光が暗がりで躍るたび、紅の窓花が不気味に浮かび上がる。気味の悪さが足元から這《は》い上がってきて、膝ががくがくと震えた。

「……何だって？」

「白頭富貴のことですか？　白頭鳥は白髪のことで、牡丹は……」

「そのことじゃない。今、女の声が聞こえたんだ。『待っていたのに』って」

直後、禍々《まがまが》しい雷火が視界を真っ白に染め上げた。

そのときにはもう、格子窓にびっしり貼りついていた白頭富貴は消え去っていた。

「どうした？」

夕麗がその場にへたりこむと、皇帝がそばにしゃがみこんだ。

「また何か見たのか？」

口を開くも言葉が出てこなくて、夕麗は弱々しく首を横にふった。

亡霊の姿を目にしたわけではないけれど、恐怖のたがが外れて腰が抜けてしまったのだ。

「大丈夫だ。余がそばにいる」

ふわりと抱き寄せられ、龍涎香《りゅうぜんこう》の匂《にお》いに包まれる。

（……不思議だわ）

皇帝の腕に抱かれると、恐怖心がゆるゆると薄らいでいく。

好きで嫁《とつ》いだ相手ではない。恋なんてしていない。それなのになぜか、皇帝の腕の中は心地よい。あたたかくて、優しくて、安心できて、いつまでも抱かれていたい気がする。

二度目の進御《しんぎょ》に召された夜もそうだった。幽霊を思い出して怖くてたまらなくなったけれど、皇帝に抱かれているうちに気持ちが落ち着いてきた。

（……主上がお優しい方だからかも）

あの夜以来、仙嘉殿には召されていない。亡霊が出る寝間に入りたくないと言った夕麗に配《はい》慮《りょ》してくれているのだろうか。

（単に、わたくしにご興味がないだけかもしれないけど）

このところ、皇帝は誰にも侍寝《じしん》を命じていない。もしかしたら、仙嘉殿の寝間を使いたくないのかもしれない。皇帝も閨に現れた亡霊のことを気にしていたようだから。

「危充華……？　恐ろしすぎて笑えてきたのか？」

夕麗が広い胸に顔を埋めた格好で笑い出したので、皇帝が怪訝《けげん》そうに尋ねた。

「主上がわたくしの怖がり仲間でいらっしゃったことを思い出したのですわ」

「余は怖がりなどではないぞ」

「嘘つきですわね。怖いからわたくしを抱きしめていらっしゃるのでしょ？」

「ばかめ。おまえが死にそうな顔をして震えているから、なだめてやっているんだよ」

不機嫌そうな声音《こわね》に笑ったとき、ぱっと視界が明るくなった。

「蠟燭の火がひとりでについたぞ。気味が悪いな」

皇帝は廟内をぐるりと見回した。燭光《しょっこう》に濡れる精悍《せいかん》な横顔が険しさを帯びる。

「何だ？」

無言でじっと見つめていると、皇帝が視線に気づいた。

「何でもありませんわ」

「嘘をつくな。物言いたげに見ていただろうが」

「ぼんやりしていただけです。特に意味はありませんから、お気になさらず」

立ち上がろうとして足に力を入れたが、膝がかくっと折れてしまう。

「すっかり足が萎《な》えているようだな」

皇帝がくぐもった声で笑う。夕麗はむっとして、再び立ち上がろうとした。へっぴり腰になりながらも何とか立ち上がるが、情けないくらい膝が震えている。上体を起こそうとして、体が大きくよろめいた。あっと思ったときには、皇帝に抱き上げられている。

「こんなざまでは、浄房《じょうぼう》の屋根にはのぼれぬぞ」

からかいまじりの声音が耳朶《じだ》を打った。かすかに吐息が触れ、頰《ほお》がかあっと熱くなる。

先日のように肩に担《かつ》ぎ上げられたのではない。横抱きにされているのだ。まるで大切なものを扱うときのような、優しい手つきで。

（……この方が、わたくしの旦那《だんな》さまなんだわ）

すでに純潔を捧げた。もはや、夕麗は妃嬪《ひひん》として生きていくしかない。他の誰にも嫁げないし、他の誰にも恋することはできない。皇帝から離れて生きることは許されないのだ。

（でも、主上に恋をしてはだめよ）

皇帝は天下一不実な男だ。後宮を持つ皇帝に誠実な愛情を期待するほうが間違っている。皇帝は夕麗だけの夫にはなってくれない。夕麗だけの恋しい人にはなってくれない。だから、恋なんてしてはいけない。どんなに心を捧げても、彼の最愛の人にはなれないのだから。

「雨脚が弱まるまで待とう。今、外に出るとずぶ濡れになる」

皇帝は夕麗を抱いたままで椅子《いす》に座った。顔の距離が近すぎて、どぎまぎしてしまう。

「また余を見ているな。何なんだ、いったい」

皇帝が片方の眉《まゆ》をはね上げると同時に、心臓の音がはねた。

「……せ、剪紙《せんし》でもしましょうか。暇つぶしになりますわよ」

さっと目をそらして、紙を手に取る。胸の高鳴りを努めて無視した。

（もう二度と、恋なんかしないって決めたじゃない）

皇帝を好きになったりするものか。失恋は一度で十分だ。

「天鏡廟には女人の幽霊もいるのよ！」

嵐から一夜明けて、夕麗は亀の歩みで天鏡廟に向かっていた。

「そりゃ、女の幽霊くらいいるでしょうよ。あそこでは普寧妃が死んでるんですから」

隣を歩く亡炎は常に携帯している小ぶりの拷問具《ごうもんぐ》をカチャカチャいわせている。

「やっぱり普寧妃の幽霊かしら？　親王の幽霊もいるのよ。他にも、うじゃうじゃいるかもしれないわ。一匹見たら三十匹はいるっていうし」

「三十匹かどうか知りませんが、うじゃうじゃいても不思議じゃないでしょう。何といってもここは後宮ですから。非業の死を遂《と》げた妃嬪や、恨みを遺《のこ》して死んだ女官や宦官《かんがん》は掃《は》いて捨てるほどいますよ。幽霊騒動なんか、後宮じゃ珍しくもなんともないです」

「あ……あなたも幽霊を見たことがあるの⁉」

「それがないんですよ。おかしいですよねー。拷問やりすぎて何人もぶっ殺してるのに」

「……わたくしが幽霊被害に遭《あ》うのって、あなたのせいじゃないかしら」

「ところで、その恰好《かっこう》、どうにかなりません？　みっともないんですけど」

夕麗は虎の護符《ごふ》を縫《ぬ》いつけた襦裙《じゅくん》を着ている。頭には虎文様の鉢巻《はちま》きだ。

「護符つけてても幽霊は出たんでしょ。魔除《まよ》けの効果ないんじゃないですか」

「大ありよ。虎の護符のおかげで、大事に至らなかったのよ。もし、護符をつけていなかったら、あのおぞましい幽霊に呪い殺されていたわ。あなたもつけたほうがいいわよ。はい、虎の鉢巻き。名前入りよ。見て、ここに色亡炎って刺繍《ししゅう》してあげたわ」

「いりませんよ、そんなダサい鉢巻き」

「つけなきゃだめよ。幽霊に呪い殺されてから後悔したって遅いんだから」

亡炎の頭に無理やり虎の鉢巻きをつけたとき、天鏡廟のほうから舌太監がやってきた。数歩後ろから、侍女《じじょ》を伴《ともな》った赤髪の婦人がついてくる。

「示験王妃《しけんおうひ》さまです。ちゃんと挨拶《あいさつ》してくださいよ」

すばやく虎の鉢巻きをはぎとった亡炎が耳打ちする。

示験王・高透雅《とうが》は皇帝の異母弟だ。その正妃である示験王妃は西域の亡国、泥蟬《でいせん》の王女と聞いている。名は戻露珠《れいろしゅ》といったか。珍しい赤髪と翡翠《ひすい》色の瞳を持つ美姫《びき》だ。

妃嬪と親王妃が後宮で出会った場合、妃嬪のほうからへりくだって挨拶するのが習いである。王妃は親王の正妻だが、妃嬪は皇帝の妾《めかけ》にすぎないからだ。

これが皇后なら、王妃から挨拶しなければならない。

高位の妃嬪や寵妃《ちょうひ》には、王妃のほうからへりくだって挨拶することもあるらしいが、夕麗はどちらでもないので、こちらから挨拶しないと不敬《ふけい》になる。

「そなたの声は亡き普寧妃さまにそっくりじゃの」

夕麗が軽く膝を折って挨拶すると、示験王妃は翡翠色の瞳を丸くした。

「示験王妃さまは普寧妃さまをご存じなのですか？」

「知っているとも。こなたが実の姉のように慕《した》っていた方だもの」

示験王妃は切なげに溜息をついた。

「お優しい方だった。誰にでも親切で、気さくな方だったから、使用人たちにも慕われていらっしゃったの。まだまだお若くていらっしゃったのに、まさかあんなことになるとは……」

普寧妃は二十五の若さでこの世を去った。亡骸《なきがら》は豊始帝の御陵《ごりょう》に陪葬《ばいそう》されたが、皇子を産んでおらず、高位の妃嬪でもなかったため、諡号《しごう》は賜《たまわ》っていない。

「灰龍の案について、何かご存じですか？」

「現場には居合わせておらぬが、事件の経緯は耳にしている」

「詳しくお話を聞かせていただけませんか？」

天鏡廟の幽霊と灰龍の案は関係があるように思える。雨果や亡炎はあまり詳しいことを知らないので、示験王妃が事件の経緯を知っているなら、話を聞いてみたい。

「立ち話はお控えになったほうがよろしいかと。示験王妃さまは身重でいらっしゃいますので」

舌太監が陰気な声で言った。顔色といい、声色といい、亡霊みたいな宦官だ。

「まあ、身籠《みごも》っていらっしゃるのですか。ごめんなさい。気づかなくて」

「まだ懐妊《かいにん》が分かったばかりゆえ、目立たぬのじゃ」

示験王妃は嬉しそうに腹部に手をあてた。三度目の懐妊だという。

「身籠ったことを亡き普寧妃さまに報告したくて、天鏡廟に参拝してきたところじゃ」

「示験王殿下と示験王妃さまは、鴛鴦《おしどり》夫婦でいらっしゃるそうですわね」

「ふふ、そうじゃの。殿下とこなたは相思相愛じゃ」

近くの四阿《あずまや》に移動しながら、示験王妃は少女のようにはにかんで惚気話《のろけばなし》をした。

夫と愛し愛される関係になれるなんて、世の中には幸運な人がいるものだ。

胸の奥に響いた鈍い痛みを無視して、四阿に入る。それぞれ紫檀《したん》の椅子に腰かけた。

「ええと、何から話せばよいかの」

「夾氏《きょうし》はどうやって普寧妃さまを呼び出したのでしょうか？」

普寧妃は夾氏の策略により、高楼《こうろう》に呼び出されて焼死させられた。

「夾氏は宦官を遣わし、先帝の名を騙《かた》らせたのじゃ」

普寧妃のもとに、見知らぬ宦官が来た。宦官は高楼である御方が待っていると言った。

『その方から普寧妃さまにお渡しするようにと、おあずかりしてまいりました』

宦官が渡したのは一枚の剪紙だった。

「剪紙の文様は、先帝と普寧妃さまが好んでお使いになっていたものじゃ」

夾氏は偽りの誘いで普寧妃を高楼に呼び出し、彼女を薬で眠らせて高楼を炎上させた。

事件の経緯は、普寧妃付きの主席女官が証言した。女官は普寧妃と同じく薬で眠らされていたが、途中で目を覚まし、火事に気づいて慌てて逃げ出したので無事だった。しかし、のちに、女主人を見殺しにしたことを恥じて、自害したという。

「なぜ普寧妃さまはそんな誘いを信じてしまわれたのでしょう？　見知らぬ宦官なんて、いかにも怪しげですわ。事実かどうか、先帝陛下に確認なされればよかったのでは……」

「当時、先帝は普寧妃さまと距離を置いていらっしゃったゆえ、普寧妃さまは先帝と直接、連絡を取ることを控えていらっしゃったのじゃ」

「寵が衰えていたのですか？」

「逆じゃ。先帝が普寧妃さまにばかり進御をお命じになるので、太上皇さまが忠告なさった。寵幸の偏《かたよ》りは後宮の禍《わざわい》を招きかねぬゆえ、他の妃嬪に目を向けよと」

寧妃は十二妃の最下位。上位の妃嬪たちを差し置いて天寵《てんちょう》を一身に受ける普寧妃は、嫉妬《しっと》の的《まと》だった。愛する普寧妃を守るため、豊始帝はあえて彼女から距離を置いたのだ。

「もし、先帝と普寧妃さまが疎遠《そえん》ではなかったなら、こんな事件は起きなかっただろうの。太上皇さまは深く悔いていらっしゃった。余計な忠告をしなければと……」

「あの……夾氏が偽の呼び出しに使った剪紙の文様って、何なのかご存じですか？」

示験王妃の返答を聞いて、夕麗は青くなった。

普寧妃をおびき出した剪紙の文様は白頭富貴。共白髪まで添い遂げることを願う文様。

（……天鏡廟の女幽霊は、普寧妃さまなんだわ）

天鏡廟には惨死《ざんし》した普寧妃の怨念《おんねん》がいまだにさまよっているのだ。

「調べてみたんだが、『可憐黄金波』は普寧妃が好んでいた歌らしいぞ」

夜、垂峰は翠眉殿の一室で剪紙をしていた。最初はうまくいかずに苛立《いらだ》ってばかりだったが、だんだんコツがつかめてきたせいか、紙を動かす手つきもなめらかになってきた。

「普寧妃は素晴らしい歌声の持ち主だったと、側仕《そばづか》えの宦官から聞いた。先帝の前でよく『可憐黄金波』を披露していたとか。やはり、天鏡廟には普寧妃の死霊がいるみたいだな」

「では……親王の幽霊は誰でしょうか？」

危充華は出来上がった剪紙を開いている。文様は門神《もんしん》だ。門神は門戸を守る魔除けの神で、立派な甲冑《かっちゅう》を着て剣をかまえる筋骨隆々の武人の姿で表される。

「ここ五十年ほどの記録をひもといてみたところ、あの場所で死んだ者は八名だった。下級宦官、下級宦官、女官、下級宮女、下級宮女、高級宦官、女官、そして普寧妃だ」

過去五十年の間、あそこで亡くなった親王はいない。

「見間違いだったという可能性はないか？　四爪の龍ではなく、五爪《ごそう》の龍だったとか」

「いいえ、確かに四爪の龍でしたわ。わたくしが文様を見間違えることはありません」

危充華はきっぱりと言い、もう一枚の剪紙を開く。そちらも門神だった。

「ひょっとすると、親王はあそこで死んだわけではないのかもしれない。どこか別の場所で死んで亡霊となり、天鏡廟をさまよっているとか」

「なぜですの？」

「余《よ》が知るか。まあ、親王が普寧妃の情夫だったとしたら、ありえないことではないだろう。愛し合う者同士は、死してなお、互いを求め合うというからな」

「普寧妃さまは先帝の寵妃だったんですよ。情夫なんているはずありませんわ」

危充華はキッと垂峰を睨《にら》んだ。自分が侮辱《ぶじょく》されたかのように腹を立てている。

「先帝は普寧妃一筋だったが、普寧妃のほうはどうだかな。女など、信用に値せぬものだ」

「殿方《とのがた》だって信用には値しませんわ。殿方はすぐに旧情を忘れてしまいますもの」

「それはおまえの元恋人のことか？」

危充華は気まずそうに目をそらした。どうやら、図星だったようだ。

「そいつとは元宵節《げんしょうせつ》で出会ったと言っていたな。馴《な》れ初《そ》めを当ててやろうか？　おまえは灯籠《とうろう》見物に出かけて道に迷っていた。そこに現れたのが親切な好青年だ。やつはおまえに優しく微笑《ほほえ》みかけ、道案内をしてくれた。おまえはたちまち胸をときめかせ、灯籠見物のことも忘れてぼーっとやつに見惚《みと》れた。その夜以来、やつのことが忘れられなくなってしまった」

「……あの方がはじめてだったのです。母以外で、わたくしに優しくしてくださった方は」

危氏の母は正妻だったが、気弱な性格が災《わざわ》いして、大勢の妾《めかけ》たちからつらくあたられていた。姑《しゅうとめ》はおとなしすぎて口下手《くちべた》な正妻より、おべっかとご機嫌とりが上手な妾たちを可愛《かわい》がり、男子を産めなかった正妻を役立たずな嫁と貶《おとし》めた。

もともと病弱だった危氏の母は、姑や妾たちにいびられ続け、心労が祟《たた》って病床にふす。薄情な夫は見舞いにも来なかった。結局、母の最期《さいご》を看取《みと》ったのは八つの危氏だったという。

「母が亡くなってすぐ、父は後妻を娶《めと》りました」

「継母はおまえを邪険に扱ったのか」

「ありふれた話ですわ。後妻にしてみれば、前妻の娘、しかも自分に懐かない生意気な小娘なんて邪魔な存在ですもの。追い出されなかっただけましでしょう」

そもそも母が生きていた頃から、母娘ともども冷遇されていたが、唯一の寄る辺《よるべ》であった母親の死により、危氏はいっそう居場所を失くしていった。

雨漏《あまも》りのする粗末な部屋に追いやられ、衣服は使用人の着古ししか与えられず、何かと難癖《なんくせ》をつけられて、たびたび食事を抜かれた。父は味方になってくれなかった。後妻との間に生まれた息子を可愛がるばかりで、危氏のことなど忘れていたのだ。

「このままではろくな結婚ができないと心配になりましたわ。父がわたくしのために立派な嫁入り支度《じたく》をととのえてくれるとは思えませんでしたもの。生きていくため、後宮女官を目指すことにしました。女官になれば、自分で自分を養っていけますから」

危氏は勉学に励《はげ》み、女冠観《じょかんかん》（女道士が住む道観《どうかん》）で礼儀作法《れいぎさほう》と技芸を身につけた。

「けれど父は、わたくしが後宮女官を目指していると言うと猛反対しましたの」

後宮女官は宦官と縁付くことが多い。一族から宦官の妻を出したら末代までの恥だと、父は激怒した。宦官とは結婚しないと約束しても信じてもらえず、女官になる道も断たれた。

「父は立派な縁談を用意すると言いましたが、それこそ信じられませんでしたわ。異母姉妹たちの縁談が優先され、わたくしは後回しにされて、行き遅れになるに決まっています」

行き遅れになればなるほど、嫁《とつ》ぎ先の条件は悪くなる。好色老人の後添い、死を待つばかりの病人の妻、十数名いる妾の一人……。かといって、未婚のまま実家に残れば、継母に虐《しいた》げられる日々が続くだけだ。危氏は先行きの見えない己の将来に焦燥感《しようそう》を募《つの》らせていた。

「三年前の元宵、気晴らしになればと思って、灯籠見物に出かけました。そこであの方に出会って……あっという間に好《す》きになってしまいましたわ」

家人に厭《いと》われて苦労を強いられ、未来には展望がなく、不安の淵《ふち》に沈んでいた少女にとって、自分に優しく微笑みかけてくれる青年は、心の支えとなっただろう。

「やつが『旧情を忘れた』ということは遊ばれて捨てられたか？　それにしては最近まで生《き》娘《むすめ》だったな。一線は越えなかったと見える。やつとは結婚の約束をしていたんじゃないか？」

真剣な恋だったからこそ、軽々しく身をゆだねなかったのではないだろうか。

「やつはおまえと結婚の約束をしていながら、他の女に乗りかえたな？　浮気現場を目撃したか？　それとも、やつにはすでに許嫁《いいなずけ》がいたのか？」

「……あの方に縁談が持ち上がりましたの」

はさみが紙を断つ音が春宵《しゆんしよう》のしじまにゆるゆると溶けていく。

「お相手はとても高貴なご令嬢でした。あの方のご家族は喜んでいらっしゃいましたが、あの方は結婚をいやがっていましたわ。妻にするなら、わたくししかいないって……」

とんとん拍子で縁談が進んでいく中、危氏と青年は駆け落ちを決意する。

「何も駆け落ちしなくても、令嬢を娶った後で、おまえを娶ればよかったんじゃないのか」

「わたくしは妾でもいいと思っていましたが、ご令嬢は夫となる方に決して妾を持たせないと宣言なさっていらっしゃったのです」

このままでは、二人は永久に結ばれない。危氏は路銀を用意し、旅支度をして、落ち合おうと約束した橋のたもとで、愛《いと》しい男を待った。

「夕方から明け方まで……一晩中、待っていました。けれど……あの方は来なかった」

やがて雨が降り出した。危氏は近くの木陰に入って雨宿りをした。

「小娘がたった一人で夜明かししたのか？　よく無事だったな」

「そこは人通りのない場所でしたから、ごろつきにからまれて危ない目に遭《あ》うことはありませんでしたが……闇の色が濃くて、今にも幽霊が出てきそうでしたわ」

「怖がりのおまえのことだ。生きた心地もしなかっただろう」

「……もうじき、あの方が来てくださると思えば、怖くても我慢できましたの」

待てど暮らせど、青年は来なかった。

「あとで知ったことですが、わたくしとの待ち合わせ場所に行く道すがら、ご令嬢と出会ったらしくて。二人が顔を合わせたのは、それがはじめてで……」

「やつはすっかり心変わりしてしまったんだな」

「……一目惚《ひとめぼ》れしたそうですわ。ご令嬢は天女のようにお美しい方でしたから」

「おまえもその女に会ったのか？」

「約束の日の翌日、お邸《やしき》を訪ねたら、あの方はご令嬢と抱き合っていらっしゃいましたわ」

仲睦《なかむつ》まじい二人を見て、危氏はかっとなった。

「お二人は口づけなさっていましたの……！　まだ婚儀も挙げていないのに！　わたくし、頭にきて、あの方を思いっきり平手で殴《なぐ》りましたわ」

危氏の平手打ちを食らった青年は、ぽかんとしていたという。

「わたくしと駆け落ちの約束をしていたでしょうって、詰めよりました。ずっと待っていたのに、どうして来てくださらなかったのって。そうしたら、あの方は……」

――駆け落ち？　そんな約束をした覚えはないよ。

「あの方はわたくしを妹分だとご令嬢に紹介したんですの。わたくしが一方的にあの方を慕《した》っているだけで、あの方自身はわたくしを妹としか見ていないんだって」

結婚の約束などしていないと、青年は言いきった。

『まあ、あなたもこの方が好きなの。わらわと一緒ね』

令嬢は愉快そうにころころと笑った。

『でも、この方はわらわの花婿よ。あなたにはあげないわ』

　まもなく、二人は結婚した。危氏は絢爛豪華《けんらんごうか》な花嫁行列を見にいったという。

「わざわざ憎い女の晴れ姿を見にいったのか？　ご苦労なことだな」

「わたくしが見にいったのは、花嫁ではなく花婿ですわ」

「奪い返すつもりだったとでも？」

「まさか。未練を断つためにあえて足を運んだのです。美しい花嫁を前に脂下《やにさ》がっているあの方を見たら、目が覚めました。そして決意しましたの。もう二度と、殿方を信じないと」

　その頃、下九嬪《かきゅうひん》の募集があった。危氏は入宮を志願したという。

「危家には一族から娘を一人出してくれないかと、条家から打診がありました。もちろん、条家の手駒《てごま》としてですわ。異母姉妹たちはみな、行きたがりませんでしたの。ご存じかしら？　主上《しゅじょう》は巷《ちまた》の評判がよろしくありませんのよ。気まぐれで高官たちを粛清《しゅくせい》しようとしたとか、宮女を痛めつけて楽しむ嗜虐《しぎゃく》趣味の暴君だとか、夜ごと美形の宦官《かんがん》を侍《はべ》らせて色欲に溺《おぼ》れているとか、肉親を何人も無残に殺しているとか、ひどい噂《うわさ》ばかりですの」

「いやがる姉妹たちの代わりに、おまえが志願したわけか」

　巷に流布《るふ》する自分の悪評については、先刻承知なので驚きはない。

　紹景帝の悪声がまことしやかに囁《ささや》かれている理由は、即位当初、汚職官吏《かんり》どもを一掃《いっそう》しようと躍起《やっき》になったせいだろう。朝廷にはびこる貪官汚吏《たんかんおり》を根絶やしにしてやろうと勇み足になりすぎて、高官たちと真っ向から対立した。彼らこそが腐敗の根城だと知りながら。

結果、十二旒《りゅう》の冕冠《べんかん》をかぶるだけでは、皇帝は皇帝足りえないことを学んだ。群臣《ぐんしん》が徒党を組んで反抗すれば、朝廷に足がかりを持たない垂峰は太刀打《たちう》ちできなかった。

巷に流布している紹景帝の悪名は、うまい汁をすすり続ける高級官僚たちのご機嫌を損《そこ》ねた報いなのだ。己の不明が招いた事態ゆえ、甘んじるよりほかない。

「どうせ嫁《とつ》ぐなら、天下一不実な殿方に嫁ごうと考えたのですわ。そうすれば、絶対に心惹《ひ》かれませんし、信じて裏切られることもありませんから」

きっぱりと吹っ切れているふうを懸命に装っているが、危充華の表情には未練を捨てたすがしさがない。いまだ、失恋の傷は癒《い》えていないのだろう。

「できたぞ」

垂峰ははさみを置いた。切り終わった白い剪紙《せんし》を注意深く開く。

現れた文様は鶏《にわとり》だ。いち早く朝を知らせる鶏は、夜陰《やいん》を断つ存在として魔除《まよ》けの効果があると信じられている。特に白い雄鶏《おんどり》は怨霊《おんりょう》を追いはらうという。

「また翼の生えた虎ですの？」

「雄鶏だ。見れば分かるだろうが」

「分かりませんわ。主上がお切りになる文様は何でも虎になってしまいますもの」

垂峰作の剪紙を手に取って、危充華はくすくすと笑う。

寝支度《ねじたく》をととのえており、髪も結っていない。危充華は寝化粧《ねげしょう》をしないから、白粉《おしろい》も紅もつけていない。にもかかわらず、燭光《しょっこう》に濡れる横顔は瑞々《みずみず》しい美しさにあふれている。

「やつのことは忘れろ」

「え？」

「おまえを裏切った男のことだ。駆け落ちの約束をすっぽかした挙句《あげく》、恋人のおまえを妹分だと言って嘘までついた。そんなろくでなしと夫婦にならなくてよかったじゃないか。まあ、余《よ》に嫁いだことが幸運だとは言わぬが。余もそれなりにろくでなしだからな」

危充華は不運な女だ。初恋に破れ、傀儡《かいらい》皇帝に嫁いだ。後宮には美人がひしめき、冷血な皇帝から愛される見込みはない。それでも、死ぬまで他の男と情を交わすことは許されない。たとえ、この先、彼女を心から愛する男が現れたとしても。

「だが、少なくとも余は、守れない約束はしないぞ」

垂峰が危充華を捨てた男に勝っている点があるとすれば、それだろう。何の約束もしない。守れなかったときに傷つけてしまうくらいなら、約束などしないほうがましだ。

「噂なんて、全然あてになりませんわね」

危充華は不格好な剪紙を眺めて微笑《ほほえ》んでいる。

「主上はお優しい方だわ。宮女を痛めつけて楽しむ嗜虐趣味の暴君なんて、真っ赤な嘘」

「他の噂はどうだ？　当たっているか？」

「政《まつりごと》のことは分かりませんから、高官たちを粛清しようとしたことが本当かどうかは知りませんわ。『夜ごと美形の宦官を侍らせて……』は、ありえないとは言えませんわね。主上は女嫌いですもの。宦官のほうがお好きだとしたら、后妃が進御《しんぎょ》に呼ばれない夜には……」

「気色悪い想像をするな。進御させない夜は独り寝しているだけだぞ」

「宦官もお嫌いなのですか？　側仕《そばづか》えはみな、見目麗《みめうるわ》しい者ばかりですのに？」

「見目麗しかろうと何だろうと、宦官は宦官だろうが。だいたい余は、他人と同じ臥所《ふしど》に入ること自体が嫌いなんだ。眠るときくらいは、ひとりになりたい」

四六時中、皇帝は誰かに監視されている。厳密には、眠っている間も誰かがそばに控えているのだが、褥《しとね》の上にいるときくらいは他者の視線を意識したくない。

「天子さまって、話に聞いているほど楽しいものではないようですわね」

危充華は机の上に広げていた紙を片付け始めた。

「至尊《しそん》の位におつきになって、主上はお幸せですか？」

何気ない問いかけだった。まるで明日の天気を尋ねるかのような。

「幸せだとも。余はずっと皇帝になりたかったからな」

黄金の玉座に君臨して天下を睥睨《へいげい》する日を夢見ていた。信じていたのだ。そうすれば自分は、皇帝の予備品ではなく、自分自身になれると。誰かの代わりではなくなるのだと。

（帝位にのぼったところで、何も変わりはしない）

天下は太上皇たる父帝のもの。垂峰は父帝に操られる傀儡《かいらい》でしかない。玉座にのぼっても、冕冠をかぶっても、五爪《ごそう》の龍をまとっても、垂峰は相変わらず予備品なのだ。

そろそろやすもうとして寝間に入ると、危充華は夜着を脱ごうとした。

「今夜はいい。眠るだけだ」

「でも……それなら、金烏殿にいらっしゃったほうが安心なさいませんか？　わたくしがおそばにいれば、御心がやすまらぬかと」

「床入《とこい》りせずに余が帰ると、おまえがまた皇后に非難されるだろう」

加皇后は妃嬪《ひひん》たちの動向に目を光らせている。ここで垂峰が床をともにせずに帰ったら、危充華は「主上の不興を買った」と叱責《しっせき》され、罰せられるだろう。

「意外ですわ。主上がわたくしの立場を気遣ってくださるなんて」

危充華が不思議そうに目をぱちくりさせるので、垂峰は苦笑した。

「おまえを気遣っているわけじゃない。後宮に余計な波風を立てたくないだけだ」

二人して床に入る。明かりは消さない。危充華は真っ暗な閨《ねや》では眠れないそうだ。

「あの、主上……お願いしたいことがございますの」

穏やかな暗がりにためらいがちな声音《こわね》が響いた。

「何だ？　欲しいものでもあるのか？」

この変わり者の娘も、他の后妃侍妾《こうひじしょう》同様に、位階を上げてくれだの、親族を出世させてくれだの、何かの便宜《べんぎ》を図ってくれだのと、垂峰にねだるのだろうか。もしそうなら……落胆《らくたん》してしまうだろう。彼女だけは普通の女人《にょにん》たちとは違うという気がしていたから。

「……やっぱり、ありません」

「気になるだろうが。欲しいものがあるなら、言え」

「いいえ、結構ですわ。このようなお願いをしては不敬《ふけい》にあたります」

「このようなお願いとは何なんだ？」

肘枕をして顔をのぞきこむと、危充華は布団の中にもぐりこんだ。

「おやすみなさいませ」

「逃げるな。はっきり答えろ」

「もう眠っていますわ」

「起きてるじゃないか。おい、出てこい」

布団を引きはがそうとしたら、危充華は渾身《こんしん》の力で抵抗した。

「答えないと襲うぞ」

むきになって言ってみたが、返事はない。もしかしたらこれは、垂峰の気を惹《ひ》く手管《てくだ》なのだろうか。それなら、受け流すよりほかない。女の浅知恵に翻弄《ほんろう》されるのは癪《しゃく》だ。

（不敬な願い、か……）

危充華がねだりそうな事柄をあれこれ考えながら、垂峰は眠りについた。

数日経っても、危充華の願いとやらが何なのか、分からなかった。

(やはり問いつめるか?　いや、それこそ、あの女の思うつぼだ)

政務が一段落したところで、垂峰は筆を置いて思案した。

危充華のこれまでの言動から察するに、位階を上げてくれだの、親族を出世させてくれだのという野心的な願いは彼女らしくない。

(例の男がらみか?)

別れた恋人への未練が高じて、再会をねだろうとしているのだろうか。

それならば確かに、口にするのさえ憚《はばか》られる「不敬な願い」だ。

(あんな薄情なやつでも、いまだに忘れられないのか)

将来を言い交わしておきながら、あっさり別の女に乗りかえ、さらには二人の関係まで全部なかったことにする卑劣漢《ひれつかん》。未練を引きずる価値のある男とは思えないが。

(どんな男なんだ?)

むしょうに気になってしまう。危充華が夢中になった男は、いったい何者なのか。

「危充華の身上書《しんじょうしょ》を見せろ」

茶を運んできた閹奴に命じる。一度は目を通しているが、うろ覚えなので確認したい。

(常円侯《じょうえんこう》、比剣良《ひけんりょう》……月婉《げつえん》の駙馬《ふば》じゃないか)

公主の夫を駙馬という。身上書によれば、危充華の元恋人は垂峰の異母妹、珊命長公主《さんめいちょうこうしゅ》・高月婉の駙馬で、皇后派に属する比昭儀の同母兄だった。

年は二十代前半。優しげな面差《おもざ》しの美男子だが、さして才覚に秀でているわけではない。朝廷で能力を発揮したことはなく、宴《うたげ》の席で詩を読んだり、音曲を奏でたりするしか能がない、毒にも薬にもならぬ貴公子である。駙馬となってからは嫉妬《しっと》深い月婉の尻に敷かれ、妾を持てないどころか、若い侍女《じじょ》さえもそばに置くことが許されていないと聞く。

（あいつのどこがよかったんだ？）

人当たりがいいだけの男だ。聞こえのいい言葉しか言わないが、優柔不断で、日和見《ひよりみ》だ。危充華のように勝気で利発な女とつりあう男ではない。

ふてぶてしい怖がり娘には、もっと気骨のある男が似合いだ。強気な彼女を受け入れる寛容さと、亡霊にひどく怯《おび》えるか弱い彼女を守ってやれる情の篤《あつ》さを持つ男が。

身上書片手に黙考《もっこう》していると、年若い宦官《かんがん》が闇奴に耳打ちした。

「何かあったのか？」

「吉報です、主上《しゅじょう》。行方《ゆくえ》知れずになっておりました先帝陛下の茶器が見つかりました」

嘆《なげ》かわしいことに、宮中において盗難は珍しくない。今上帝《きんじょうてい》や后妃たちの所有物は厳格に管理されているが、先帝や太妃、薨去《こうきょ》した妃嬪の愛用品等はどうしても警備が緩《ゆる》みがちなので、盗み出されて高値で売られてしまうことがままあるのだ。

「こちらは先帝陛下が普寧妃さまに贈られた茶器です」

闇奴が見つかったという先帝の茶器を見せた。

黄地粉彩《こうじふんさい》の二客の茶杯《ゆのみ》だ。粉彩は七宝の技法を取り入れた絵付け技法。繊細《せんさい》な色彩やぼかしが表現され、絵画のような趣《おもむき》になる。濃い黄色の下地を背景に、瑞雲《ずいうん》を従えた勇ましい龍と、咲き匂《にお》う深紅の薔薇《ばら》が描き出されており、寵愛《ちょうあい》の深さを感じさせる逸品だった。

「親王時代のものじゃないのか？」

茶杯に描かれた龍は四本爪。これは親王の手回り品にほどこされる龍文だ。

「いいえ、先帝陛下が普寧妃さまのご懐妊《かいにん》祝いに新しくお作りになったものですよ」

普寧妃は公主を一人産んでいる。名は碧蘭《へきらん》。垂峰にとっては姪《めい》だ。灰龍の案が起きたときは別の場所にいたので難を逃れた。今は李太后に養育されている。

「しかし、爪が四本じゃないか。即位してからは、身の回りのものはすべて五本爪の龍に作り変える決まりだぞ」

「銘款《めいかん》をご覧くださいませ。間違いなく豊始年間に作られた茶杯でございます」

闇奴に促され、茶杯を裏返してみた。高台《こうだい》の内側には制作年代が楷書銘《かいしょめい》で記されている。

「大凱豊始年間……確かに、即位後に作られたものだな」

垂峰は藍《あい》色の硝子《ガラス》質の絵具で記された六字銘を読み上げた。親王時代のものなら、大凱崇成年間、あるいは大凱永乾年間と記されているはずだ。

「先帝陛下は、普寧妃さまの前ではあえて四本爪の龍をお使いになっていました」

闇奴は豊始帝付きの主席宦官だった。

「なぜだ？　普寧妃は親王時代に娶《めと》った妃ではないだろう？」

豊始帝は親王時代に妻妾《さいしょう》を娶っていない。

「普寧妃さまの前では皇帝であることを忘れたいからだとおっしゃっていました」

普寧妃と会うときは、親王時代の衣装を着ていたという。

（危充華が見た天鏡廟の亡霊は、学律《がくりつ》なのか……？）

四爪の龍の衣服をまとった幽鬼。顔や体が焼けただれているのは、普寧妃を助けるために炎上する高楼《こうろう》に飛びこんだせいではないか。

「おまえは普寧妃を知っているな？」

垂峰は茶器を下げようとした闇奴を呼びとめた。

「危充華と普寧妃の声は似ているか」

「ええ、はじめてお目にかかったときには、亡き普寧妃さまかと勘違いしてしまったほどで」

「容姿も似ているのか？」

「いいえ。お二人ともお美しくていらっしゃいますが、危充華さまが咲き初《そ》めの白百合《しらゆり》ならば、普寧妃さまは咲き誇る紅薔薇かと。それぞれに異なる魅力の美貌《びぼう》をお持ちです」

危充華の容姿が普寧妃と似ていないと聞いて、なぜか安堵《あんど》を覚えた。

（学律の死霊は、危充華を普寧妃と勘違いしたんだ）

危充華の声を聞いて、彼女が普寧妃だと思いこんでしまったのではないか。普寧妃であるはずの危充華が垂峰の閨に侍《はべ》っていたので、恨み言を吐いたのではないか。

豊始帝は重度の火傷《やけど》を負って崩御《ほうぎょ》している。とりわけ頭部の火傷がひどかったそうだから、死に際には視力を失くしていたのかもしれない。

（余《よ》が耳にした声が普寧妃のものなら、彼女もまた、勘違いしている）

嵐の夜、普寧妃の死霊は垂峰を豊始帝だと思ったのではないか。なぜなら、垂峰が五爪の龍をまとっていたから。自分と会うときは四爪の龍をまとうはずの豊始帝が、五爪の龍を身につけて見知らぬ女をそばに置いている。豊始帝の心変わりを疑ったとしてもおかしくない。

（愛し合う者同士は、死してなお、互いを求め合う……か）

自分で口にした戯言《ざれごと》が哀切な響きで思い起こされた。

「帰真観《きしんかん》から女道士を招け」

都のはずれに位置する帰真観は怨霊祓《おんりょうばら》いで有名な女冠観《じょかんかん》だ。

「天鏡廟の亡霊を退治なさるので？」

「退治するんじゃない。先帝と普寧妃を引き合わせてやるんだよ」

皇帝が招いた帰真観の女道士は、後宮の妃嬪と名乗っても遜色《そんしょく》ないほどの美女だった。

「こちらには、先帝陛下と普寧妃さまがいらっしゃいます」

美貌の女道士は天鏡廟で反魂香《はんごんこう》を焚《た》いた。

反魂香は煙の中に死者の姿が現れるといわれる特殊な香である。女道士が反魂香を火にくべると、人影のようなものが二つ、ぼんやりと煙の中に現れた。

「ぎゃっ、出たっ！」

夕麗はびくっとして皇帝の後ろに隠れた。

「出たとは何だ。不敬《ふけい》だぞ。あれは先帝と普寧妃の亡霊だ」

「で、でも、よく見えませんわ……。なんだか、もやもやとしていて……」

「反魂香といっても、伝説のようにはっきりと姿かたちが見えるのではありません。死者の魂《こん》魄《ぱく》がここにいるということを煙の中に示すのみです」

女道士が玲瓏《れいろう》たる声音《こわね》で言った。

「お二人はお互いがこの世の人でないことをご存じありません。先帝陛下は普寧妃さまを、普寧妃さまは先帝陛下を探して、今も後宮をさまよっていらっしゃいます」

二人の死霊を浄化するには、さまよう二つの魂を巡り合わせる必要があるという。

「なぜ先帝は危充華の前に姿を現したのに、普寧妃は余の前に姿を見せなかったんだ？」

「おそらく、炎で焼けただれた姿を見られたくないからでしょう」

芍薬《しゃくやく》にも似た花のかんばせは見る影もなかったと、雨果が言っていた。

「御霊が宿れるよう、普寧妃さまの依《よ》り代《しろ》を作らねばなりません。何か、普寧妃さまゆかりのものはございませんか？　生前に好んで身につけていらっしゃったものなどは」

「普寧妃さまの遺品は先帝の御陵《ごりょう》にそのままおさめられております」

米太監が申し訳なさそうに言う。

「困りましたね。できれば、衣服がよいのですが。普寧妃さまの御霊が美しく装えるように」

醜《みにく》い我が身を見られたくなくて、普寧妃は姿を現すことができない。彼女が安心して姿を見せられるようになるには、美しい衣服や装身具が不可欠だ。

「わたくしの襦裙《じゅくん》を差し上げましょうか」

皇帝の背中にかくれたまま、夕麗はおずおずと提案した。

「普寧妃さまがお好きだった白頭富貴の文様を剪紙《せんし》にして縫《ぬ》いつけましょう。それから、お顔を隠せるように蓋頭《がいとう》（頭にかぶる布）もあったほうがよいですね。こちらの文様は……」

「薔薇がよいかと。生前、普寧妃さまは薔薇を好んでいらっしゃいました」

米太監は昔日《せきじつ》を懐かしむように軽く目を細めた。

「普寧妃の依り代を作れば、普寧妃と先帝の死霊を引き合わせることができるのか？」

「まずは依り代に普寧妃の御霊をお招きします。その後、私が経《きょう》を上げますので、危充華さまに『可憐黄金波』を歌っていただきます」

「えっ。わたくしが、歌うのですか⁉」

「危充華さまのお声は、普寧妃さまのお声によく似ていらっしゃるということですから」

「そ、そんな……わ、わたくし、歌なんて、いやですわ」

夕麗は必死で首を横にふった。

「『可憐黄金波』なんて歌えません。いえ、どんな歌も歌えません。苦手なんですの」

「ああ、身上書に書いてあったな。楽器は人並みにできるが、歌声は殺人的なひどさだと」

皇帝は肩を揺らして笑う。

「どれほどひどい歌声なのか、聴いてみたいものだ」

「……お断りしますわ。絶対に歌いません」

「おまえが歌わないと、先帝と普寧妃は再会できないままだぞ」

夕麗は言い返そうとして口をつぐんだ。

（先帝陛下は本当に誠実な方だったんだわ）

二人が添い遂《と》げられなかったことは不幸だけれど、普寧妃がうらやましいような気もした。女人《にょにん》なら誰だって、誠実な男性に生涯愛されたいと願っている。彼のひたむきな愛情を独占したいと思っている。けれど、誰もがその切なる願いを叶えられるわけではない。

普寧妃は多くの女人たちの夢を叶えてしまった。儚《はかな》い命と引きかえに。

二人はそれぞれが待ちぼうけをしている状態だ。豊始帝は夕麗を普寧妃と思いこみ、普寧妃は皇帝を豊始帝と思いこんでいる。相手の心変わりを疑って苦しんでいるだろう。本当は愛し合っているのに、互いを信じられないなんて、あまりにもつらすぎる。

（お二人が再会できるようにお手伝いをしたい）

恋しい人に会えない苦しみは千苦《せんく》に勝る。夕麗はそれをよく知っていた。

「……分かりました。歌いますわ。ただし、主上《しゅじょう》はお聴きにならないでくださいませ」

「断る。余はおまえの歌声が聴きたいんだ」

「それなら、歌いませんわよ」

「これは命令だ。余の前で歌え」

「いやです。絶対に主上の御前では歌いません」

皇帝が振り返って睨《にら》んでくるので、夕麗は負けじと睨み返した。

「主上、ここはお引きになっては。目下の急務は、先帝と普寧妃さまの御霊を祓《はら》うことです。危充華さまの歌声をお聴きになりたければ、また別の機会になさってはいかがでしょう」

米太監が温和そうな目尻を下げて、二人の間に割って入った。

「別の機会なんてありませんわよ。わたくしは主上の御前では歌いませんから」

「おまえは自分の立場が分かっているのか？　余は天子で、おまえは妃嬪《ひひん》なんだぞ」

「だから何ですの。お気に召さなければ、わたくしの首を刎《は》ねておしまいになればいいわ。歌うことを拒否した咎《とが》で妃嬪を処刑した暴君と呼ばれてもよいとおっしゃるなら、どうぞ」

夕麗は一歩も引かず、勝気にあごをそらした。

「……強情な女だな」

しばしの睨み合いの後、皇帝は呆《あき》れたふうに溜息をついた。

「そこまで言うなら、余は席を外している。おまえの殺人的にひどい歌声とやらで、先帝と普寧妃を慰霊するがよい」


招魂《しょうこん》の儀式は黄昏時《たそがれどき》に始まった。

天鏡廟の正殿前。花鳥文の華麗な襦裙と薔薇《ばら》模様の蓋頭が衣桁《いこう》にかけられていた。襦裙には白頭富貴の剪紙がたくさん縫いつけられている。赤い剪紙が夕焼けに照り映えて燃えるように輝き、鳳凰《ほうおう》の香炉《こうろ》で焚かれる反魂香の匂《にお》いが茜《あかね》色の空に立ちのぼっていく。

女道士は祭壇《さいだん》の前にひざまずいて経を唱えている。彼女の凛《りん》とした声はよく響いた。厳《おごそ》かな空気に気持ちが引き締まるような思いで、夕麗はそばにひかえている。

これから死者の魂を招くのだと思うと膝が笑いそうになる。怖い。怖くてたまらない。今すぐ逃げ出したい。けれど、我慢しなければ。豊始帝と普寧妃のためにも。

「普寧妃さまがお見えになりました」

経を唱え終わり、女道士は衣桁を振り仰《あお》いだ。びくびくしながら同じように視線を上げたが、衣桁には何の異変もない。艶《つや》やかな襦裙がひっそりと落陽に濡れているだけだ。

「危充華さま、どうぞ歌いはじめてください」

女道士に促され、夕麗は緊張をほぐそうとして深呼吸した。

楽譜を見ながら『可憐黄金波』を歌う。事前に練習してきたが、予想以上に調子はずれの歌声になってしまう。それでもなんとか、恥ずかしさをこらえつつ歌い続ける。

(先帝陛下、普寧妃さまはあなたを裏切っていません)

普寧妃は高楼《こうろう》でずっと豊始帝を待っていたのだ。邪《よこしま》な者に炎を放たれ、美しい衣服が燃え上がり、玉の肌が無残に焼けただれても。白頭富貴の剪紙を握ったままで。

(普寧妃さま、先帝陛下はあなたを助けるために炎の中に飛びこまれたんです)

瀕死《ひんし》の重傷を負った豊始帝は両目の視力を失い、うわ言のように普寧妃の名を口にしていたという。彼女が亡くなっていることを、周囲の者は死にゆく主君に伝えられなかった。たとえ伝えていたとしても、虫の息だった豊始帝の耳には届かなかったかもしれない。

(お二人は今も、愛し合っていらっしゃるんです)

肉体が滅んだ後も、互いの心を求め合う。これが真実の恋と呼ばれるものなら、二人の魂魄は再びめぐり合わなければならない。生前、惹《ひ》かれ合ったときのように。

(どうか、早く気づいてください。恋しい人はすぐそばにいるんだってことに)

手を伸ばせば触れられる距離にいるのに、二人はすれ違っている。深く愛し合っているのに、互いの心を信じられない。それは一方的に裏切られるよりも、残酷《ざんこく》なことだ。

歌は終わりに近づいていく。悲しき恋を歌う切々とした響きが胸を締めつける。

（……えっ、燃えてる……？）

突如として、衣桁にかけられた上襦《じょうじゅ》の袖《そで》が炎を帯びた。紅蓮《ぐれん》の火焔《かえん》はひらひらと躍り、白頭富貴の剪紙を燃やしながら、どんどん広がっていく。

「歌い続けてください、危充華さま」

炎に驚いて歌声を途切れさせていた夕麗は、慌てて歌を再開した。

『可憐黄金波』は繰り返しの多い歌だ。終盤になると、同じ歌詞をひたすら繰り返す。

（……お二人が抱き合っていらっしゃる）

豊始帝は危険も顧《かえり》みず、猛火に飛びこんで普寧妃の亡骸《なきがら》を運び出した。そのせいで瀕死の重傷を負ったのだから、彼の体は炎をまとっていたはず。普寧妃の体もまた、炎を帯びていただろう。二人が抱擁《ほうよう》すれば、そこに焔《ほむら》が生じてもおかしくない。

襦裙も蓋頭も、みるみるうちに火影に包まれて燃えていった。ゆらゆらと揺蕩《たゆた》う白煙が残陽のきらめきとまじりあいながら、手繰《たぐ》り寄せられるように天へのぼっていく。

いつしか、恐怖心は消えていた。ただ、祈っていた。

（お二人の来世が幸せなものでありますように）

黄昏の裳裾《もすそ》が宵闇《よいやみ》の色に染まる頃、普寧妃の依り代はすべて灰になった。

四月中旬、宮中は桜桃《おうとう》の宴《うたげ》でにぎわう。百戯《ひゃくぎ》や雑劇《ざつげき》が次々に披露される中、赤々と熟した桜桃は黄金の皿にこんもりと盛られ、群臣《ぐんしん》に下賜《かし》される。

宴の夜、後宮では后妃たちが天灯《てんとう》を飛ばす。

本来、天灯は一月十五日の元宵節《げんしょうせつ》に飛ばすが、光順帝《こうじゅんてい》の御代から桜桃宴の夜にも飛ばすようになった。もともとは四月に薨去《こうきょ》した公主を追悼《ついとう》するために始められた行事らしいが、当世では願い事をこめた剪紙を貼って飛ばすのが通例となっている。

「お姉さまはどんな文様を切るの？」

丹蓉が浮かれたふうに尋ねてくる。夕麗ははさみを手に取って答えた。

「天地長春《てんちちょうしゅん》よ。妹妹《まいまい》は？」

天竹《なんてん》と瓜と月季花《げっきか》を組み合わせた文様である。天竹で天を、地面を這《は》う瓜で地を表す。月季花は別名を長春花というので、三つ合わせて天地長春となる。

意味は、「天地がいつも春に包まれ、幸せに暮らせますように」。

「私も天地長春にしようと思っていたの」

「まあ、そうなの？　すごい偶然ね」

「姉妹だもの。きっと好みが同じなのよ。今日の装いだって、おんなじになってしまったし」

丹蓉と夕麗は色違いの梔子《くちなし》文様の襦裙を着ている。髪型は頭頂部に三つの輪を作る飛天髻《ひてんけい》に結い、大ぶりの絹花、芙蓉《ふよう》石がちりばめられた金歩揺《きんほよう》、胡蝶《こちょう》をかたどった玉簪《ぎょくしん》で飾られていた。

耳朶《じだ》で揺れる耳飾りの宝玉はどちらも翡翠《ひすい》だし、ひたいにほどこした花鈿《かでん》の文様も、唇を染めた紅の色も、衣に焚《た》きしめた香の匂いも、何もかもそっくりだ。

「今日のわたくしたち、双子の姉妹に見えるかもしれないわね」

微笑《ほほえ》み合っておしゃべりしながら剪紙を作り、天灯の表面に貼る。それぞれの宦官《かんがん》に手伝ってもらい、底部の油紙に火をつけて、天灯を飛ばした。

他の后妃たちも思い思いの剪紙を貼った天灯を飛ばしている。暗い夜空に無数の光が舞い上がると、さながら濃藍の絹にきらびやかな文様が浮かび上がるかのようだ。

「これはどうしたことだ？　危充華が二人いるぞ」

極彩色《ごくさいしき》の龍衣《りゅうい》をまとった皇帝が米太監を従えて二人のそばに来た。何か喜ばしいことでもあったのだろうか、いつになく上機嫌だ。

「偶然、同じ装いになってしまいましたの。双子の姉妹に見えまして？」

「まいったな。どちらが危充華なのか分からぬ」

皇帝がおどけたふうに尋ねると、丹蓉はびくつきながら夕麗の陰に隠れた。

幼い頃、叔父《おじ》に汚らわしい行為をされた経験ゆえ、丹蓉は男性を恐れている。夕麗と二人でいるときは明るく朗《ほが》らかだが、皇帝の御前では怯《おび》えて縮こまってしまう。

「歌声を聴けば、すぐに分かるのだがな」

皇帝は茶化すような笑みを浮かべ、夕麗に視線を投げた。

「あの独特な歌声は決して忘れられぬ」

「……歌声？　ま、まさか、主上……お聴きになっていましたの……⁉︎」

招魂の儀式に皇帝の姿はなかった。聴いていたとしたら、盗み聞きだ。

「おまえが席を外せというから、物陰に隠れて聴いていたんだよ」

「盗み聞きなんて最低ですわ！」

「怖い顔をするな。個性的な歌声ではあったが、悪くなかったぞ。余《よ》は好きだ」

皇帝はからからと笑う。夕麗はまなじりを吊り上げた。

「これは貸しにしておきますからね。いつか仕返しをしますわ」

「寝首をかくつもりなら、受けて立つぞ。もっとも、閨《ねや》の中のおまえに寝首をかく余力があるとは思えぬが。蝶恋花《ちょうれんか》の宴の夜は、起き上がる気力もないほど疲れ切っていたしな」

「あ、あのときは……はじめてのことだったので、仕方ないでしょう。でも、一度経験しましたから、慣れましたわ。次にわたくしをお召しになる際は、お命のご心配をなさることをおすすめします。非力な女だからと、侮《あなど》っていらっしゃると痛い目に遭《あ》いますわよ」

精いっぱいの虚勢を張って言い返す。皇帝は「覚悟しておこう」と笑い飛ばした。

「すっかり怒らせてしまったな。詫《わ》びの印に、例の不敬な願いとやらを叶えてやろうか」

「不敬なお願い？　何のことですの？」

「先日、眠る前に言っただろうが。余に頼みたいことがあると」

あの夜、皇帝は夕麗の願いを聞き出そうとしたが、夕麗はとうとう話さなかったのだ。

「おまえが言う、不敬な願いとは何なのか、いろいろ考えてみた。おまえのことだから、普通の女が望むようなことではないだろうと」

「……お分かりになりましたの？」

「ああ、分かったぞ。また如星軒の瓦《かわら》の文様が見たいんだろう」

皇帝は自信たっぷりに言ったが、夕麗は小さく首を横にふった。

「違いますわ」

「じゃあ、何だ？　言ってみろ。内容しだいでは、叶えてやってもいいぞ」

夕麗は黙って下を向いた。

周りには加皇后や段貴妃たちがいる。后妃たちはにこやかに談笑しているふうを装いっているが、こちらにちらちらと視線を送っている。耳をそばだてて、皇帝と夕麗の会話を聴き取ろうとしているのだ。むろん、視線の中には多くの棘《とげ》も含まれていた。

「おまえが何を望んでいるのか、興味があるんだ。話してくれ」

強い口調で促されても、夕麗はうつむいたままでいた。

「闇奴、みなを下がらせろ。危充華と二人だけで話したいことがある」

米太監がうやうやしく頭《こうべ》を垂れ、周囲にいた者たちに下がるよう言い渡した。

后妃たちは忌々《いまいま》しげにこちらを見やったが、しずしずと優雅な衣擦《きぬず》れの音を連れて立ち去っていく。丹蓉は名残惜《なごりお》しそうに何度も振り返りながら、その場をあとにした。

米監も下がり、皇帝と夕麗だけが残される。

辺りには吊り灯籠《どうろう》がぼんやりと灯っていた。枝をしならせる薄紅色の紫薇花《さるすべり》がほのかな夜風と戯《たわむ》れ、近くを流れる小川のせせらぎが気づまりな沈黙と絡まり合う。

「ここに彤史《とうし》はいない。おまえの願いは余しか聞かない。それでも話す気にはなれないか」

真摯《しんし》な問いかけだった。天下一不実な男性とは思えぬほど。

「お話ししたらきっと……くだらないとお笑いになりますわ」

「笑わないと約束する」

約束……傷をえぐる単語だ。また裏切られたら？　また反故《ほご》にされたら？　信じられない。信じられるわけがない。人は約束なんて簡単に忘れてしまう。あんなに心を通わせて、恋の言葉を重ね合ったはずの剣良でさえ、夕麗との契《ちぎ》りをいとも容易《たやす》く破ったのだから。

「余は守れない約束はしない」

どこかためらいがちに、皇帝は夕麗の体に腕を回した。

「余が口にするのは、必ず果たすことができる約束だけだ」

逞《たくま》しい腕に抱かれていると、自分の弱さを意識せずにはいられなくなる。

もう二度と、恋はしないと誓ったのに。もう二度と、殿方《とのがた》を信じないと誓ったのに。脆弱《ぜいじゃく》な心は頼りなく揺れてしまう。さんざん迷った末、夕麗は口を開いた。

「……口づけというものを経験してみたいのですわ」

恥ずかしさとみじめさがこみあげてきて、顔じゅうがかあっと赤らんだ。

「も、もし、よろしければ、主上《しゅじょう》にお願いしようかと……」

「口づけだと？　したことがないのか？」

皇帝は目を丸くした。

「……はい」

「比駙馬《ひふば》とは？　恋人だったんだろう？」

「求められたことはありました。でも、夫でもない方に口づけを許すなんて軽い女だと思われそうで……拒《こば》んでしまいましたの」

本音を言えば、好きな人と口づけしてみたかったけれど、尻軽だと思われたくなかったし、そういうことは夫婦になってからするべきだと考えていた。

「わたくしは主上に嫁《とつ》ぎました。すでに純潔も差し上げています。この先はずっと、主上だけがわたくしの夫です。口づけするとしたら、お相手は主上しかありえません」

進御《しんぎょ》の際、皇帝は夕麗に口づけしなかった。口づけという行為は子をもうける目的での閨事には不必要だから省《はぶ》かれたのかもしれないし、単に皇帝は口づけが嫌いなのかもしれない。あるいは、他の女人《にょにん》には口づけするけれど、夕麗にはその気になれなかったのかも。

どんな理由であるにせよ、口づけされるかもしれないとちょっぴり期待していた夕麗は、皇帝が自分の唇に触れもしなかったことに、いささか落胆《らくたん》した。

「主上が口づけを嫌っていらっしゃるのなら、無理にとは申しませんが……もし、そうしてもいいとお思いになることがあったら、わたくしに口づけしていただけませんか？　ただ、経験できればいいのです。せめて、一度だけでも……」

はしたない女だと呆《あき》れているのか、皇帝は何も言わなかった。

（……男の人にこんなことを言うなんて、わたくし、どうかしてるわ……）

ばかな願いだと自分でも思う。皇帝は夕麗の想い人ではないし、夕麗は皇帝の想い人ではない。互いに好き好んで結ばれたわけではない。愛し愛される関係ではない。

そんな二人が口づけを交わしたところで、いったい何の意味があるのか。

冷静な自分に嘲笑《ちょうしょう》されても、憧れを抑えきれないのだ。

口づけを交わせば、愛されているような心地を味わえそうで。

皇帝に嫁いでしまった以上、夕麗の恋の相手は皇帝以外にいない。

しかし、皇帝に恋をすることは、愚かしいことだ。

夕麗にとって皇帝は唯一無二の男だが、皇帝にとって夕麗は後宮に咲くあまたの花の一人にすぎない。決して対等な立場にはなれない。夕麗は求められる立場であって、求めることはできない。そんな相手を恋うことほど、不毛なことはない。

皇帝に恋したとしたら、それはすなわち片恋だ。

剣良を信じて待った夜のように、待ちぼうけを食らうだけなのだ。

（……主上なら、聞き入れてくださるかもしれないと思ったけれど）

皇帝は幽霊に怯える夕麗を抱きよせてなだめてくれた。失恋の傷に苦しむ夕麗を慰めてくれた。夕麗が加皇后に叱責《しっせき》されないよう気遣ってくれた。巷《ちまた》の人々は彼を冷酷《れいこく》な暴君だと言い立てるけれど、本当の皇帝はとてもあたたかくて優しい人なのだ。

彼なら、夕麗の愚かな願いに一握りの情けをかけてくれるかもしれない。そう期待して、ばかなことを口走ってしまった。今更ながら後悔がこみ上げてきて、夕麗は唇を噛《か》んだ。

「……不躾《ぶしつけ》なお願いでしたわ。どうか、お許しくださいませ」

ひざまずいて謝罪しようとしたときだ。腰からぐいと抱きよせられた。

驚いて顔を上げた瞬間、視界が暗くなる。吐息が触れ、唇が重ねられた。生まれてはじめて知る口づけの熱に、夕麗は大きく目を見開いた。

「どうだ？」

鼻先が触れ合うような距離で、皇帝が低く囁《ささや》いた。

「はじめての口づけは」

湯あたりしたみたいに頰《ほお》が熱い。心臓の音が徐々に騒がしくなっていく。

「……よく、分かりませんでしたわ。突然のことで……」

夕麗は瞬きをすることも忘れて、皇帝の瞳に見惚《みと》れていた。

乱暴な気配も、ぞんざいな感じもなく、信じられないくらい優しい口づけだった。彼が皇帝ではなく、ここが後宮でなかったら、勘違いしてしまったかもしれない。彼は自分を愛《いと》しく思ってくれているのではないかと。——そんなことは、ありえないのに。

「じゃあ、もう一度だ」

甘い囁きの後で、再び唇を重ねられた。今度は先ほどより少し長い。鼓動が激しくなっていくにつれて、四肢《しし》の力がゆるゆると失われていく。

「……不思議な気分ですわ」

視界が潤んでいた。泣きたいわけでもないのに。

「夢を見ているような心地がしますの」

はじめての進御では全身が重くなったけれど、今は体がふわふわしている。

「なぜだろうな」

皇帝は夕麗だけを見つめている。熱っぽい眼差《まなざ》しがいっそう鼓動を高鳴らせた。

「余もそうだ」

気づいたときには、また唇が重なっていた。吐息が交わり、ぬくもりが淡く溶け合えば、おのずとまぶたが重くなる。

紫薇花の枝がさざ波のように揺れている。花残月《はなのこりづき》の夜は密やかに更けていった。

第二章

麒《き》麟《りん》送《そう》子《し》

「垂峰《すいほう》、あなたは皇帝になるために生まれてきたのよ」

子どもの頃、母——条氏《じょうし》は口癖《くちぐせ》のようにそう言っていた。

「あなたには天子の資質がある。皇子たちの誰よりも玉座にふさわしいわ」

垂峰は母の期待にこたえるべく、人一倍、学問や武芸に励《はげ》んだ。自分が皇帝になれば、母に肩身の狭い思いをさせずに済むはずだと意気込んでいた。

母は六侍妾《りくじしょう》の第二位・玉人《ぎょくじん》として入宮した。垂峰を産んで妃嬪《ひひん》に封じられたが、夫である崇《すう》成帝《せいてい》には愛されなかった。父帝は李氏《りし》ばかりを寵愛《ちょうあい》し、他の妃嬪侍妾には義務的に侍寝《じしん》させるのみで、愛情を傾けることはなかった。

寵幸のおこぼれにあずかろうと、多くの妃嬪侍妾は李氏に媚《こ》びへつらった。彼女のそばで追《つい》従笑《しょう》いをしていれば、君寵を得られなくても、相応の恩情は受けられたからだ。後宮はまさに李氏の天下。彼女におもねることが後宮で幸せをつかむ唯一の道だった。

ところが、母は李氏にへつらわなかった。それどころか、事あるごとに李氏と対立し、李氏を敵視し、李氏を相手に無謀《むぼう》な戦いを挑んだ。そのせいで父帝に疎《うと》まれ、冷遇されてもなお、母は李氏への嫉妬《しっと》と憎悪を隠さなかった。

「李氏は皇子を産めなかったのに、どうして主上《しゅじょう》に愛されるの⁉　わたくしは皇子を産んだのに、どうして主上は愛してくださらないのよ⁉」

毎日のように、母は同じ恨み言を吐いた。

「わたくしのほうが李氏よりもずっと美しいのに‼　どうして‼」

母は当代一の宮廷詩人に国色天香《こくしょくてんこう》と称された玉容《ぎょくよう》を誇りにしていた。少女時代から際立った麗質《れいしつ》の持ち主であり、その美貌《びぼう》は太祖《たいそ》が生涯で最も愛した百花《ひゃっか》夫人にたとえられた。

確かに、母は傾国《けいこく》の美女であった。母と李氏が並べば、皇妃と下女に見えるほど、二人の容色には天と地ほどの差があった。父帝が十人並みの君王だったなら、母の色香に溺《おぼ》れて朝政をおろそかにしていただろう。しかし、父帝は母の美貌には目もくれなかった。

条家が取るに足らぬ家柄であったこともあるが、三千の美姫《びき》をほしいままにしてきた父帝にとっては、ただ美しいだけの女など、路傍《ろぼう》の石にも等しい存在だったのだ。

父帝の真意も知らず、母は己が麗質に執着した。美貌を磨《みが》きさえすれば、父帝の心を射止められると信じていた。そして同時に、我が子を磨き上げることにも余念がなかった。垂峰が優秀な皇子となれば、父帝の寵愛を得られるはずだと期待をかけたのだ。

結局はどちらも不成功に終わった。母がいくら天賦《てんぷ》の玉容に磨きをかけても父帝は態度を変えなかったし、垂峰がどれほど学問や武芸で能力を発揮しても、状況に変化はなかった。

皇長子《こうちょうし》であった高善契《こうぜんけい》が立太子されることになったと聞いた日、母は激昂《げっこう》した。

「おまえのせいよ!! おまえが不出来だから、主上は立太子してくださらないのよ!! よくも母上に恥をかかせたわね!! 役立たず役立たず役立たず!!」

母は当時十四だった垂峰を鞭《むち》で打ちすえた。垂峰は逆らいもせずに、されるままになっていた。母に鞭打たれるのは、これがはじめてではなかった。

経書《けいしょ》の暗唱がうまくできなかったとき、文字を書き間違えたとき、父帝の御前で詠《よ》んだ詩の出来が悪かったとき、武芸の稽古《けいこ》で失敗したとき、年上の女官と親しくなったとき。あるいは単に虫の居所が悪いとき、母は力任せに垂峰を打擲《ちょうちゃく》した。

幼い頃の垂峰は母に鞭打たれるたび泣いて許しを請うたが、十四になる頃には泣きもせず、謝罪もしなかった。母の気が済むまで、黙って痛みに耐えていた。

どうせ何をしても無駄だと知っていたのだ。泣こうがわめこうが、這《は》いつくばって恩情を乞《こ》おうが、母は憂《う》さ晴らしに自分を痛めつけるのだと。

金切《かなき》り声を上げて我が子を罵《ののし》りながら鞭をふるう母の足元で、垂峰は歯を食いしばった。

(俺が立太子されなかったのは、母上のせいだ)

父帝は李氏と敵対する母を皇太子の母親にするつもりはなかったのだ。そんなことをすれば、母はますます李氏を蔑《さげす》み、彼女を陥《おとしい》れようと謀《はかりごと》をめぐらせるに違いないから。

立太子された善契の生母、念氏《ねんし》は李氏の友人であった。慎《つつ》ましく温和な念氏は李氏を脅《おびや》かす存在にならなかった。だからこそ、彼女が産んだ善契は東宮《とうぐう》の主となったのだ。

だが、母に言わせれば、原因はすべて垂峰にあるのだった。

垂峰が親王となり、簡巡国《かんじゅんこく》を賜《たまわ》って都に王府をかまえると、父帝は簡巡王府に居を移すよう母に命じた。寵愛されている妃嬪は、息子が王府をかまえても後宮に残るものだから、要は厄《やっ》介払《かいばら》いされたのだ。このときも、母は癇癪《かんしゃく》を起こして垂峰を打ちすえた。

「おまえのせいでわたくしが主上に疎《うと》まれるんだわ!!　今ごろ、李氏がわたくしを笑っているでしょうよ!!　皇子を産んだところで、出来損《できそこ》ないでは一文の価値もないとね!!」

かねてから垂峰は生傷が絶えなかったが、母による度の過ぎた折檻《せっかん》を誰かに相談したことはない。童子だったときは母を怒らせる自分が悪いのだと思っていたし、長じて後は母に折檻されていることを恥じて、周囲から隠していた。

自然、母が君臨する王府からは足が遠のいた。

この頃から、もみ手すり手の太鼓持《たいこも》ちどもと遊興にふけるようになった。酒色におぼれて憂さを晴らし、ささいな口論から刃傷沙汰《にんじょうざた》を引き起こして悪評を積み重ねた。

妻妾《さいしょう》を娶《めと》ってからも、王府には極力近づかなかった。母に会いたくなかった。会えば母は罵《ば》声《せい》を吐いて垂峰を鞭打つか、反対に猫なで声でこう言うかだ。

「早く帝位について母上を安心させてちょうだい」

善契が践祚《せんそ》して永乾帝《えいけんてい》となってからも、垂峰より一月遅く生まれた異母弟の学律《がくりつ》が豊始帝《ほうしてい》として登極《とうきょく》してからも、母は垂峰の即位を夢見ていた。

愚かな夢だった。彼女の息子が十二旒《りゅう》の冕冠《べんかん》をいただく見込みは皆無といえた。

封土として賜《たまわ》った箇巡国は領土の半分が砂漠に覆《おお》われた僻地《へきち》。垂峰が親王として軽んじられているのは明白だ。それを証明するかのように、永乾帝の崩御《ほうぎょ》後、皇長子となった垂峰を差し置いて、父帝は学律を新帝に指名した。垂峰など、候補にさえ挙がらなかった。

(母上がいる限り、俺は玉座にのぼれない)

垂峰は常に鬱積《うっせき》した憤懣《ふんまん》を抱えていた。

いったい何のために、自分はこの世に生をうけたのだろうか。父帝にも群臣《ぐんしん》にも何の期待もされず、はじめからいないものとして扱われ、母には鬱憤《うっぷん》のはけ口として酷使《こくし》され、名ばかりの親王として無為に命を削《けず》っていく。そんなことのために生まれてきたというのか。

別のものになりたいと強く願った。使われることのない皇帝の予備品ではなく、狗《いぬ》のように打擲される出来損ないの息子ではなく、生きる値打ちのある何者かに。

飢餓《きが》感にも似た憤悶《ふんもん》が限界に達しようとしていた矢先――灰龍《かいりゅう》の案《あん》が起きた。

豊始帝の崩御を受けて、朝廷は狼狽《ろうばい》した。豊始帝には皇子がいなかったからだ。太上皇《たいじょうこう》がどの親王に十二旒の冕冠をかぶせるか、群臣は口々に憶測を囁《ささや》き合った。

ちょうど帰京していた垂峰は、居ても立ってもいられなくなった。

（今度こそ、父上は俺を後継者に指名してくださるかもしれない）

新帝候補の最上位に名が挙がったのは、垂峰の異母弟にあたる示験王《しけんおう》・高透雅《とうが》だ。透雅は断腸《だんちょう》の案《あん》で宝倫大長公主《ほうりんだいちょうこうしゅ》と呉《ご》家による謀略《ぼうりゃく》をあばき、父帝にますます重用されるようになっていた。群臣の大半も透雅を推薦《すいせん》しており、朝廷の趨勢《すうせい》は決まったかに見えた。

ところが、当の透雅が皇位を辞退した。理由は示験王妃を皇后に立てられないからだ。

至興帝《しきょうてい》の御代以降、皇后は皇子を産んだ妃嬪の中から選ばれることになっている。示験王妃はすでに男子を産んでいる。夫が玉座にのぼれば、そのまま立后《りっこう》されるはずだが、それはありえない。なぜなら、示験王妃は異国人だから。皇后は万民に崇敬される最上の貴婦人でなければならないため、蛮族《ばんぞく》出身の女性は立后されない決まりなのだ。

透雅を除けば、新帝候補と見られる親王は、巴享王《はきょうおう》・高秀麒《しゅうき》、整斗王《せいとおう》・高中穏《ちゅうおん》、松月王《しょうげつおう》・高才業《さいぎょう》、究沙王《きゅうさおう》・高黎洋《れいよう》、充献王《じゅうけんおう》・高承進《しょうしん》、霜斉王《そうせいおう》・高勇博《ゆうはく》。

いずれも崇成帝の皇子で、垂峰の異母弟たちだ。

秀麒、中穏、才業は封土を持たぬ親王である。秀麒は崇成十一年に起きた月燕《げつえん》の案《あん》の首謀者《しゅぼうしゃ》であった栄氏《えいし》の子ゆえ、玉座につく可能性はない。中穏は生母の身分が低く、実家に力がないので、皇位には遠い。才業は病弱で心臓を患《わずら》っているため、君王には向かない。

黎洋は十九。生母である染氏《せんし》は名門の出だが、本人の気質が柔弱すぎ、帝位の重さに耐えかねて夭折《ようせつ》した永乾帝を彷彿《ほうふつ》とさせる。承進は十七。生母は灰龍の案で族滅《ぞくめつ》された夾《きょう》家の娘だ。

母の必死の嘆願により、承進自身は刑死をまぬかれたが、皇位にのぼる見込みはない。勇博は十五になったばかり。武芸には秀でているが、学問がからきしだめで、基本的な経書すら読めない。学のない皇帝が難関の科挙《かきょ》を突破してきた高官たちと渡り合うのは不可能だ。

つまるところ、めぼしい候補がいないのである。

玉座への野心を秘めた垂峰にとって、千載一遇《せんざいいちぐう》の好機。このとき以上に、垂峰の手が宝祚《ほうそ》に近づいたことはない。

だがしかし、障害はやはり母の存在だ。天子の生母は聖母《せいぼ》皇太后という位につく。すでに慈《じ》母《ぼ》皇太后となっている李氏と並び、母が皇太后に立てられるかもしれないのだ。果たして、父帝は母を李氏と同じ位にまで引き上げるだろうか。……おそらく、ありえない。

皮肉にも、垂峰の即位を熱望する母こそが、垂峰を玉座から遠ざけている原因なのだ。

(母上さえいなければ)

至尊《しそん》の位につくには、母が邪魔だ。ぼやぼやしていれば、父帝は垂峰以外の誰かを新帝に指名してしまう。時間がない。一刻の猶予《ゆうよ》もない。だから、ああするしかなかった。

他に——道はなかったのだ。

「……主上……主上」

やわらかな声音《こわね》に耳朶《じだ》を撫《な》でられ、垂峰はまぶたを開けた。

目に飛びこんできたのは、色鮮やかな鴛鴦《えんおう》と蓮《はす》の花からなる鴛鴦貴子《きし》。牀榻《しんだい》の天井に刺繡《ししゅう》された文様だ。夫婦円満と子孫繁栄《はんえい》を意味している。

「うなされていらっしゃるようでしたわ。大丈夫ですか？」

危充華《きじゅうか》が柳眉《りゅうび》をひそめている。一糸《いっし》まとわぬ裸身だ。むき出しの白い肩に濡れたような黒髪が流れ、しっとりと艶《つや》を帯びた雪肌には雲雨《うんう》の夢の名残《なごり》が刻まれていた。

ここは翠眉殿《すいびでん》の臥室《しんしつ》である。危充華に侍寝《じしん》させ、そのまま寝入ってしまったのだ。

夜伽《よとぎ》の後で眠ることは今までなかった。先日、危充華と床《とこ》に入ったときも仮眠をとるふりをしていただけだった。眠っている間にうっかりあのことを口走ってしまわないか、自分を信用できないからだ。しかし、昨夜は危充華のそばでまどろんでしまった。

そんなつもりはなかったのだが。

「余《よ》は何か言っていたか」

「いいえ。ただ、苦しそうでいらっしゃいましたわ」

「悪夢を見たせいだろう」

「どんな夢ですか？　お話しになってくださいませ。話してしまえば、楽になりますわ」

「たいした夢じゃない。気にするな」

垂峰は危充華を抱きよせた。あたたかくなよやかな肢体《したい》が悪夢の残滓《ざんし》を和《やわ》らげてくれる。

「おまえこそ、大丈夫か？　余は無理をさせてしまったんじゃないか？」

契《ちぎ》りを結んだのは、昨夜で二度目である。危充華は房事《ぼうじ》に慣れていない。最初の夜よりもはるかに注意深く事を進めたが、垂峰を受け入れるのに苦労している様子だった。

「主上のなさりようが無理だったのかどうか分かりませんわ。他の方法を知らないので」

薄明かりの中でも目立つくらいに、危充華は頬《ほお》を赤らめていた。

「他の方法とやらが知りたいなら、『金閨神戯《きんけいしんぎ》』の房事百計《ぼうじひやっけい》を順繰りに試してみるか？」

『金閨神戯』には、秘戯《ひぎ》の技法が実に百種類以上も紹介されている。

「け、結構ですわ……！　わたくしは昨夜の……で、十分ですもの……」

「余はまだ物足りぬ」

垂峰は危充華に覆いかぶさった。食べ頃の桜桃《おうとう》にも似た唇を奪う。

（まさか、危充華の不敬《ふけい》な願いが口づけだったとは）

勝気でふてぶてしい危充華がはじめての口づけを欲しがるとは、思いもよらなかった。ささやかでいじらしい願いだ。それくらい叶えてやっても、ばちは当たらないだろう。

危充華は本来なら愛《いと》しい男に捧げたかったであろう貞操《ていそう》を垂峰に明け渡したのだ。これから先、彼女は垂峰以外の誰とも床をともにできない。たとえ彼女が夫を愛せないとしても、他の男と結ばれることはおろか、垂峰を拒《こば》むことさえ、許されない。

一生、紹景帝《しょうけいてい》の後宮に囚われる彼女を哀れんで、垂峰は危充華の不敬な願いを叶えた。ひとたび口づけすれば、まるで恋しい男を見つめているかのように、危充華は恥じらいで瞳を潤ませた。その愛らしさに情火をかきたてられ、幾度となく口づけを繰り返した。

「……あっ、ごめんなさい」

口づけの合間に、危充華が謝罪した。垂峰の背中をそろそろと這っていた小さな手がぱっと離れ、上気した花のかんばせに申し訳なさそうな表情がにじむ。

「背中にお怪我《けが》をしていらっしゃいますのね。痛かったですか……？」

そのときはじめて、垂峰は自分が夜着をまとっていないことに気づいた。

普段は情交の最中に裸にはならない。せいぜい前をはだけるだけだ。それで十分、事足りるのだが、昨夜は何を思ったか、夜着を脱ぎ捨ててしまったらしい。

閨中でありのままの姿をさらすことを厭《いと》うのは、言うまでもなく、背中に刻まれた折檻の傷痕を隠すためである。もはや、鞭《むち》を振るわれた瞬間の痛みは鳴りをひそめているけれども、蓄積された汚辱《おじょく》の苦みはまざまざと残っている。

『あなたが憎くてこんなことをしているのではないのよ』

鞭を振るった後、母は決まって、生々しい傷痕に塩を塗りこんだ。

『あなたを愛しているから、あえて厳しくしているの。母の愛を思い知るように』

母の手が張り裂けた皮膚《ひふ》の上を舐《な》めるように滑るたび、垂峰は激痛にのたうった。垂峰にとって女の手は恐怖の対象であり、唾棄《だき》すべき汚物であった。ゆえに、閨の中で女人《にょにん》が自分に触れてくることは許さなかったし、閨の外でも垂峰は決して女人の手に触れなかった。

にもかかわらず、先ほどは嫌悪を感じなかった。否《いな》、感じそびれたと言ったほうが正しいかもしれない。危充華の唇には警戒心を和らげる霊力でも秘められているのだろうか。

存外、危険な女だ。柔肌《やわはだ》に溺《おぼ》れても自制心は失わないよう、注意しなければ。

「許可なく余に触るな」

艶《つや》めいた唇をついばみながら、うなるように囁《ささや》く。

「触れるのは余だ。おまえではない」

垂峰の苛立《いらだ》ちを感じ取ったのか、組み敷いた雪色の裸身がかすかに震えた。

「今一度、務めを果たせるか」

問いではない。命令だ。天子の口から発せられた言葉は、自動的にそうなる。

「……はい」

かたく張りつめた返答を封じこめるように唇をふさぐ。

これは子をもうけるための行為だ。どんなやり方であろうと、危充華が孕《はら》みさえすれば、それでいい。愛し合う必要はない。心まで結ばれる必要はない。恋情がなくても、皇帝の予備品をもうけることはできる。だから本来なら、口づけなど不要であるはずだ。

「……主上、もうじき夜が明けますわ」

二度目の務めを果たした後で、危充華が気だるそうに抗《あらが》った。懸命に身をよじって逃げようとする彼女を腕の中に閉じこめて唇を求める。幾度も幾度も、飽くことなく。

好きで娶《めと》った女人ではない。他の后妃侍妾《こうひじしょう》同様、政《まつりごと》の駒《こま》でしかない。これまでの女人たちと何が違うというのか。危充華もまた、ただの女ではないか。

（何も特別なものはない）

我が身にそう言い聞かせながら、蜜を含んだように甘い桜桃を貪《むさぼ》った。

芳仙宮《ほうせんきゅう》——そこは歴代の皇貴妃が賜《たまわ》った絢爛《けんらん》たる殿舎《でんしゃ》だ。

「今朝は大変だったわね」

夕麗《せきれい》が椅子《いす》に座るのを待って、尹皇貴妃《いんこうきひ》はおっとりと口を開いた。

大きな蓮池《はすいけ》に張り出した水榭《すいしゃ》。広い内院《なかにわ》には今を盛りと石楠花《しゃくなげ》が咲き匂《にお》い、躍るように吹き抜ける初夏の風が軒端《のきば》の風鈴を涼しげに揺らしている。

（皇后さまに叱《しか》られるのが日課のようなものだわ）

今日の朝礼で、夕麗はまたしても加皇后《かこうごう》に叱責《しっせき》されてしまった。

『そなたは閨で主上をお引き止めしたそうですね』

とびきりご機嫌ななめの加皇后は、夕麗を足元にひざまずかせて冷ややかに言い放った。

『彤史《とうし》によれば、明け方までご寵愛《ちょうあい》を賜っていたとか』

とたん、妃嬪《ひひん》たちがどよめいた。

『明け方までですって⁉　あの淡泊《たんぱく》な主上が……⁉』

『段貴妃《だんきひ》さまでさえ、夜更けには主上をお見送りなさっていたのに』

『皇后さまだって、寵を賜るのは一夜に一度きりなのでしょう？　身の程知らずだわ』

妃嬪たちがじろじろと見つめてくるので、夕麗は赤くなってうつむいていた。

皇帝を引き止めたどころか、そろそろ解放してほしいと何度も哀願《あいがん》したのだ。

だが、皇帝は夕麗を放してくれなかった。

――おまえは裸になると歌がうまくなるんだな。

甘やかな囁きに柔肌を犯され、夕麗はなすすべもなく褥《しとね》を握りしめた。

（昨夜の主上はどうかしていらっしゃったわ）

はじめての進御《しんぎょ》では自ら帯をほどいて裸になったが、昨夜は口づけの雨に降られて夢うつつになっているうちに、何もかも脱がされていた。最初の夜伽とは比べものにならないほど、皇帝は優しかった。繊細《せんさい》な手つきで触れられるたびに、体のどこかから力が抜けていって、この行為が妃嬪に課せられた義務であることを忘れそうになった。

（……きっと変わり者のわたくしが物珍しいのよ）

皇帝は夕麗に触れられることをいやがった。もし、ほんの少しでも愛情を感じているなら、そんなことは言わないはず。彼にとって、夕麗は房事の道具でしかないということだ。

別に傷ついたりしない。愛し愛される夫婦になることを期待して入宮したのではないし、自分が三千の美姫《びき》を差し置いて皇帝に愛されるほど特別な女人ではないことは承知している。ましてや、皇帝に恋心を抱いているわけでは決してない。ただ、噂《うわさ》と違っていい人かもしれないと、ちょっぴり好感を抱いていただけだ。

皇帝に拒絶されたことくらいで傷つくはずはないのに、なぜか胸の奥が鈍く痛んでいる。口づけしてみたいという願いを叶えてくれた。甘く優しい口づけを受けると、恋しい人に愛されているような心地を味わえた。もしかしたら、その心地よさに酔って、知らず知らずのうちに勘違いしていたのだろうか。皇帝が自分に何がしかの情を感じてくれていると。

ばかみたいだ。勝手に期待して勝手に失望するなんて。

『主上をお引き止めしたつもりはありません。わたくしは何度も……』

『口応えはおやめなさい』

加皇后は勘気をあらわにして夕麗を見おろした。

『主上が色に惑われないようお諫《いさ》めするのがわたくしたち后妃の務め。お諫めもせずに寵をねだるとは、そなたは妃嬪として自覚が足りません。罰として、今夜から十日間、龍床《りゅうしょう》に侍《はべ》ることを禁じます。女訓書《じょくんしょ》を書き写し、妃嬪の心得を思い出しなさい』

『まあ、手厳しいこと』

紅牡丹《べにぼたん》が咲いた絹団扇《きぬうちわ》を口元にあて、段貴妃はころころと笑った。

『危充華は主上に求められるまま応じていただけでしょう。主上が真新しい花に心癒《いや》されていらっしゃるのなら、喜ばしいことではありませんか』

加皇后が言い返す前に、段貴妃は夕麗に微笑《ほほえ》みかけた。

『気に病むことはないわよ、妹妹《まいまい》。あなたは何も悪くないわ。皇后さまは嫉妬《しっと》なさっているのよ。ご自分が空閨《くうけい》をかこっていらっしゃるものだから』

『空閨をかこつといえば、貴妃は長らくお召しがないようね。わたくしも心苦しいですわ。妹妹に鳳戯牡丹《ほうぎぼたん》を出してあげたいけれど、主上がそなたをご指名なさらなくて』

双方の取りまきたちも加わり、おさだまりのいやみ合戦が始まってしまう。

(……こんなはずじゃなかったのに)

好きなことをしてのんきに生きていく予定だったのに、気づけばいさかいの渦中《かちゅう》にいる。

それもこれも、皇帝のせいだ。皇帝が気まぐれで夕麗を寵愛したりするから。

(……どうせ、すぐに飽きてしまわれるわよ)

寵愛ほど儚《はかな》いものはない。夕麗が皇帝に顧《かえり》みられなくなれば、加皇后の叱責もやむだろう。

「主上が一人の女性に夢中になることははじめてだから、みんな、気が立っているのよ」

尹皇貴妃は桜桃の氷菓を勧めてくれた。

「しばらくの間は風当たりが強くて大変でしょうけど、雑音に心を乱されないようになさい。私たちの務めは、主上にお仕えすること。それ以外のことで悩んで疲れてはだめよ」

穏やかな言葉を胸に刻みつつ、夕麗は考えていた。

（尹皇貴妃さまはお優しい方のようだけど、信じすぎては危険よね）

皇后派、貴妃派が火花を散らす紹景帝の後宮で、尹皇貴妃はどちらの派閥《はばつ》にも属していない。力のない者が中立を保つのは困難だ。皇后派にも貴妃派にもくみしていない時点で、彼女が単なる才媛《さいえん》以上の女人であることは明白。今日だって、純粋な親切心から夕麗に声をかけてくれたのかどうか、疑わしい。何か別の目的があるのではないだろうか？

（いやだわ。わたくしったら、三年前からすっかり疑い深くなってしまったみたい）

剣良《けんりょう》に裏切られてからというもの、人を信じることが恐ろしくてたまらなくなった。けれども、ここではそれくらいでちょうどいいのかもしれない。後宮では、誰も信用してはならない。あからさまに敵意を向けてくる者はもちろんのこと、笑顔で近づいてくる者にも警戒を怠《おこた》ってはならない。本当の敵は、にこやかな仮面をつけているものだ。

芳仙宮を出るなり、夕麗は大きなあくびをした。

「まあ、危充華さまったら、はしたないですわよ」

夕麗の手を支えて隣を歩く雨果《うか》がくすくすと笑う。

「だって、眠くてしょうがないんだもの。あーあ、早く翠眉殿に戻って寝たいわ」

「ご寵愛が深い証《あかし》ですわ。でも、今夜から十日も進御できないなんて、あんまりですわね。皇后さまは厳しすぎます。もう少し寛容になってくださってもよいのに……」

「かえってありがたいわよ。また昨夜みたいに明け方まで放してくださらないんじゃ、体がもたないわ。皇后さまのおかげで十日間ゆっくりやすめるんだから、感謝しかないわよ」

「十日も寵を受けられないのは心配ですわ。主上の御心が離れなければよいのですが」

「離れていただいて結構よ。わたくしは主上のことなんか好きじゃないし、寵愛争いに巻きこまれるのはごめんだもの。さっさと失寵《しっちょう》して、文様三昧《ざんまい》の生活を送りたいわ」

「またそんな強がりをおっしゃって。主上が恋しくていらっしゃるくせに」

雨果はぽっちゃりした面《おもて》に意味深な笑みを浮かべた。

「主上と口づけなさっているときはうっとりなさっていましたわよ。嫌いな殿方《とのがた》に口づけされて、あんなふうに夢心地になるものかしら？」

「……見てたの？」

「木陰からばっちり見ていましたわ。ふふ、口づけって素敵ですわよねえ。いかがでした？口づけは糖蜜《とうみつ》の味がすると聞いておりますが、本当なんですの？」

丸い瞳をキラキラ輝かせて迫ってくるので、夕麗はたじたじになった。

「そ、そう言う雨果は口づけしたことないの？」

「恥ずかしながら、ございませんわ。この年に至るまで機会に恵まれなくて」

「意外ね。雨果みたいに明るくて朗《ほが》らかな人なら、恋の相手には困らないと思うけど」

雨果は結婚していない。女官は結婚している者が多いので、いまだ独身とは珍しい。

「好きな人はいないの？」

「まあ！　い、いやだわ、こんなおばあさんに好きな人だなんて……！」

「おばあさんには見えないわよ。まだまだ女盛りじゃない」

「もう、お世辞《せじ》はやめてくださいませ！　恥ずかしいったら！」

乙女《おとめ》のようにぽっと頰《ほお》を染め、雨果は夕麗の背中をバシバシ叩いた。

「女盛りはとうに過ぎておりますが……実は、さる殿方をお慕《した》いしておりますの」

「どんな人？　美男かしら？」

「とびきりの美男子ですわ。真面目《まじめ》で誠実な方ですのよ。手先が器用で、親切で、笑顔がとっても素敵なんですの！　はあ、残念ですわ。これから十日もお会いできないなんて……」

「十日も……？　あっ、分かった。雨果の好きな人って、舌太監《ぜったいかん》でしょ」

夜伽《よとぎ》を禁じられている間は、敬事房太監《けいじぼうたいかん》の舌太監が訪ねてこない。

「なるほどね。舌太監に会えないから、わたくしが進御できないことを嘆いていたわけね」

「そ、それだけではありませんわよ！　危充華さまのことを心配して……！」

「舌太監の笑顔が素敵だなんて信じられないわ。あの人って笑ったことなんかなさそうだし」

どんよりと影を背負って生きているような宦官《かんがん》だから、笑顔が想像できない。

「誤解ですわよ。舌太監は愉快な御方ですの。私の前ではずっとお笑いになっていますのよ。

普段は笑いをこらえていらっしゃるんですって。なんでも、少年宦官の頃に笑ってはいけない場面でうっかり笑ってしまってひどく折檻《せっかん》されたので、笑うことを控える癖《くせ》がついてしまったんだとか。せっかく素敵な笑顔をお持ちなのに、もったいないと……」

雨果がおしゃべりを打ちきった。清楚《せいそ》な純白の花を咲かせた梅花空木《ばいかうつぎ》の茂みの向こうから、条敬妃が歩いてくるからだ。

条家の肝《きも》いりで入宮した身ゆえ、条敬妃には定期的にご機嫌伺《うかが》いをしている。不愛想な人柄らしく、毎回そっけない対応をされているが、後宮では、自分より位階が上の人物に出会えば、頭《こうべ》を垂れて挨拶《あいさつ》するのが礼儀《れいぎ》である。夕麗は小道のわきによけて拝礼した。

「敬妃さまにご挨拶申し上げます」

条敬妃は気だるげにこちらを見たが、何も言わずに通りすぎていく。洗練された麝香《じゃこう》の匂《にお》いがふうわりと風に舞い、藤色の裙《くん》がなよやかに揺れながら視界を横切った。

織り出された文様は、百合《ゆり》と柿と霊芝《れいし》からなる百事如意《ひゃくじにょい》。百合は百を表し、柿は事と同音。霊芝は形が仏具の如意と似ているので、如意――すなわち「思いのまま」を表す。

すべてがうまくいくという意味の文様をまとい、条敬妃は小道の向こうへ歩いていく。

(側仕《そばづか》えも連れずにどちらへいらっしゃるのかしら)

敬妃は十二妃の第六位。高位の妃嬪は宦官や女官をぞろぞろと連れて出かけるものだ。

「条敬妃さまはよくおひとりで散歩なさるのです。私もときどきお見かけいたしますが、そのたびに憂鬱《ゆううつ》そうなお顔をなさっていますわ」

再び歩きだしながら、雨果はそっと声をひそめた。

「噂《うわさ》によりますと、条敬妃さまには主上《しゅじょう》に嫁《とつ》ぐ前に恋人がいらっしゃったそうですの。けれど、条家の意向でその方と無理やり引き離されて、親王時代の主上に嫁がれたのだとか。いまだに恋人のことを想っていらっしゃるのでしょうね。結婚以来、何かと理由をつけて夜伽を断っていらっしゃいますわ。侍寝《じしん》は妃嬪の務めだと皇后さまに叱責《しっせき》されても糠《ぬか》にくぎで」

条敬妃は十年前、箭巡王だった皇帝に嫁いでいる。

「十年も夫を拒否できるものなの？」

「主上は条家がお嫌いですから、これ幸いと条敬妃とは距離を置いていらっしゃるのです」

「どうして条家がお嫌いなのかしら。条家は恭明《きょうめい》皇后のご実家でしょう？」

条敬妃は皇帝の生母・恭明皇后の姪《めい》だ。

「恭明皇后はご気性の荒い御方で、主上とは不仲だったそうですわ。親王時代、主上は王府には寄りつかず、別邸を転々となさっていたと聞いております」

「確か、恭明皇后は主上のご即位前に薨去《こうきょ》なさったのよね？」

恭明皇后・条氏は寧太妃《ねいたいひ》として薨去したのち、今上《きんじょう》の登極《とうきょく》を受けて皇太后を追贈された。

「ずいぶん長い間、病《やまい》で臥《ふ》せっていらっしゃいました。夷狄《いてき》の薬を好んでいらっしゃったので、それが悪く作用していたのかもしれません。美容に効くと聞けば、どんな怪しげな薬でも服用なさっていたとかで、太医《たいい》たちが嘆《なげ》いているのを耳にしたことがございますわ」

恭明皇后は絶世の美女だった。天女顔負けの美姫《びき》でも、人である以上は年をとる。容色《ようしょく》の衰えに危機感を覚えた恭明皇后は、異国の秘薬を飲んで若返ろうとしたのだ。

その結果、寿命《じゅみょう》を縮めてしまい、四十代半ばで薨去した。

(主上の女嫌いは恭明皇后が原因かしら)

母親との不仲が皇帝を気難し屋にしてしまったのだろうか。

睡蓮《すいれん》が咲き始めた池のほとりまで来ると、四阿《あずまや》から古筝《こそう》の音色が漂ってきた。見事な腕前だ。心を締めつけるような物悲しい旋律が涼風と戯《たわむ》れながら流れていく。

「……ねえ、あちらにいらっしゃるのって、条敬妃さまじゃない？」

四阿で古筝を奏でている美人は、条敬妃のようだ。

「おかしいですわね。条敬妃さまなら、あちらにいらっしゃったはずですが……」

雨果が不思議そうに振り返った。今通ってきた小道は一本道だ。こちらに戻ってきたのなら、途中ですれちがっているはず。不審に思っていると、演奏が終わった。

四阿から条敬妃が出てくる。傍《かたわ》らには古筝を抱えた宦官と、女官たちが付き従っていた。

「早く身籠《みご》ってちょうだいね、危充華」

夕麗が挨拶すると、条敬妃はにこりともせずにこちらを見おろした。

「あなたが皇子を産んでくれれば、父にお小言《こごと》を言われずに済むようになるわ」

百事如意の裙に、秋海棠《しゅうかいどう》文の上襦《じょうじゅ》を合わせた幽艶《ゆうえん》なる麗姿《れいし》。髪型は髻《もとどり》を片方に大きく傾け、簪《かんざし》で輪の形にとめた倭堕髻《わだけい》。涼しげな玉のかんばせを持つ長身の麗人《れいじん》は、嫁いでもなお貞操《ていそう》を守り続けているためか、いまだ春を知らぬ梨花《りか》の蕾《つぼみ》を思わせた。

「でも、気をつけなさい。皇子を産めば、あなたは用済みになるわ。父はあなたから皇子を取り上げて、わたくしに育てさせるつもりよ。わたくしは皇子なんていらないけれど、あなたを助けてあげる義理もない。死にたくなければ、自分の身は自分で守るのね」

条敬妃は麝香が焚《た》きしめられた袖《そで》を冷ややかにひるがえす。藤色の裾《すそ》から、七彩の糸で刺繍《ししゅう》された靴《くつ》が見えた。蓮池を泳ぐ一匹の鯉《こい》の文様は、恋する美女を意味する。

「……条敬妃さま！　さ、先ほど、あちらにいらっしゃいましたわよね……？」

夕麗は条敬妃を呼びとめ、自分が通ってきた小道を指し示した。

「何の話？　わたくしはずっと四阿にいたわよ」

「えっ……でも、ついさっき、条敬妃さまとすれちがいましたわ」

「どなたかと勘違いしているのではないの？」

「きっとそうですわ。条敬妃さまは朝礼の後からずっと、あちらの四阿で古筝を奏でていらっしゃいましたもの」

条敬妃が側仕えの女官と顔を見合わせるので、ぞわぞわと背筋が粟立《あわだ》った。

「勘違い……ではなかったようですが。確かに条敬妃さまでしたわよね？」

条敬妃が立ち去った後、雨果は小首をかしげた。

「……履《は》いてなかった……」

「え？」

「条敬妃さま、が……！　は、履いて、なかったのよ……！　靴、を！」

「そうですか？　ちゃんと靴を履いていらっしゃいましたけど」

「そっちじゃなくて……最初の条敬妃さまよ。あちらの小道ですれちがったほうの……」

すれちがいざま、裙の裾から白い足が見えた。そのときも妙だと思ったが、雨果が条敬妃についで話し始めたので、言及しそびれたのだ。

「もう一人の条敬妃さまが、裸足《はだし》で、歩いていらっしゃった……？」

雨果がみるみる青ざめていく。

「じゃ、じゃあ、あ、あの、すれちがった条敬妃さまは、もしや……」

「……生霊《いきりょう》よ！」

間違いない。生霊は裸足で出歩くと言われているのだ。

五月五日、端午節《たんごせつ》は別名を浴蘭節《よくらんせつ》という。邪気払いのため、蘭草《ふじばかま》で湯浴みするからだ。

端午節の夜、皇帝は后妃の一人に湯浴みの世話をさせる。それはすなわち寵姫《ちょうき》であり、寵愛を求める后妃たちはみな、天子の浴蘭に仕えたいと願う。

例年は面倒なので誰も指名しなかったが、今年、垂峰は危充華に湯浴みの世話を命じた。

「条敬妃の生霊《よくそう》が出た？」


垂峰は浴槽《よくそう》の縁に寄りかかったまま尋ねた。

豪奢《ごうしゃ》な白玉石《はくぎょくせき》の浴槽は床が掘り下げられており、縁にそうようにして、湯船の中に腰かけが造られている。そこに座り、危充華に髪を洗わせているところだ。

この湯殿は垂峰の五世の祖《そ》にあたる隆定帝《りゅうていてい》が愛する皇后と湯浴みするために建てたものだ。浴室には白玉石で彫刻された龍と鳳凰《ほうおう》が飾られ、湯船には美しい橋がかけられている。

「はい。わたくし、この目で見ましたの」

危充華は浴槽のそばにひざまずき、ぎこちない手つきで垂峰の髪を洗っている。二人とも浴衣《よくい》を身につけているので、裸ではない。

「条敬妃さまにそっくりでしたが、裸足で歩いていましたわ。あれは生霊に違いありません」

背中を向けていても、危充華が真っ青になっているのが分かる。

「条敬妃本人だったんじゃないのか？」

「いいえ！　よく調べてみましたが、あの小道に抜け道はありませんでした。わたくしとすれちがった後で池のほとりの四阿に入り、古箏を奏でることはできませんわ。そもそも、そんなことをなさって、条敬妃さまに何の得があるというのです？　条敬妃さまは冷淡な御方ですわ。わたくしに悪戯《いたずら》を仕掛けるような茶目っ気をお持ちとは思えません」

同感だ。条敬妃は新参者をからかって遊ぶような可愛《かわい》げのある女ではない。

「激しい思慕《しぼ》の情が肉体から魂魄《こんぱく》を引き離してしまうと聞いていますわ。条敬妃さまは主上に嫁ぐ前に恋人がいらっしゃったそうですから、魂だけでもその方のもとへ行こうと……」

逆鱗《げきりん》に触れるとでも思ったか、危充華は続きを濁した。

「かまわぬ。条敬妃の事情は先刻承知だ」

「お相手もご存じですの？」

「李首輔《りしゅほ》だそうだ。条家と李家は犬猿の仲でな。両家は二人の仲を引き裂いた」

首輔は皇帝顧問官たる内閣大学士《ないかくだいがくし》の首席をさす。内閣首輔ともいい、事実上の宰相《さいしょう》だ。

今年、首輔に昇進したばかりの李首輔は李太后の従弟《いとこ》である。年齢は四十六。条敬妃とは二回り年が離れている。謹厳実直《きんげんじっちょく》な能吏《のうり》だが、因習的な石頭なので扱いづらい。

「敵同士の男女が出会って恋に落ちるなんて、双非龍《そうひりゅう》の小説みたいですわ」

双非龍は市井《しせい》の売れっ子文士だ。色恋を扱った作品が多く、婦女子に大人気だという。

「東廠《とうしょう》がわざわざ調べてきたので馴《な》れ初《そ》めを聞いたが、小説じみていたぞ。まず、出会いは十二年前の春だ。条敬妃――当時は条氏だな――は男装して国子監《こくしかん》に出かけた」

「まあ、条敬妃さまが男装を？」

「男装は序の口だ。なんと、条氏は監生《かんせい》になりすまして国子監で学んでいたんだよ」

国子監は凱の最高学府。監生はその学生をいう。むろん、女子は監生になれない。

「どうやら、学問好きの伯母《おば》が黒幕のようだな。条氏は伯母を勉学の師としていた。伯母は綺《き》雲《うん》大長公主と旧知の仲でな、国子監に手を回して姪を送りこんだらしい」

垂峰の叔母《おば》にあたる綺雲大長公主・高夏艶《かえん》は自身が才気煥発《さいきかんぱつ》であるせいか、女子の教育に熱心である。都の女冠観《じよかんかん》に男子禁制の学舎を併設して、婦女子に学問させている。

「条氏はなかなか優秀だったとか。麒麟児《きりんじ》と呼ばれていたそうだ」

「そこから、どうやって禁断の恋が……あっ、分かりましたわ！　李首輔が国子監にいらっしゃったときに出会ったのでは？」

「その頃は李大学士だぞ。李大学士は監生に講義するために国子監を訪ねたんだ。李大学士自身も国子監出身だからな」

国子監における勉学は各自の裁量に任されている。毎日授業が行われることはない。ときおり行われる講義は形式的なものにすぎず、監生もさほど意欲的ではない。

科挙を受験するにはどこかの国立学校の試験に合格して学籍をとる必要があるため、学籍さえ手に入れれば、学校に用はないというわけだ。

「条氏は李大学士の講義を熱心に聴き、質問攻めにした。李大学士は小生意気な監生に腹も立てず、いちいち懇切丁寧《こんせつていねい》に答えた。議論するうちに条氏の才気が惜しくなったのか、自邸に招いて個人的に指導するようになった。その間、どこかで色恋に発展したんだろう」

「師弟関係から生まれた恋だったのですね」

「堅物《かたぶつ》の李首輔が二回りも年下の小娘に籠絡《ろうらく》されたとは信じがたいが、本気で娶《めと》るつもりだったことは確かだ。李首輔自身が東廠の取り調べに対してそう答えている」

関係を持ったから結婚を決意したのかと思えば、条氏は生娘《きむすめ》のままだった。

「李首輔は今も独り身でいらっしゃいますわ。条敬妃さまを想って……かしら」

「さあな。だが、面白いと思わないか。李首輔のような四角四面の男が、男装娘に惚《ほ》れこんで結婚まで考えるとは。しかも相手は敵対する条家の令嬢。なお悪いことに、条家当主は愛娘《まなむすめ》を簡巡王──余《よ》に嫁がせるつもりだった。下手《へた》をすれば、条家のみならず、余の顔もつぶすことになる。いくら李太后の後ろ盾があるとはいえ、あまりにも危険な賭《か》けだ」

「損得勘定《そんとくかんじょう》ができなくなるほどに、条敬妃さまを愛していらっしゃったのでしょう」

危充華はうらやましそうにつぶやいた。

「余の後宮には、条敬妃のように想い人がいた者がちらほらいるぞ。おまえも含めてな」

髪に絡んでいた細い指が、ふと動きを止めた。

「即位する前、余は玉座とは縁遠い親王だった。女たちが好き好んで嫁ぎたいと思う男ではなかった。皇后だって今でこそ正妻然として大きな顔をしているが、王妃時代は余に嫁がされてたいそう不満顔だったぞ。皇帝に嫁いで妃嬪《ひひん》になるつもりでいたのに、一介《いっかい》の親王妃になってしまうなんてと、うんざりするほど愚痴《ぐち》をこぼしていた」

段貴妃もそうだ。その頃は豊始帝の御代だったので、豊始帝に嫁ぎたかったらしい。

皇帝になる見込みのない垂峰に嫁がされ、身も世もなく嘆いていた。

「思えば、余の后妃はそういう女ばかりだな」

即位してから娶った美姫《びき》たちはみな、天子という身分に群がっているだけ。

垂峰自身を求める女など、一人もいない。

「まあ、それもやむなしか。余が女でも、進んでこんな男に嫁ごうとは思わぬ」

十二旒《りゅう》の冕冠《べんかん》をかぶりながら、皇帝の予備品に甘んじている垂峰に、何らかの魅力があるとも思えない。皮肉めいた笑いをこぼしたとき、頭からざーっと湯をかけられた。

「いきなり湯をかけるな。驚くだろうが」

髪をかき上げながら振り返ると、危充華が睨《にら》み返してきた。

「先日の仕返しですわ。閨《ねや》で主上《しゅじょう》をお引き止めしたんだろうって、皇后さまに叱《しか》られたんですよ。他の方たちにもいやみを言われてしまうし」

二度目の侍寝《じしん》で、垂峰は危充華を朝まで放さなかった。確かめたかったのだ。彼女もまた、有象無象《うぞうむぞう》の女たちと変わらないと。垂峰を惹《ひ》きつけるほどのものはないと。

逆効果だった。疑念はいっそう深まった。彼女は他の女たちとは違うのではないかと。

（こいつが口づけをせがんだりするからだ）

黄金でも栄華でもなく、ただ口づけをねだった女はいなかった。まるで恋しい男に口づけを求めるように危充華があんなことを言ったから、柄《がら》にもなく心を動かされたのだ。

我ながら愚かしいことだと呆《あき》れ果てる。危充華は垂峰に恋情を抱いているわけではない。失恋の苦しみから逃れるために紹景帝の後宮に入っただけだ。垂峰を夫にしてしまったから、他に口づけをねだる相手がいないだけだ。おとなしく進御《しんぎょ》に応じるのは、皇帝の命令に逆らえないからだ。閨で甘い声を聞かせるのは、それが妃嬪の務めだからだ。

（当たり前のことじゃないか）

垂峰は皇帝で、危充華は妃嬪だ。互いに果たすべき義務を負っている。一かけらの情さえなくても、契《ちぎ》りを結んで子をもうけなければならない。皇統《こうとう》を絶やさぬために。

それが骨を断つほどに虚《むな》しいことだと分かっていても、逃れられはしない。

この手足が後宮につながれている限り。

「すまなかった」

思いのほかすんなりと謝罪の言葉が出てきた。

「金輪際《こんりんざい》、おまえがいやがることはしない」

詫《わ》びる必要はない。危充華の体は垂峰のものだ。垂峰は好きなときに好きなだけ彼女を貪《むさぼ》ることができる。命さえ意のままにできる。どれほど手ひどい行為を強《し》いたところで、失うものは何もない。体だけつなげればいい。心などいらない。はじめから求めていない。

だったら、どうして——許しを請うているのだろうか。

ひざまずいて哀願《あいがん》したところで、慈悲《じひ》は得られないと知っているはずなのに。

「べ、別に……謝っていただきたいわけではございませんわ」

危充華は湯気であたたまった面《おもて》をふせた。

「……ほどほどにしていただきたいと申しているのです。過ぎたるは猶《なお》及ばざるが如しですから。一晩に、な、何度も……なさったら、玉体《ぎょくたい》によくないのではと……。閨事は大切ですが、夜はお体をやすめる時間でもありますわ。わたくしのせいで主上が寝不足におなりになったら、また皇后さまに叱られてしまいます。今後は自重なさって……」

垂峰は湯船から身を乗り出した。火照《ほて》った頰《ほお》に触れ、濡れたような瞳をのぞきこむ。

「口づけしてもいいか」

「……なぜ、そんなことをお尋ねになるのです?」

「おまえがいやがることはしないと約束した。もし、おまえが余に口づけされることを厭《いと》うなら、もう二度と唇には触れない」

なぜだろう。欲しくてたまらない。彼女の信頼が。こちらを見る、慕《した》わしげな瞳が。

(ばかげている)

首尾《しゅび》よく心とやらを得られたとして、何の意味があるのか。いったい何が救われるというのか。骨の髄《ずい》までしみこんだ汚辱《おじょく》と罪業《ざいごう》が消えるとでも?

恋だの愛だのにさしたる力はない。せいぜいひとときの夢を見られるくらいだ。分かっている。分かっているのだ。自分に愛情を求める資格がないということは。

それでも希《こいねが》ってしまう。名ばかりの皇帝としての垂峰ではなく、垂峰自身を見てほしいと。他の誰でもなく、誰かの代わりではなく、垂峰そのものを欲しがってほしいと。

そうすれば、この空虚な体が、何がしかの値打ちを帯びるようで。

「……身勝手すぎますわ」

危充華は胸に手をあて、小さなこぶしを作った。

「わたくしには触れるなとお命じになるくせに、ご自分は触れたいとおっしゃるなんて」

「余に触れたいのか？」

「……一方的に触れられるのは、いやです。道具扱いされているみたいで、癪《しゃく》ですから」

「道具扱いしてるわけじゃない。ただ、余は……」

怖いんだ、とは言えなかった。女の手を何よりも恐れているのだとは、とても。

「背中以外なら、余に触れてもいいぞ」

「お怪我《けが》をなさっているから、背中はだめなのですね……？　あっ、さっき、お湯を勢いよくかけてしまったから、傷痕が痛みましたか？　それとも澡豆《そうず》がしみました？　ごめんなさい。お怪我をなさっていることは存じ上げていたのに、ついうっかりしていて……」

自分が傷つけてしまったかのように苦しげに柳眉《りゅうび》を引きしぼる。にわかに胸の奥が熱くなった。きっと危充華が案じてくれているからだ。あたかも愛《いと》しい男をいたわるように。

「おまえの名は夕麗といったな」

絡まり合った視線はそのままで、柳腰に腕を回して抱きよせた。

「早く許可を出してくれ、夕麗。おまえの唇に溺《おぼ》れてもいいと」

夕麗は返事をしなかった。そっとまつげをふせて、おそるおそる垂峰の腕に触れてくる。なよやかな白い手が上腕の線をなぞり、両肩にのぼって、胸板へとすべっていく。

堪《こら》え切れずに唇を奪う。腕の中の華奢《きゃしゃ》な肢体《したい》は待ちかねたように小さく震えた。

「わたくしは自ら望んで主上に嫁《とつ》ぎましたわ」

湯船に引きずりこんで口づけすると、夕麗が吐息まじりに囁《ささや》いた。

「天下一不実なあなたにならば、一生恋せずにお仕えできると思って」

「余は期待通りの夫だったか?」

むせかえるような蘭草《ふじばかま》の香りに包まれながら、花蜜の味がする唇をついばむ。

「……ええ、今のところは」

「いつか余が期待はずれの夫になったら、そのときは――」

余を愛すか、と尋ねようとしたが、口づけでうやむやにした。

皇帝が誠実な夫になることなど、未来永劫《えいごう》ありえない。一人の女人《にょにん》をどれほど深く愛そうとも、彼女を裏切り続けなければならないさだめなのだ。

『玉座にのぼればすべてを得られると思っているのなら、大間違いだぞ』

いつだったか、学律が言っていた。その言葉の意味が今になって分かったような気がした。

五月も半ばを過ぎた頃、李賢妃が無事に皇子を出産した。

后妃たちは皇子が生まれるとおくるみを贈り合う習慣がある。今日は李賢妃を除く后妃たちが恒春宮《こうしゅんきゅう》の広間に集まり、刺繍《ししゅう》台に向かって思い思いにめでたい文様を刺していた。

（今日の条敬妃さまは生霊《いきりょう》のほう？　それともご本人？）

麒麟《きりん》に跨《また》がった童子の文様――麒麟送子《そうし》を刺しながら、夕麗は条敬妃を観察していた。

条敬妃はおくるみに喜従天降《きじゅうてんこう》の文様を刺している。

これは蜘蛛《くも》の巣から蜘蛛がぶら下がっている図だ。蜘蛛は別名を喜子《きし》といい、吉兆の印とされる。喜子がぶら下がる喜従天降は、喜び事が天から下ってくるという意味だ。

条敬妃の様子は普段と変わりない。いつものように冷ややかな眼差《まなざ》しで刺繍台に向かっている。国子監にもぐりこむほどの才女でありながら、刺繍の腕前も一流らしい。白魚の指先から生まれる極彩色《ごくさいしき》の蜘蛛は本物のように生き生きとしていた。

「あら、赤い糸がなくなってしまったみたい。どなたか、貸してくださらない？」

尹皇貴妃が妃嬪たちを見回すと、条敬妃は赤い糸巻きを渡した。

「どうぞ、お使いになって」

「ありがとう、妹妹《まいまい》」

今日は本人なのだろうか。とりあえず、靴《くつ》は履《は》いているようだ。

蛍《ほたる》には無数の異名があるが、夕麗が一番好きなのは宵燭《しょうしょく》だ。文字通り宵闇《よいやみ》を照らす燭光《しょっこう》のような蛍火《けいか》がふわふわと夜風と戯《たわむ》れているさまは、夜陰《やいん》に描かれた輝く文様である。

夕麗は皇帝に連れられて宴席を離れ、小川のほとりを散策していた。

蛍狩りの夜だ。さらさらと水の流れる音に身をゆだねるのがひどく心地よい。

(主上のおそばにいるからかしら。薄暗い場所を歩いていても、全然怖くないわ)

暗《あん》がりは夕麗の天敵。けれど、皇帝と一緒にいれば、ほの暗さに膝が震えることはない。

「闇奴《あんど》に調べさせてみたが、条敬妃は不可解な行動をするらしい」

皇帝は燕子花《かきつばた》の茂みのそばで立ち止まった。

「突然、夜中に目覚めて辺りを徘徊《はいかい》したり、呼びかけに応じずにぼんやりしていたり、見えないものと話すそぶりをしたりすることがあるとか。ある女官は、おまえのようにもう一人の条敬妃を見たとも言っている」

「や、やっぱり、生霊なんですねっ……！」

背筋がすーっと冷えて、夕麗は皇帝の腕にしがみついた。

「……ひょっとして、先ほど宴席でお会いした条敬妃さまも……」

宴席のいたるところに吊り灯籠《どうろう》が飾られていたが、条敬妃の足元までは見えなかった。

「なぜ笑っていらっしゃるのです？」

皇帝が笑い出すので、夕麗は思わず睨《にら》みつけた。

「おまえはつくづく怪談に縁があるらしいな。天鏡廟《てんきょうびょう》の幽霊の次は条敬妃の生霊か」

「笑い事ではございませんわ！　い、生霊は主上に襲いかかるかもしれませんわよ？」

「生霊など恐れるに足りぬ。余にはこれがあるからな」

皇帝は腰に提げている虎模様の匂《にお》い袋を指し示した。夕麗が手ずから刺繡して皇帝に贈ったものだ。刺繡は得意ではないが、魔除《まよ》けの虎だけは上手に刺せる。

『後宮は魑魅魍魎《ちみもうりょう》が多い場所です。魔性のものがよりつかないようにお持ちください』

気に入ってくれているようだ。会うたびに、皇帝はこの匂い袋を身につけている。

「龍のほうがよかったかしら」

「龍など見飽きている。虎のほうがいい」

皇帝は宝物にでも触れるかのような手つきで、虎文様の匂い袋をそっと撫《な》でた。

「こいつを見るたび、おまえを思い出す」

鼓動が乱れた。得体の知れない恐怖がこみ上げてきて、皇帝の腕をぎゅっと抱く。

「どうした、夕麗。顔が青いぞ」

優しく、包みこむような声音《こわね》のせいで、とっくに癒《い》えたはずの傷痕が切なく疼《うず》き出す。

（……いつまでですか？）

あとどれくらいの間、皇帝はこんなふうに夕麗を見てくれるのだろうか。あとどれくらいの間、夕麗の腕の中にとどまってくれるのだろうか。あとどれくらいの間、夕麗に触れさせてくれるのだろうか。考えるだけで足がすくむ。怖くてたまらない。真っ暗闇の中にぽつんと立っているみたいだ。前も後ろも見えなくて、どうしていいか分からなくなってしまう。

「怖いことは何もない」

なだめるように耳元で囁き、皇帝は夕麗の体に腕を回した。

「余が守ってやる」

頼もしく響く低音に胸が締めつけられる。

（……果たせない約束はしないとおっしゃったくせに）

皇帝はきっと約束を破る。いつか、夕麗の手を振り払うようになる。このあたたかい腕に他の女人を抱くようになる。そのときが来たら、夕麗は今の自分を恨むのだろう。

「守っていただかなくて結構ですわ」

強気な台詞《せりふ》を吐きながら、皇帝の胸に顔をうずめる。

「自分の身は自分で守りますから」

早鐘を打つ心臓。焼けるように熱い頬《ほお》。抑えきれない物恋しさ。

これ以上はいけない。離れなければ。一刻も早く抜け出さなければ。また裏切られてしまう。また心を引き裂かれてしまう。またひとりで泣く羽目になる。うるさいほど警鐘が鳴っているのに、皇帝の腕の中から逃げられない。ずっとここにいたいとさえ思っている。

「おまえの手は……白百合《しらゆり》の蕾《つぼみ》みたいだな」

皇帝は独《ひと》り言《ごと》めいたつぶやきをこぼした。手を握られるのかと思って待っていたけれど、龍《りゅう》衣《い》をつかんだ手は夜風にさらされたままだった。

（……そういえば、主上《しゅじょう》はわたくしの手に一度も触れてくださっていないわ）

腕をつかまれたり、抱きよせられたりしたことはあるのに、手を握られたことはない。閨《ねや》の中ですら、皇帝は夕麗の手に触れない。あえて避けているようなふしさえある。

（わたくしから触ったら……お怒りになるかしら）

皇帝の手に触れてみたい衝動に駆られた。愛し合う男女のように手をつないでみたいと。けれども、行動には移せない。もし、振り払われたらと思うと、心も体も縮こまってしまう。

「龍衣の文様ばかり見ていてもつまらないぞ」

皇帝がからかうように夕麗の首筋を撫でた。

「見よ。あれは何の文様だ？」

大きな手が指し示す先に顔を向け、夕麗は息をのんだ。

見渡す限り、宵燭《ほしくず》の海だった。おびただしい蛍光が夜闇と戯《たわむ》れ、寸刻ごとに模様を変えていく。あたかも星屑を縫《ぬ》いつけた漆黒《しっこく》の綾絹が揺蕩《たゆた》っているかのようだ。

「言葉もありませんわ。天漢《あまのがわ》の水底にいるみたいで……」

幻想的な光景に魅入《みい》られていると、いきなり唇を奪われた。

「ここが天漢なら、おまえは織女《しょくじょ》か？」

甘く細められた龍眼《りゅうがん》に、惚《ほう》けたような面持《おもも》ちの自分が映りこんでいる。

「……七夕《たなばた》はだいぶ先ですわ」

牽牛《けんぎゅう》と織女が一年ぶりの逢瀬《おうせ》を果たすその日まで、ここにいられるのだろうか。何の確証もない。明日のことすら分からない。底なしの不安が喉《のど》までこみ上げてくるが、せめて皇帝の腕の中にいる間だけは、このぬくもりに酔いしれていたい。

「蛍狩りなどくだらぬと思っていたが、存外悪くないものだな」

絶えず文様を変える宵燭の錦。再びこれを見るとき、皇帝はそばにいてくれるだろうか。

(来年もわたくしと一緒に蛍狩りをしてくださいますか？)

決して声には出せない。約束してしまえば、いっそう苦しむだけだから。


「生霊ではないだと？」

垂峰は執務机にもたれて、玉座の下にいる女道士を見おろした。

条敬妃の件が気になるので、再び帰真観《きしんかん》から女道士を招いて調べさせた。すると、意外な結果になった。条敬妃は生霊になっていないというのだ。

「条敬妃さまからは妖気が感じられません。魂魄《こんぱく》が離れている様子もございませんので、危充華さまが遭遇《そうぐう》なさったというもう一人の条敬妃さまは、霊魂の類《たぐい》ではないでしょう」

「ならば、何なんだ？」

「そこまでは分かりかねます。また、もう一人の条敬妃さまを目撃なさることがあれば、捕えてお調べになるべきかと」

「霊魂の類ではないなら、生身の人間か」

誰かが条敬妃になりすましている？　いったい何のために？

「ずいぶんお悩みのご様子ですね」

女道士が退室した後、闇奴が茶を運んできた。

「条敬妃さまの件、宮正司《きゅうせいし》に調べさせましょうか」

「ああ、頼む」

茶を飲んで沈思《ちんし》していると、闇奴が煙管《きせる》を差し出してきた。

「条敬妃さま以外にもお悩みがおありで？」

「危充華のことだ。あいつはときどき思いつめたような表情をする。どうやら、いまだに比騈《ひふ》馬《ば》のことが忘れられないらしい」

夕麗が胸を痛める相手がいるとしたら、比騈馬こと常円侯《じょうえんこう》・比剣良を置いて他にはない。

（やつのことなど忘れろと言ったのに）

夕麗の切なげな顔を見ると、頭にかっと血がのぼりそうになる。あんなやつのことでいつまでも苦しむなと怒鳴りつけたくなる。怒鳴ったところで、彼女の心までは変えられないと知りつつも、腹の奥で煮え滾る激情をなだめることができない。

「それでは、比駙馬を殺しましょうか？」

闇奴は柔和《にゅうわ》な目元に得体の知れない笑みをにじませた。

「危充華さまの御心を乱すとは不届き至極《しごく》。そのような不埒者《ふらちもの》は始末するに限ります」

「宦官《かんがん》はとかく邪魔者を殺したがる。短気が過ぎるぞ」

「主上をお慕《した》い申し上げればこそでございます。今もなお比駙馬が危充華さまの御心をかき乱していることは、看過《かんか》できません。まかり間違って密通《みっつう》などという事態になれば……」

垂峰が視線を鋭くすると、闇奴は言葉尻を濁して目をふせた。

「危充華は愚婦《ぐふ》ではない。軽率《けいそつ》な行動はしないはずだ」

夕麗と不義密通は結びつかない。どれほど恋情が募ろうと、己の本分をわきまえて最後の一線を越えることはしないと確信している。その信頼がどこから来るのかは分からないが。

「しかし、余《よ》の妃嬪《ひひん》に昔の男の影がちらつくのは不愉快だ。一日も早く忘れさせたいものだが、どうしたらいいだろうか」

「さあ、見当もつきません。私には経験がございませんので」

「おまえの妻には、結婚前に恋人はいなかったのか？」

「荊妻《けいさい》は私が初恋の相手だと申しておりました」

　妬《ねた》ましさをこめて睨《にら》みつけると、闇奴は少しばかり誇らしげに微笑した。

「幸せ者め」

「天寵《てんちょう》はいやますばかりでございますので、いずれは危充華さまの御心も溶けるかと」

「……別に心を求めているわけではないが」

　夜ごと翠眉殿に足を運ぶのは、夕麗を抱くためだ。より多くの子をもうけることが天子の務めゆえ、足しげく通っているだけ。彼女恋しさで通いつめているわけではない。

　にもかかわらず、夕麗に会うたびに比剣良の存在を意識せずにはいられないのだ。彼女が生まれてはじめて恋した相手は、自分ではないのだと思い知らされて苛立《いらだ》ってしまう。

（夕麗の初恋の相手が余だったとしたら……）

　他の誰にも向けたことのないひたむきな眼差《まなざ》しを、垂峰に向けただろうか。他の誰にも囁《ささや》いたことのない愛らしい言葉を、垂峰に囁いただろうか。彼女の胸を高鳴らせた最初の男になることができたら、彼女がはじめて味わう感情を余すところなく独占できたら――。

（笑止《しょうし》の沙汰《さた》だな）

　夕麗の初恋の相手が誰であろうとかまうものか。彼女の貞操《ていそう》もはじめての口づけも手に入れたではないか。皇帝と妃嬪の間に恋も愛も必要ないのだから、それで十分ではないか。

　胸中でくすぶり続ける情動を吐き出すように紫煙《しえん》をくゆらせていると、舌太監が入室してきた。今宵《こよい》の夜伽《よとぎ》を誰に命じるか、お伺《うかが》いを立てに来たのだ。

「危充華の札がないぞ」

舌太監が差し出した銀盤《ぎんばん》には、危充華の札がなかった。

「危充華さまは龍床に侍《はべ》ることができませんので、札はお持ちしておりません」

「金の指輪か？」

后妃侍妾《こうひじしょう》は左手の薬指に銀の指輪をつけている。これはいつでも進御《しんぎょ》できるという印だ。月の障《さわ》りで進御できないときは、左手の中指に金の指輪をつける。

「いいえ、翡翠《ひすい》の指輪でございます」

淡々とした舌太監の返答に、垂峰は大きく目を見開いた。

「危充華が懐妊《かいにん》したのか……？」

「お慶《よろこ》び申し上げます、主上。昼ごろ、太医院《たいいいん》より報告を受けました」

懐妊した后妃侍妾は右手に翡翠の指輪をつける決まりだ。太医院は定期的に后妃侍妾の診察を行い、懐妊が分かれば敬事房にその旨を伝えることになっている。

「なぜ真っ先に余に報告しないんだ」

「危充華さまのご配慮《はいりょ》でございます。ご公務のお邪魔をしてはいけないので、吉報は夕刻になってからお伝えするようにと仰《おお》せつかりました」

いかにも聡明な彼女らしい言い分だが、妙に引っかかるものを感じた。

皇帝は身籠《みごも》った者をむげには扱えない。側仕《そばづか》えから懐妊の報告があれば、その日のうちに見舞いに行くか、あるいは名代に贈り物を持たせてねぎらいに行かせるものだ。ゆえに后妃侍妾は懐妊が分かりしだい、意気揚々《ようよう》と遣いを出すのが常道なのだが、夕麗は違うらしい。

（……余の子を身籠っても嬉しくないか）

愛していない男の子を身籠って喜べるわけがないのだ。彼女は今もって初恋が忘れられないのだから、喜びどころか、嫌悪すら感じているかもしれない。

「翠眉殿に行く」

ともあれ、後宮において懐妊は吉事だ。喜ばねばなるまい。

たとえ――夕麗が嘆《なげ》き悲しんでいるとしても。

「夕麗！　何をしている⁉」

突然、皇帝の叱責《しっせき》が飛んできて、夕麗はびくっとした。

「脅《おど》かさないでくださいませ、主上。窓花《そうか》が破れてしまいますわ」

「驚いたのは余のほうだ！」

皇帝が慌ただしく駆けてくる。夕麗は格子窓《こうしまど》に剪紙《せんし》を貼りつけている最中だった。上部の格子には背伸びしても届かないので、椅子《いす》の上にのって作業している。

「七夕が近いので、鵲《かささぎ》の剪紙をたくさん作ってみましたの。いかがです？　格子の一つ一つで、鵲が羽ばたいているみたいで素敵でしょう？」

七夕の夜、織女は鵲の橋を渡って天漢を越え、愛《いと》しい牽牛に会いに行くといわれている。

「あちらの窓には、牽牛と織女の剪紙を貼るつもりですわ。それから、薔薇《ばら》と、蓮《はす》と……」

「そういうことは宦官にでもやらせておけ」

皇帝は夕麗を抱き上げ、長椅子に座らせた。

「聞いたぞ。懐妊したそうだな」

「ええ、そのようですわ。太医によれば、身籠って二月ほどだとか」

「他人事のように言うんだな」

「実感がわかないのです。自分の体が、御子を宿しているなんて……」

夕麗はまだふくらんでもいない腹部に手をあてた。幾たびも寵幸を受けたのだから、身籠っても不思議ではないのだが、唐突《とうとつ》な状況の変化に気持ちがついていかない。

（失恋してから……自分が母になるなんて、想像したこともなかったわ）

剣良と将来を言い交わしていた頃は、いつか彼の子を身籠るのだろうと思っていた。けれども、入宮してからは身籠ることになるなんて考えもしなかった。そもそも寵愛を受けると思っていなかったし、たとえ受けたところで、せいぜい一度か二度だろうから、懐妊までは至らないだろうと予想していたのだ。夕麗を後宮に送り出した父も、まさかあの変わり者の娘が入宮から半年と経たずに帝胤《ていいん》を宿すとは、夢にも思っていなかっただろう。

「懐妊中に高いところにのぼってはいけない。足を踏み外しでもしたら大変だ」

皇帝はまなじりを吊り上げて夕麗を睨んだ。

「ごめんなさい。主上の御子に何かあってはいけませんものね。今後は自重しますわ」

帝胤を宿したからには、この体は夕麗のものではない。気ままな行動は慎まなければならないだろう。皇帝の子を無事に産み育てるのが、妃嬪の務めなのだから。

「怒っているわけじゃない」

皇帝はひどく気遣わしげに夕麗を抱きよせた。

「頼むから、危ないことはしないでくれ。今までは大丈夫だったこともひかえたほうがいい。身重の体はおまえが考えているよりずっと繊細《せんさい》なんだ。注意しすぎるということはない」

心配してくれているのが分かり、じんと胸が熱くなる。

（他の方が懐妊なさったときも、こんなふうに案じていらっしゃったのかしら……）

気遣われて素直に喜べない自分が疎《うと》ましい。妃嬪になるということがどういうことか、重々承知の上で入宮したはずなのに、苦い感情が喉までこみ上げてくる。

「今宵から……お仕えできなくなりますわね」

懐妊中の后妃侍妾は進御できないしきたりだ。

「何だ、進御したいのか？」

冗談めかした問いには、沈黙で返事をした。

（……これから一年近く独り寝することになるんだわ）

皇帝のぬくもりに包まれて眠ることに、すっかり慣れてしまった。桜桃宴《おうとうえん》の夜以前は、一人で眠るのが当たり前だったたし、それについて疑問を抱いたこともないのに、もはや今までどうやって独り寝の夜をやり過ごしていたのかさえ、思い出せない。

寵愛など欲しくなかった。皇帝に愛されたいと願って入宮したわけではなかった。文様のことだけ考えて生きていくつもりでいたのに、いつの間にか、皇帝のことばかり考えている。

（……しばらく主上と離れていれば、気持ちが落ちつくはずよ）

毎日のように顔を合わせ、肌を合わせていたせいで、普通の夫婦になったような錯覚《さっかく》に陥《おちい》っていたのだ。これがひとときの甘い夢であることを忘れて。

距離を置けば、浮ついた心も落ち着きを取り戻すだろう。皇帝に下手《へた》な期待をしたりせずに、妃嬪の本分をわきまえて、入宮当初の希望通り、平穏な暮らしを営めるだろう。皇帝と愛し愛される関係にはなれなくても、それなりの幸せを得られるだろう。

高望みしてはいけない。自分に与えられているもので満足するよりほかない。後宮では、命こそが黄金なのだ。あれもこれもと欲張れば、失うものが増えるだけ。

「悪かった」

皇帝は夕麗から体を離した。

「このところおまえにばかり侍寝《じしん》させて負担をかけてしまったな。今夜からはゆっくりやすめ」

立ち上がって、鵲の剪紙で覆《おお》われた格子窓を見やる。

「あとで祝いの品を届けさせる。方々から贈り物が届くだろうが、警戒は怠《おこた》るな。帝胤を宿した女は、邪《よこしま》な者たちの恰好《かっこう》の餌食《えじき》だ。口にするもの、身につけるものは、必ず使用人に試させて安全を確かめよ。色内監は東廠《とうしょう》勤めをしていた能吏《のうり》だから、手抜かりはないと思うが、もし不安があれば申し出るがいい。安心して出産に臨《のぞ》めるよう、できる限り配慮する」

「ご厚情に深謝いたします」

夕麗がひざまずいて拝礼しようとすると、皇帝が慌てて止めた。

「当分の間、拝礼は禁止だ。体に負担がかかってはいけない」

あたたかい眼差《まなざ》しを受けて、心がばらばらに飛び散ってしまいそうになる。

（わたくしのことなんて、愛していらっしゃらないくせに）

ときどき、皇帝は愛しい女人《にょにん》を見るような目で夕麗を見つめてくる。分からない。手を握ることさえ避けるくせに、なぜこんなに愛おしげな表情をするのだろう。

「おまえが産むのは……公主がいいな」

皇帝は夕麗の腹部に触れようとして、やめた。

「公主なら、後宮のいさかいに巻きこまれずに済む」

切なげにゆがめられた龍眼《りゅうがん》を見ていると、衝動的に皇帝に抱きつきたくなった。

（あなたがわたくしだけの夫になってくださるなら……）

安心して恋することができるのに。


翌々日の午後、丹蓉《たんよう》が懐妊祝いの品を持ってきてくれた。

「お姉さま、体調は大丈夫？」

「少し体がだるいけど、平気よ。ありがとう」

睡蓮《すいれん》が見ごろを迎えた池のほとり。色鮮やかな芙蓉文《ふようもん》の円柱が並ぶ水榭《すいしゃ》に、夕麗は丹蓉を迎えた。二人して長椅子に腰かけ、軒端《のきば》の風鈴を揺らす涼風の音色に耳を傾ける。

「こちらに来る途中、泉《せん》芳儀さまを見かけたわ。側仕えの女官を怒鳴っていらっしゃったの」

「お気に障《さわ》るようなことがあったのかしら」

「最近はずっとご機嫌ななめみたい。ちょっと目が合っただけでも、ものすごい形相《ぎょうそう》で睨《にら》まれるから怖いわ。ご挨拶《あいさつ》したくなくて、思わず物陰に隠れてしまったの」

泉芳儀は入宮早々、天寵《てんちょう》を賜《たまわ》ったものの、その後は一度も進御していない。気位の高い名門の令嬢だから、自分を差し置いて夕麗が寵愛されているのに我慢ならないのだろう。

「主上のお召しがあれば、泉芳儀さまのご機嫌もよくなるわよ」

一昨日も昨日も、龍床《りゅうしょう》に召された者はいない。連日、うだるような暑さだ。政務が忙しいこともあるし、皇帝は一人でゆっくりやすみたいのかもしれない。

誰も進御していないという事実に安堵《あんど》を覚えつつ、そんな自分に嫌気がさす。

「そうだわ。主上に妹妹《まいまい》をお勧めしようと思っているの。妹妹は男の人を怖がっているけど、主上はお優しい方だから怖がらなくて大丈夫よ。いきなり寝間に呼ばれるのは気が引けるでしょうから、明るいうちに何度かお目にかかって、お話をすればいいわ。妹妹の得意なお菓子を作って差し上げたら？　妹妹のお菓子はおいしいもの。主上はきっとお喜びに——」

「……お願い、お姉さま！　私を主上に勧めたりしないで……！」

丹蓉の白い花顔《かがん》には恐怖の色がありありと表れていた。

「私、主上に近づきたくないの。寵愛なんて受けたくない」

「災難に遭《あ》ったんだものね。気持ちは分かるわ。だけど……主上は悪い方ではないのよ。妹妹の叔父《おじ》さまみたいなひどい男の人じゃないって断言できるわ。女人を怖がらせるようなことはなさらないし、いやなことを無理やり強要なさったりしないし、親切で鷹揚《おうよう》な方よ。そうそう、剪紙もなさるの。一緒に剪紙をしたら、とっても楽しいわよ」

「怖いものは怖いのよ……！　男の人は、全部いや！」

丹蓉はしきりに首を横に振る。簪《かんざし》の垂れ飾りが悲鳴を上げた。

「男の人のそばに行くだけで、死んでしまいそうになるの。主上にお会いしてお話するなんて、考えられないわ……。ましてや、龍床に侍るなんて……」

自分の腕を抱きかかえるようにして、カタカタと震える。

「もちろん、無理強《じ》いはしないわよ。これから長くお仕えするんだし、焦ることはないわ。心の傷が癒《い》えるのを待ってからでも、遅くはないでしょう」

不憫《ふびん》だと思う。たった一人の卑劣漢《ひれつかん》のせいで、異性と触れ合うことさえできなくなってしまうとは。今は亡き彼女の叔父を憎まずにはいられない。彼がいなければ、丹蓉はもっと幸せになれたはず。幸福な結婚をして、愛する人の子を宿す喜びを味わえただろうに。

「私はお姉さまのおそばにいられれば、それでいいの」

夕麗が丹蓉の手を握ると、丹蓉はそっと握り返してきた。

「もし、女同士で結婚できるとしたら、私、お姉さまの花嫁になりたいわ」

「素敵ね。わたくしたちなら、きっと鴛鴦《おしどり》夫婦になるわよ」

微笑《ほほえ》み合っていると、丹蓉があっと声を上げた。

「身籠《みごも》ると酸《す》っぱいものが欲しくなるって聞いたから、橙糕《とうこう》を作ってきたの。氷で冷やしているから、冷《ひ》たくておいしいわよ。一緒に食べましょう」

橙糕は柑橘《かんきつ》の皮の粉に蜂蜜《はちみつ》を合わせて固めた菓子だ。手でつまんで食べられるように、小ぶりの方形に切られて、玻璃《はり》の器《うつわ》に盛られていた。

「毒見させていただきますよ」

そばに控えていた亡炎《ぼうえん》が橙糕を一切れつまんで食べた。

「よく冷えててうまいなあ。さわやかな味付けでいくつでも食べられますね」

「妹妹が作ってくれたものなんだから、毒見なんか必要ないのに」

「そういうわけにはいきませんよ。危充華さまをお守りするように仰《おお》せつかっていますから」

などと言いながら、次から次に橙糕を頰張《ほおば》っていく。

「ちょっと、いくつ食べるつもり？　わたくしの分がなくなるじゃない」

「毒見は一つ二つじゃ分からないんですよ。念入りに行わないと」

「自分が食べたいだけじゃないの？　もう、怒るわよ。わたくしの分まで食べないで」

亡炎を睨みつけたとき、丹蓉が可愛《かわい》らしく小首をかしげた。

「あら？　お姉さま、いつもの匂《にお》い袋はどうなさったの？」

「なくしたみたいなのよ。探しても見つからなくて」

朝礼から戻ってから、母の形見《かたみ》の匂い袋が見当たらない。朝礼に向かう道のりや、帰りに立ちよった園林《ていえん》など、心当たりのある場所を探して回ったが、とうとう見つからなかった。

「朝礼に出かけるときはつけていたから、どこかで落としたはずなんだけど」

「まあ、大変。お母さまの形見なのに……。私も探すのを手伝うわ」

橙糕を食べた後、連れ立って匂い袋探しに出かけた。

朝、通った道を歩きながら、翡翠《ひすい》色の匂い袋を探して地面を見て回る。亡き母を偲《しの》ぶよすがだから、何としても見つけたい。方々を歩き回ったのに収穫《しゅうかく》はなく、落胆《らくたん》が募るばかり。

（……また、いやがらせかしら）

頻繁《ひんぱん》に進御《しんぎょ》をするようになってからというもの、毎日のようにいやがらせを受けている。

それは朝礼での刺々しい挨拶から始まる。すれちがいざまのあてこすり、聞こえよがしの陰口、毒気たっぷりの嘲笑《ちょうしょう》などは当然のこととして、加皇后主催の茶会に夕麗だけ呼ばれない、段貴妃に招待された舟遊びで夕麗の舟がひっくり返ってしまう、程成妃《ていせいひ》の贈り物をおさめた箱から鼠《ねずみ》の死骸《しがい》が出てくる、蘇順妃《そじゅんひ》と散策中に蜂の大群に襲われてしまう、身に覚えがないのに比昭儀《ひしょうぎ》の簪を壊したと濡れ衣を着せられる……等、数え上げればきりはない。

今のところ、命を脅《おびや》かされるほどではないから受け流しているけれども、母の形見にまで悪意の手が伸びてきたとしたら、冷静でいられる自信はない。

「危充華さま。匂い袋は女官たちに探させますので、そろそろお部屋にお戻りくださいませ。この暑さですから、大事なお体に障《さわ》りがありますわ」

ひたいに光る汗を拭いつつ、雨果が眉《まゆ》を曇らせた。

日傘をさしていてもなお、燦燦《さんさん》と降り注ぐ日の光が目に痛いほどだ。いつまでも丹蓉を連れ回すわけにはいかないし、帝胤を宿した体に何かあっては皇帝に申し訳が立たない。

手伝ってくれたことに礼を言って、丹蓉と別れた。重い足取りで翠眉殿に向かい、朱塗りの門をくぐろうとしたときだ。

「待って、お姉さま……！　見つけたわ！」

丹蓉が息せき切って駆けてきた。

「……たぶん、これよね……？」

夕麗の隣に並び、丹蓉は手に握りしめていたものをそろそろと見せた。

「私の殿舎《でんしゃ》のそばに落ちていたの。変だわ。出かけるときは見なかったのに……」

視界が叩きつぶされ、丹蓉の声が耳に入らない。

翡翠色の匂い袋はズタズタに切り刻まれていた。さまざまな色彩が互いを引き立て合う四季安泰《あんたい》の文様がはさみで無残に断ち切られ、中におさめられた香がこぼれおちている。

一年を通して安らかであるように――その切なる願いは、完全に破壊されていた。


夕麗が後宮内の女冠観《じょかんかん》・玉梅観《ぎょくまいかん》にこもっていると聞いて、垂峰は足を運んだ。

すでに戌《いぬ》の刻《こく》（午後八時ごろ）を過ぎている。辺りはすっかり闇色に染まっていたが、玉梅観の正殿には星の数ほどの燭台《しょくだい》が灯され、きらびやかな祭壇《さいだん》は燦然《さんぜん》と輝いていた。

ここに祀《まつ》られているのは、太祖に仕えた慈誠《じせい》皇后だ。彼女は慈愛に満ちた善良な婦人で、多くの恵まれない人々を救ったので、崇敬の念をこめて壮麗《そうれい》な祭壇に祀られている。

夕麗は祭壇の前にひざまずいて一心不乱に祈りを捧げていた。集中しすぎているためか、垂峰がそばに歩み寄っても気づく様子はない。

（そんなに大切なものだったのか）

亡母の形見をズタズタに引き裂かれたこと自体には、垂峰はこれといった感情を抱かなかった。誰かのいやがらせであることは明白だから、心配になって駆けつけたのだ。

まるで片方の腕をもぎ取られたかのような悲愴《ひそう》な面持《おもも》ちで祈り続ける夕麗に、少なからぬ当惑を覚えた。いくら大事なものとはいえ、所詮《しょせん》は匂い袋だ。体を傷つけられたわけではないのだから、何もそこまで思いつめることはないだろうに。

「必ず下手人《げしゅにん》を見つけ出して報いを受けさせてやる」

彼女の祈禱《きとう》が終わるのを待って、垂峰は注意深く語りかけた。

「名工にそっくり同じものを作らせよう。だから、あまり悲しむな。心の乱れは、腹の子によくないそうだ。いやなことは早く忘れて、気をしっかり――」

「同じものなんてありませんわ」

夕麗は睨《にら》みつけるようにして祭壇を見上げている。

「亡き母がわたくしに遺《のこ》してくれたものは、四季安泰の匂い袋だけでした」

祖母の意向で、夕麗の母の遺品は大半が処分された。

『役立たずの嫁が死んでくれて清々したけれど、最期《さいご》まで迷惑な嫁だったわね。あの生意気な小娘を置いて逝《い》くなんて。道連れにしてくれれば、邸《やしき》が片づいて助かったのに』

祖母は夕麗がひそかに隠し持っていた亡母の遺品を取り上げ、厄払《やくばら》いだと言って彼女の目の前で燃やした。夕麗が祖母を非難すると、叱責《しっせき》が飛んできたという。

『うるさいわね！　おまえも始末してしまうわよ！』

夕麗は亡母の遺品をのみこんでいく炎を睨んだ。目に焼きつけようとしたのだ。温柔《おんじゅう》なだけの女は、軽んじられ、踏みつけられ、死してなお、邪険にされるということを。

「あの匂い袋は、わたくしの戒《いまし》めでもありましたの。母の轍《てつ》を踏まないために、自分の身は自分で守れるくらい、強くなろうと。雨に濡れて打ちしおれる海棠《かいどう》ではなく、雨を浴びてよりいっそう生き生きと咲く百合《ゆり》になろうと……」

彼女が勝気でふてぶてしいのは、気弱ゆえに儚《はかな》く散った亡母を反面教師にしているせいなのだ。相手に侮《あなど》られないため、自分を守るために、必死で虚勢を張っているのだ。

矢のように降ってくる敵意や悪意など、まったく意に介さないふりをして。

「わたくしの生き方の指針でもあったものが、あんなふうに、なって、しまって……」

気丈な声音《こわね》が小刻みに震え、涙の形をした紅水晶の耳飾りが小さく揺れた。

「下手人が壊したのは匂い袋だ。おまえの生き方そのものじゃない」

垂峰は夕麗の傍《かたわ》らに膝をついた。

「形あるものはいつか壊れる。しかし、おまえの生き方は他人に壊されはしない。おまえ自身が道を踏み誤らない限り、失われることはないはずだ」

形あるものに何かをたくした経験がない垂峰には、夕麗の心情を正確にくみ取ることはできない。せいぜい察することしかできないが、少しでも寄り添いたいと思う。

なぜなのか、自分でも分からない。どうしても放っておけないのだ。天子でさえも強気な眼《まな》差《ざ》しで睨み返す彼女の脆《もろ》さが、たとえようもなく――愛おしく思われて。

「悪意に惑わされるな。敵意に気を取られるな。うろたえれば、邪《よこしま》な連中が喜ぶだけだ」

「……この程度のことでめそめそするなとおっしゃるのですね」

夕麗は唇を嚙《か》んだ。涙を封じこめるように、目を閉じる。

「これが最後ではないことくらい分かっていますわ。主上《しゅじょう》の御子を産めば、生まれたのが皇子だったら、もっとひどいことが起きるでしょう。だから、こんなことでいちいち動揺《どうよう》していてはだめだって、頭では分かっているんです。でも、どうしても……心が乱れてしまいますの。切り刻まれた匂い袋が、語っているようで。どんなに強いふりをしようと、違う道を歩んでいるつもりでも、所詮はわたくしも、母のように生きることしか……できないんだって」

膝の上に置かれた手が、露草色の裙《くん》を握りしめている。

「おまえとおまえの母は違う」

「ええ、そうですわね。母とは、別の道を歩まなければ。同じ過ちを犯さないように、悪意につぶされないように、敵意に心を壊されないように、自戒して――」

最後まで言わせず、垂峰は夕麗を抱きしめた。

「おまえとおまえの母は違う」

華奢《きやしや》な体を抱く腕に力をこめて、先ほどの言葉を繰り返す。

「危家の主人は妻を軽んじていた。本当は彼女こそが大事にすべき女だと知りもせずに」

何かが、力強く胎動《たいどう》するのを感じる。

「余《よ》は危家の主人と同じ過ちは犯さない。大事にすべきものを大事にする。そのために何を犠牲にしても、誰を傷つけても、汚名を着ることになっても」

ふと心配になった。この胸で滾る熱が、彼女の柔肌《やわはだ》を焼いてしまわないかと。

「母親がたどった道を、おまえに歩ませはしない」

腕の中で、夕麗が龍衣《りゆうい》にしがみついてくる。その弱々しい仕草は、「どうせ裏切るくせに」となじる、声にならない声のような気がした。

信じられないのも無理はない。彼女は一度、手ひどく男に裏切られている。たった一人で恋人を待った夜の心細さが骨身に染みついているはずだ。また裏切られるのではないかと、足がすくんでしまうのだろう。信じることが恐ろしくてたまらないのだろう。

「余の言葉が信じられぬなら、心のどこかに留めおいてくれればいい。おまえは母親が嫁《とつ》いだ男とはまるきり違う男に嫁いだのだと。おまえの夫は……おまえに情を抱いているんだと」

今はただ、情としか言えない。あるいは、認めたくないだけなのだろうか。臆病風に吹かれて、荒々しく胸を焼く感情の正体に気づかないふりをしているのだろうか。それでも、危夕麗を大切にしたいという気持ちが確かにあることは、疑うべくもない事実だ。

「……覚えておきますわ」

夕麗はくぐもった声で答えた。

「先ほどのお言葉、心の隅っこに刻みつけておきます」

「真ん中じゃないのか?」

「わたくしの心は文様のことでいっぱいなので、隅っこしか空きがありませんの」

そうか、と垂峰は彼女を抱いたまま笑った。

「隅でもいい。しっかり覚えておけ。おまえの夫がめったに情など抱かぬ男であることもな」

いつしか、ずっとこうしていたいと願っている。危夕麗だけを抱いて、彼女のことだけを気にかけていられたらいいのにと。それが――叶わぬ夢だと知りながら。

「雨果から聞いたぞ。夕餉《ゆうげ》を全然食べていないらしいな」

「食欲がないんです」

「なくても食べなければだめだ。おまえが弱ると、腹の子も弱ってしまう」

垂峰は夕麗を立ち上がらせた。目尻からあふれた涙を指先で拭《ぬぐ》ってやる。

「今夜は月が綺麗《きれい》だ。月見でもしながら夜食をとろう」

「でも……よいのですか? わたくしは侍寝《じしん》できません。どなたかを龍床《りゅうしょう》にお召しになるおつもりなら、その方と夜食をご一緒なさった方が……」

「誰も召すつもりはない。前にも言っただろう。余は独り寝のほうが好きなんだよ」

独り寝の夜を心待ちにしていた頃がずいぶん昔のことのように思える。今では夕麗がそばにいないと眠れない。一昨日の夜も昨日の夜も、彼女のことばかり考えて過ごした。

正殿を出たとき、夕麗が急に顔をしかめて前かがみになった。

「どこか痛むのか？」

「……おなかが痛くて」

垂峰は青ざめた。すぐさま彼女を抱き上げ、別室に運んで太医《たいい》に診察させる。

「まさか、腹の子に何かあったんじゃないだろうな？」

「……大変申し上げにくいのですが」

太医は顔面蒼白になっていた。垂峰の視線に耐えかねたか、くずおれるようにひざまずく。

「危充華さまは、身籠《みご》っていらっしゃいません」

「何だって？」

「……誤診だったようでございます」

牀榻《しんだい》に横たわったまま、夕麗は呆然《ぼうぜん》としていた。

「身籠っていないのなら……なぜ腹が痛むんだ？　重い病《やまい》なのか？」

「いえ、病というほどでは。月の障りが始まったために、ご不調なのかと……」

痛いほどの沈黙が肌に突き刺さる。

「……申し訳ございません、主上」

夕麗は牀榻からおりて床にひれ伏そうとした。垂峰はとっさに彼女を止める。

「誤診をしたのは太医だ。おまえは何も悪くない」

「ですが、主上にはお祝いの品までいただいて、細やかにお気遣いいただきました」

「懐妊《かいにん》したと聞けば、祝うのは当然だ。身重の体を気遣うのもな」

「……身重でもないのに、過分なご厚情を賜《たまわ》ってしまいましたわ。どうかお許しください」

思いのほか、落胆《らくたん》の色が濃い声音だった。

(余の子を身籠りたいのか?)

尋ねようとして、すんでのところで思いとどまった。身籠りたくないと、本音を言えるはずがないではないか。彼女には皇帝を拒絶する自由が与えられていないのだから。


「ここ数日、春鶯《しゅんおう》を見ないわね。やすんでいるの?」

昼餉の後、夕麗は女官たちに化粧《けしょう》を直してもらいながら尋ねた。

春鶯は危充華付きの次席女官である。二十代半ばで、くるくるとよく働く明るい女人《にょにん》だ。

「実は……流産いたしましたので、しばらくおやすみをいただいているのです」

女主人の唇に紅をさし、雨果は沈痛な面持《おもも》ちで答えた。

「まあ、かわいそうに。つらいでしょうね」

我知らず、腹部に手をあてる。懐妊していないと分かった瞬間、世界が反転した。そして妙に納得してしまった。母親になる実感がわかなかったのは、身籠っていなかったせいだと。

体にぽっかり穴が開いたような心地がした。懐妊していない夕麗ですら、得体の知れない空虚さに襲われたのだから、本当に身籠っていた春鴬の苦しみは察するに余りある。

「本来なら危充華さまにお許しをいただくべきでしたが……」

「いいのよ。女官のことは雨果に任せているから」

先日のことがあったので、夕麗にはばかって、ふせていたのだろう。

「お見舞いの品を用意してちょうだい。剪紙《せんし》と文をそえて送るわ」

気が滅入《めい》るようなことばかり続く。悪い時運を変えるために、もっと吉祥文様が必要だ。

その日の昼下がり、后妃たちは再び恒春宮に集《つど》って刺繍《ししゅう》していた。

「とんだ無駄骨だったわね。懐妊だというから、はりきって贈り物を用意したのに」

「ぬか喜びさせられて、主上がおかわいそうだわ」

「あれほど寵愛《ちょうあい》を賜っていながら懐妊しないのだもの、素腹《すばら》なのではなくて?」

予想通り、いやみと当てこすりが矢のように降ってきたが、夕麗は聞き流していた。

(この中の誰かが、お母さまの形見《かたみ》を壊したんだわ)

勢ぞろいした后妃たちの顔ぶれをひそかに見ていく。すまし顔で刺繍台に向かう加皇后も、おっとりと針を動かす尹皇貴妃も、自分たちが懐妊したときのことを聞こえよがしに話す段貴妃と蘇順妃も、夕麗の噂話《うわさばなし》で盛り上がる程成妃と比昭儀も、嘲《あざけ》りの眼差《まなざ》しを向けてくる泉芳儀も、慣れない手つきで糸を扱う葉温妃《ようおんひ》でさえも、誰もかれもが疑わしく思えてくる。

犯人は身近な人物かもしれない。好感を抱いている相手かもしれない。その者はたけりくるう憎悪を笑顔で上手に覆《おお》い隠して、夕麗に微笑《ほほえ》みかけているのかもしれない。

後宮に真実の友情は存在しないと言いきる人もいる。ひょっとしたら——。

(どうして逆さまにしていらっしゃるのかしら)

条敬妃を見ると、条敬妃は喜従天降《きじゅうてんこう》の文様に自分の名を刺繍しているところだった。後宮の后妃侍妾《こうひじしょう》は贈り物を作るときに、自分の姓を刺繍したり、書き入れたりする。

喜従天降は蜘蛛《くも》の巣から蜘蛛が垂れている図である。条敬妃はそれを逆さまにして、自分の名前を刺繍していた。この間は上に蜘蛛の巣、下に蜘蛛という図を刺繍していたのに。

(条敬妃さまって、南方の出身じゃないわよね?)

蜘蛛を上、蜘蛛の巣を下にする喜従天降は、南方の片田舎《かたいなか》に存在する文様だ。そこでは「幸福が降りてきた。今すでに幸せだ」という意味になる。

条氏一門の本籍地は西方なので、条敬妃は南方の出身ではない。

「妹妹《まいまい》、赤い糸を貸してくださらない?」

尹皇貴妃が尋ねると、条敬妃は緑の糸巻きを渡した。

「これは緑よ。赤い糸が欲しいの」

条敬妃が慌てて赤の糸巻きを渡す。尹皇貴妃は礼を言って、刺繍糸を針の穴に通した。

（……変ね。ぼんやりしていらっしゃったご様子ではないけれど）

なぜ赤い糸と緑の糸を間違えたのだろう。まったく違う色なのに。


「条敬妃さま！」

妃嬪《ひひん》たちが散会した後、夕麗は条敬妃を追いかけた。

「どちらの鞋花《かいか》がよいでしょうか。お姉さまに差し上げるものなのでお好みをうかがいたくて」

二枚の剪紙を差し出す。靴《くつ》にほどこす刺繍の型紙として作ったものだ。

文様は和和美美《わわびび》と春燕剪柳《しゅんえんせんりゅう》。前者は蓮《はす》と梅、後者は柳とつがいの燕《つばめ》の図だ。どちらも夫婦円満を願う吉祥文様である。

「靴なんていらないわ」

「そうおっしゃらずに、よくご覧になってくださいませ。緑のほうがより気に入っていますの。お美しいお姉さまの足元を飾るのに、ぴったりなのではないかと」

「じゃあ、緑でいいわよ」

にべもない返事を残し、条敬妃は麝香《じゃこう》の匂《にお》いをふりまきながら立ち去っていく。

「今日の条敬妃さまは、いつもより胸が大きいですね」

条敬妃の後ろ姿を見やりつつ、亡炎があくびを噛《か》み殺した。

「なんでそんなことが分かるのよ?」

「見れば分かるんです。ちなみに、普段より一寸三分（約四・五センチ）ほどでかいですよ」

「ふーん、亡炎って拷問《ごうもん》だけじゃなく、女の人も好きなのね」

「俺が好きなのは拷問だけですって。女人を拷問するときは、胸回りの寸法に合った器具を使わないとうまくいかないんですよ。大きすぎると効果がないし、小さすぎると器具のほうが壊れちまうし。拷問する前にいちいち採寸してたんじゃ手間なんで、服の上から目測できるように訓練しておくんです。胸回りだけじゃなくて、腰回りや腕の長さなんかも――」

生々しい話は聞き流しつつ、夕麗は確信した。

（あの人は条敬妃さまじゃないわ）

先ほど見せた剪紙はどちらも赤い色紙で作ったもの。彼女は夕麗が「緑のほう」と言ったことを不審に思う気配すらなかった。夕麗は緑の剪紙なんて持っていなかったのに。

今日の条敬妃は――条敬妃になりすましている何者かは、赤と緑の区別がつかないのだ。


雀色時《すずめいろどき》、垂峰は翠眉殿へ向かうため龍輦《りゆうれん》（天子専用の輿《こし》）に揺られていた。

「主上《しゆじよう》、ただいま、東廠《とうしよう》から遣いがまいりまして……」

珍しく血相を変えた闇奴が耳打ちしてくる。

「紅泉門《こうせんもん》で、下級宦官《かんがん》に扮《ふん》した条敬妃さまを捕らえたそうです」

皇城《こうじょう》の東南に位置する紅泉門は、東廠が置かれる東嘉門《とうかもん》とほど近い。

「惜しいな」

「……惜しい、とは？」

「以前から思っていたんだ。条敬妃はいずれ逃亡を図るだろうと。宮正司に尻尾《しっぽ》をつかまれずに逃げおおせたなら見逃すつもりだったが、紅泉門で引っかかるとはついてないな」

後宮を出るにはまず、後宮と外朝をつなぐ銀凰門《ぎんおうもん》を通らなければならない。

銀凰門をくぐって後宮に入ることができる男は、原則として皇帝のみ。また、后妃侍妾は許可なく銀凰門の外に出ることができない。当然のことながら、警備は厳しい。

ここからいくつかの門を通って、役所が建ち並ぶ皇城に出る。

皇城から最短で外に出られる門は、皇城の東正門にあたる東嘉門だが、これは御成り道であり、皇帝や皇族、高官、高級宦官しか通行できない。したがって、下級宦官の身なりで皇城の外――内城《ないじょう》へ向かおうと思うなら、紅泉門を通るよりほかないわけだ。

紅泉門を通り抜けて内城に出れば、どこへなりとも行くことができる。

（李首輔に会いにいこうとしたか）

条敬妃の目的地は李首輔の邸《やしき》と思われた。彼女はかつての恋人に操《みさお》を立てて、十年も夫を拒《こば》み続けている。危険を冒してまで会いたい相手は、李首輔以外にいないだろう。

「奇妙なことに、宮正司によれば、条敬妃さまは天鏡廟で祈禱《きとう》なさっているそうですが」

「そいつは偽者だろう」

帰真観の女道士が妖気を感じないと言った、条敬妃の生霊騒動。霊魂の類《たぐい》ではないとするなら、誰かが条敬妃になりすましていたとしか思えない。

その事実を確かめるため、宮正司に条敬妃の周辺を探らせた。

すると、昨日の深夜、条敬妃が人気《ひとけ》のない神廟に向かったことが分かった。そこは廃屋《はいおく》のような神廟だったが、条敬妃は一人で中に入り、しばらくしてから出てきたそうだ。

新廟に入ったときも出てきたときも、彼女は靴を履《は》いていた。

（このとき、身代わりと入れかわったんだろう）

自分と顔かたちがよく似ている者に同じ化粧、同じ髪型をさせ、同じ衣装を着せる。そして裸足《はだし》で徘徊《はいかい》させ、生霊と思わせる。自分は呼びかけに応じずぼんやりしたり、夜中に歩き回ったりするなど、不可解な行動を繰り返す。ゆくゆくはその役割を取りかえ、偽者が生身の条敬妃となり、生身の条敬妃が生霊となるつもりでいたのだろう。

自身が生霊になりすますことができれば、逃亡は容易《たやす》い。誰もが生霊を見れば腰を抜かすし、あえて追いかけようとはしない。あとはどこかで逃亡用の衣服に着替え、堂々と銀凰門から出ていけばいい。後宮には偽者の条敬妃が残るから、不審には思われない。

(宮正司の動きを嗅《か》ぎつけたか)

条敬妃は男装して国子監にもぐりこむ度胸と才知の持ち主である。

垂峰が帰真観の女道士を招いてひそかに彼女を調べさせたことを嗅ぎつけ、計画が露見する前に事をなそうと急いだのではないか。宮正司が自分を監視していることを知っていたからこそ、昨夜はあえて靴を履いたまま、生霊になりすまさずに偽者と入れかわったのだろう。

(さて、どう処理するか)

後宮から逃亡した罪は重い。順当にいけば死罪だ。

条家は彼女をかばわないだろう。そもそも実家の命令を無視して、夫との同衾《どうきん》を拒み続けてきた娘である。条家にとっては、条敬妃など、死んでくれたほうが好都合だ。

彼女が刑死すれば、条家は新たな令嬢を入宮させることができる。その娘は条敬妃のように夫を拒んで実家を困らせないだろうし、龍床に侍って皇子を産むかもしれない。

垂峰としては、条敬妃をかばう理由はない。さりとて彼女を処刑することにも益がない。

条敬妃が拒んでくれているからこそ、今まで条家の血を引いた皇子をもうけずに済んだのだ。単純に亡き母の実家を疎《うと》んじているせいもあるが、垂峰には条家ゆかりの皇子が生まれては困る理由があった。あの件を条家に嗅ぎつけられたら、そのとき、条家出身の母親から生まれた皇子がいたら、垂峰は必ずや苦境に立たされるだろう。

それ以上にまずいのは、条敬妃を処刑すれば、まず間違いなく李首輔の恨みを買ってしまうということだ。現在、朝廷は垂峰が打ち出した税制改革の議案で揺れている。大改革とはいわないまでも、今後の足掛かりになるような提議をしたが、垂峰に味方する官吏《かんり》は少ない。

高官たちはおのおのの思惑から改革に難色を示しているので、李首輔に後押ししてくれるよう働きかけているところだ。その努力が条敬妃の刑死で水泡《すいほう》に帰《き》す。李首輔が私怨《しえん》で政道を誤るとは思えないにしても、禍根《かこん》は残すだろう。できれば処刑は避けたいが――。

「騒がしいな。いったい何があった？」

朱赤の屏《へい》の向こうで、宦官たちがてんやわんやしている声が聞こえる。

「どうやら、天鏡廟で火事があったようです」

闇奴の答えに片眉《かたまゆ》をはね上げたとき、宦官の大声が響き渡った。

「太医《たいい》はまだ来ないのか⁉　危充華さまに何事かあったら大変だぞ！」

「お怪我《けが》をなさっている！　急いで太医を呼べ！」

血の気が引いた。すぐさま龍輦を天鏡廟へ向かわせる。百年分の寿命《じゅみょう》が縮む思いで現場に駆けつけてみると、思ったほど火事は深刻な状況ではなかった。

「主上！　どうしてこちらに⁉」

龍輦からおりたとき、夕麗が駆けてきた。左足を引きずるような走り方だ。

「それは余《よ》の台詞《せりふ》だ！　こんなところで何をしている⁉」

「条敬妃さまが天鏡廟にいらっしゃると聞いたので、お訪ねしましたの」

「足を怪我しているな。太医院《たいいいん》に連れていく。急いで手当てをしなければ」

垂峰は夕麗を抱え上げ、龍輦に乗せる。すると、夕麗が耳打ちしてきた。

「あの方は条敬妃さまではありません」

「知ってる。条敬妃は紅泉門で捕らえられた」

「じゃあ、あの方が女人《にょにん》ではないこともご存じですか？」

「何だって？　女じゃない……？」

垂峰は正殿前で色内監に取り押さえられている条敬妃――に扮《ふん》した人物を見やった。完璧《かんぺき》に整った細面《ほそおもて》も、ほっそりとした肩の線も女人のそれにしか見えないが。

「わたくしが天鏡廟を訪ねたとき、あの方は正殿に火を放って自害しようとなさっていました。幸い、火の手が回ってしまう前でしたので、助けに入りましたの。あの方は刃物でご自身の胸を刺そうとなさっていましたから、刃物を奪おうとしてもみ合っているうちに……」

「待て。おまえは炎の中に飛びこんだのか？　しかも、条敬妃から刃物を奪おうとした？」

垂峰は目をむいた。夕麗の両肩を乱暴につかむ。

「なぜそんな危険なまねをしたんだ!?　炎に飛びこむなど、無謀《むぼう》すぎる!!　下手《へた》をすれば、焼け死んでいたかもしれないんだぞ!!　刺されていたかもしれないのに――」

「お叱《しか》りはあとで受けますわ！　それより、あの方を特別に保護してください。あの方はおそらく宦官です。もみ合いになったときに、胸に触ってしまったのですが、詰め物をなさっていました。危険を承知で条敬妃さまの身代わりをしていた方です。すべての罪をかぶって自害なさる恐れがあります。事実をつまびらかにするまでは、監視をつけてください」

「分かった。供述を聞くまで自害などさせはしない」

「……その後は、どうなさいますの？」

夕麗が不安げにこちらを見上げてきた。

「やはり……お二人は、処刑されてしまうのでしょうか？」

我が事のようにつらそうな顔をするのは、条敬妃に共感しているせいだろうか。

（……おまえも比駙馬《ひふば》のもとへ行きたいか）

尋ねられるはずもない。本心を聞き出せば、きっと――後悔する。

「余に考えがある」

条敬妃の身柄を東廠から引き取るよう、垂峰は闇奴に命じた。

「東廠にはこう言え。『おまえたちが捕らえたのは条敬妃ではない。単なる下級宦官だ』と」

事件自体をなかったことにする。これが最も都合のよい解決策だ。

七月十五日は中元節《ちゅうげんせつ》だ。別名を鬼節《きせつ》という。人々は先祖を祀《まつ》り、亡霊たちを供養《くよう》する。

皇宮における中元節の宴《うたげ》では、皇帝や后妃侍妾《こうひじしょう》が幽鬼や妖怪の仮装をすることになっている。

これは宴好きだった豊始帝が始めたもので、最近では民間にも広がりつつある。

「匂《にお》い袋を返しておこう」

川辺を歩きながら、皇帝は翡翠《ひすい》色の匂い袋を夕麗に手渡した。

切り刻まれた匂い袋を縫《ぬ》いつけようとして四苦八苦していたところ、皇帝が名工に繕《つくろ》わせると言うので預けたのだ。よほど優秀な職人が手がけたのだろう。四季安泰《あんたい》の文様もそのまま、元通りになっている。

「ありがとうございます、主上」

「感謝の気持ちは態度で示してもらいたいものだな、妖狐《ようこ》どの」

意地悪く口の端を吊り上げ、皇帝は夕麗の頤《おとがい》をすくいあげた。

今宵《こよい》、夕麗は妖狐に扮していた。双螺髻《そうらけい》に結った髪を狐の耳に見立て、粒真珠《つぶしんじゅ》がちりばめられた簪《かんざし》と造花の夾竹桃《きょうちくとう》をさしている。真っ赤な龍爪花《りゅうそうか》が咲き競う大袖《おおそで》の上襦《じょうじゅ》は襟元《えりもと》に銀刺繍《ぎんししゅう》がほどこされたもの、胸元まで引き上げた裙《くん》は印金《いんきん》で纏枝葡萄《てんしぶどう》文があらわされたもの。

胸の上部で結ばれた帯では小さな鈴飾りが揺れ、孔雀羽根糸《くじゃくはねいと》を織りこんだ披帛《ひはく》は、婀娜《あだ》っぽいきらめきを放ちながら足元まで流れ落ちている。ひたいを彩る金箔《きんぱく》の花鈿《かでん》、目尻に強くのせた臙脂《えんじ》、顔料《がんりょう》で胸元に描いた蝶恋花《ちょうれんか》文……普段よりも艶《なま》めかしい装いだ。

「……いけませんわ。幽鬼に見られてしまいます」

口づけされようとしたのでやんわりと逃げると、腰から抱き寄せられた。

「余は閻羅王《えんらおう》だぞ。幽鬼など恐れるものか」

閻羅王に扮した皇帝が辱を重ねてくる。たちまち抗《あらが》う力を奪われ、されるままになった。

条敬妃による逃亡事件は、なかったことにされた。

紹景三年六月の後宮の記録には、条敬妃が天鏡廟で自害を図ったものの、一命をとりとめたと記されているのみである。

条敬妃になりすましていた下級宦官は、正体を見破られる前に自害するつもりだったと語った。炎にまかれて死のうとしたのは、遺体の性別が分からないようにするためだという。

なぜ大罪と知りつつ条敬妃と入れかわったのかという問いに、下級宦官は毅然《きぜん》と答えた。

『あの方をお慕《した》い申し上げているからです』

まだ十六の少年である。南方の貧農出身で、読み書きもできない彼は、九歳で浄身《じょうしん》（去勢）して内書堂《ないしょどう》に入ったものの、勉学についていけず、十四で浄軍《じょうぐん》となった。

浄軍は苦役《くえき》に従事する下級宦官を指す。ひとたび浄軍となった者は、死ぬまでその生き地獄から逃れられないといわれている。

しかし、彼は条敬妃と出会った。条敬妃は上官の暴力で半死半生の身になっていた彼を献身的に看病してくれた上、一度は諦めた学問の手ほどきをしてくれた。条敬妃に教えられると、内書堂で味わった挫折《ざせつ》が嘘のように、難解な書物をすらすら読めるようになった。

『身の程知らずであることは分かっています。それでも……惹《ひ》かれてしまったんです』

自分は宦官であり、彼女は妃嬪《ひひん》である。恋することはおろか、言葉を交わすことさえ許されない貴人だ。彼は懸命に恋心を殺そうとした。それが不可能だと知りながら。

『条敬妃さまは後宮から出たいとおっしゃっていました。お慕いする李首輔のもとへ行くためです。たとえ一夜限りでもよいから、李首輔と結ばれたい。もし、夢が叶うなら、命を差し出してもいいと……。俺は、条敬妃さまの夢を叶えて差し上げたいと思いました』

どれほど恋うても、手の届かない女人だ。ならばせめて、彼女の幸せを祈りたい。

『生霊騒ぎを提案したのは俺です。条敬妃さまが奇行を繰り返していれば、入れかわった後、俺が何かへまをしてもごまかせますから』

条敬妃の仕草や言葉遣いをまねて、彼女になりすます稽古《けいこ》をした。もともと顔立ちは整っていたので、化粧《けしょう》で彼女の顔に似せた。同時に条敬妃も、化粧法を変えて下級宦官の顔立ちに近づけるようにした。幸いにも背格好は似ていたが、彼には胸のふくらみがないため、詰め物をして条敬妃の体型と合わせた。ときどき、二人は入れかわった。最初は短い時間でもとに戻り、しだいに時間を伸ばしていった。ゆくゆくは完全に入れかわる予定だった。

だが、宮正司が動いていることを知り、計画を早めた。彼はうまく条敬妃になりすましたが、喜従天降《きじゅうてんこう》を逆さまにしてしまい、夕麗を不審がらせた。

『俺は生まれつき赤と緑の区別がつきません。どちらも同じ色に見えてしまうんです。刺繍糸を間違えないように糸巻きに印をつけておいたんですが……』

偶然、条敬妃付きの女官が糸巻きを新しいものと取りかえていた。

『入れかわった後も、自害せずに条敬妃として生きるようにと彼に言いました』

取り調べに対し、条敬妃は淡々と答えた。

『進御《しんぎょ》さえしなければ、主上に事が露見する恐れはありません。多少変わったことをしても、わたくしの奇行を見慣れている使用人は受け流してくれます。折を見て主上のご機嫌を損《そこ》ね、冷宮送りになれば、彼が宦官《かんがん》であることがあばかれる可能性はほとんどなくなります』

条敬妃には自害しないと約束したが、下級宦官は自ら命を絶つ計画でいた。彼女の安全のためにも、入れ代わりの証拠となる自分は消えてしまったほうがいいと判断したのだ。

(彼の恋も、条敬妃さまと同じく本気の恋だったんだわ……)

皇帝は条敬妃と下級宦官を赦《ゆる》した。否《いな》、腹を立ててさえいなかった。

『おまえたちは一生秘密を守れるか?』

皇帝は二人に提案した。二人の計画に乗る形で、下級宦官を条敬妃として後宮にとどめ置き、条敬妃を後宮から出す。さらには彼女のために偽りの身分を用意してもいいと。

『おまえは李首輔に嫁《とつ》ぎたいんだろう? 余が仲人《なこうど》になってやる。むろん、秘密裏《り》にだが』

条家の令嬢としてではなく、まったくの別人として李首輔に嫁ぐ気はないかと尋ねた。

『その代わり、李首輔を余の陣営に引き入れよ。国子監で学んだ経験を持つおまえなら、それくらい苦もなくできるだろう』

実際には条敬妃が働きかけなくても、彼女を受け入れた時点で李首輔は皇帝に逆らえなくなる。后妃侍妾との不義密通《ふぎみつつう》は誰であろうと死罪である。皇帝に命を握られたも同然だ。

『わたくしの一存では決められません』

夢のような綸言《りんげん》を受けても、条敬妃は凜然《りんぜん》と皇帝を見返した。

『まずは師父《しふ》にお尋ねください。師父が承知しなければ、お受けできません』

彼女が師父と呼ぶのは、かつての師であり、恋人である李首輔以外にいない。

『主上はなぜ条敬妃さまを厭《いと》われるのですか?』

開口一番、李首輔はこう言ったという。そして、熱弁をふるったのだそうだ。

条敬妃がどれほど才知に恵まれ、魅力あふれる女人か。彼女ほどの哲婦《てっぷ》は二人となく、一生涯の伴侶《はんりょ》として、彼女ほど慈《いつく》しむべき婦人はいないと。

『ならばおまえが娶《めと》るがいい。賢臣には賢婦人が似合いだ』

『……ですが』

『余に弱みを握られるのがいやか』

そんなことは些末事《さまつごと》です、と李首輔はきっぱりと言い切った。

『まずは条敬妃さまのお気持ちをお尋ねください。条敬妃さまがご承知くださらなければ、臣《しん》めは拝辞《はいじ》申し上げるよりほかございません』

皇帝は呵々大笑《かかたいしょう》したという。

『おまえたちはさぞや似合いの夫婦になるだろう』

下級宦官は皇帝の提案にもとより承諾《しょうだく》していた。

『条敬妃さまの幸せが俺の望みです』

かくて、条敬妃は後宮を出て新しい親族の家に入り、下級宦官は条敬妃として後宮に残った。李首輔は婚約の支度《したく》に追われている。時が来れば、別人になった条氏を娶る予定だ。

中元節の前後三日間は官吏《かんり》の公休日である。

(今ごろ、お二人は川辺に出かけていらっしゃるかしら)

中元節の夜は放河灯《ほうかとう》が行われる。放河灯は灯火をつけた灯籠《とうろう》を川に流す行事だ。無数の灯籠が水面《みなも》に散らばってきらきらと輝く様は、天上世界の光景のようで美しい。

「子どもの頃、はじめて放河灯を見物にいったとき、大泣きしてしまいましたの」

夕麗は灯籠に火を入れながらつぶやいた。

「怖くてたまらなかったのです。川面《かわも》を流れていく灯籠の群れが幽霊に見えてしまって」

『怖がらなくていいのよ。あれは幽霊じゃないから』

母は大泣きする夕麗の背中をさすってくれた。

『……幽霊じゃないなら、何なの?』

『九泉《きゅうせん》行きの文よ。灯籠の一つ一つが、誰かが誰かにあてた大切な気持ちなの』

ごらんなさい、と母は闇を弾くように輝く灯籠の群れを指さした。

『光の数だけ、人のあたたかい気持ちがあるのよ』

そう言われたとたん、川面を滑っていく灯籠たちが優しい色を帯びて見えるようになった。

「おまえの母は、心優しい婦人だったんだな」

皇帝は川岸に屈んで、灯籠を流した。

「もし、死者と会うことができるなら、母に会いたいか」

「会って話したいことが山ほどありますわ。入宮したことや、後宮でたくさん吉祥文様を見つけたこと、主上にお目にかかったこと、過分なご聖恩《せいおん》を賜《たまわ》っていること、それから……」

あなたに惹《ひ》かれていること――続きは心の中で言う。

「余は、死んでも会いたくないな。母には」

夕麗が灯籠を流すのを、皇帝は隣に屈んだまま見ていた。

「何度思ったか知れない。この母さえいなければと」

ゆらゆらと頼りなげに揺蕩《たゆた》いながら、二つの灯籠は暗い川を下っていく。

「だから殺したんだ」

「……え？」

「玉座を得るために、余は母を殺した」

苦みを伴《ともな》う声音《こわね》が岸辺の柳を揺らす夜風にさらわれて、消えた。

第三章 孔《く》雀《じゃく》牡《ぼ》丹《たん》

八月二日は、先代・豊始帝《ほうしてい》の国忌《こっき》だ。国忌は皇帝や皇后の忌日《きじつ》をいう。この日は丸一日、音楽と飲酒が禁じられ、国をあげて斎会《さいえ》をもうけ、官吏《かんり》は道観《どうかん》に赴《おもむ》いて香を手向《たむ》ける。

垂峰《すいほう》は都の匡寿観《きょうじゅかん》に行幸《ぎょうこう》した。亡き異母弟を供養《くよう》した後で、匡寿観の竹林を散策する。

秋が深まる時節。わびしげな風が夕映えに染まった竹の枝をさわさわと揺らしていた。

「おまえたちは皇位にのぼらなかったことを後悔《こうかい》していないか」

散策の供をしているのは、示験王《しけんおう》・高透雅《こうとうが》と巴享王《はきょうおう》・高秀麒《しゅうき》だ。

二人とも垂峰の異母弟だが、さして付き合いはない。

彼らに限らず、垂峰は宝倫大長公主《ほうりんだいちょうこうしゅ》以外の皇族と親しく付き合ってこなかった。仲睦《なかむつ》まじいとは言いがたい異母弟たちに散策の供を命じたのは、どういう風の吹きまわしか。

「後悔なんかしていませんよ」

秀麒はきっぱりと否定した。

「私は皇位に興味がない。王妃と仲睦まじく暮らせれば、それで満足です」

「おまえはまだ念妃《ねんひ》に夢中らしいな。結婚してもう十年以上経つのに」

「十年経とうが二十年経とうが、玉兎《ぎょくと》は可愛《かわい》いままですから」

愛《いと》しげに愛妻の名を言い、秀麒はなぜか胸を張った。

「いくら可愛いからといって、念妃の姿絵を常に持ち歩くのはどうかと思うが」

「ふとしたときに玉兎の顔を見たくなるんですよ。すぐに会えればいいんですけど、玉兎はなかなか多忙な身なので、会えないときは姿絵を見て我慢してます」

と言いながら、さっそく姿絵を開いて眺めている。

「俺も秀麒に賛成だな。後宮など持っても、わずらわしいだけだ。愛する女人《にょにん》をいさかいから遠ざけておくためにも、皇位につかなくてよかったと思いますね」

秀麒と同意見らしい透雅は、涼しげな面差《おもざ》しで夕空を振り仰《あお》いでいる。

「おまえは戻妃《れいひ》のために玉座を諦めたんだったな」

「諦めたわけではありません。秀麒と同じで、俺も皇位に興味がなかった。父上から即位せよと命じられたときは、迷わず拝辞《はいじ》しました。露珠《ろしゅ》を妃嬪《ひひん》に落としてまで、後宮を持ちたくなかったんです。後宮が災厄《さいやく》の園であることは、よく知っていますから」

透雅は示験王妃の戻露珠を溺愛《できあい》している。父帝に重用される親王ゆえ、各方面から美女を勧められているが、戻妃以外に妃を娶《めと》るつもりはないようだ。

「後宮は災厄の園か……。けだし至言《しげん》だな」

宮正司《きゆうせいし》の調べで、夕麗《せきれい》の匂《にお》い袋を切り刻んだ犯人は泉芳儀《せんほうぎ》であることが分かった。泉芳儀は偶然、夕麗の匂い袋を拾い、憂《う》さ晴らしに引き裂いたのだという。匂い袋の残骸《ざんがい》を翠眉殿《すいびでん》に捨てようとしたが、警備が厳しく中に入れないため、爪閑儀《そうかんぎ》の殿舎《でんしや》前に捨てたそうだ。

垂峰は泉芳儀から妃嬪の位を剝奪《はくだつ》して最下級の宮女に落とし、浣衣局《かんいきよく》行きを命じた。

『一月、浣衣局で苦役《くえき》に励《はげ》め。その後の処遇は泉氏の反省しだいとする』

浣衣局は宦官《かんがん》の衣服を洗濯《せんたく》する官府である。粗末な身なりで、朝から晩まで働かなければならない。蝶よ花よとかしずかれてきた泉氏には、地獄にも等しい場所だろう。

『泉芳儀は愚かな行いをしましたが、浣衣局送りは厳しすぎるのではございませんか？　杖刑《じようけい》二十と玉梅観《ぎよくまいかん》での半月の奉仕を命じましょう』

垂峰は加皇后の進言を退けた。本来なら、妃嬪侍妾《じしよう》の罪は皇后が裁く。皇帝は後宮の事件に口出しをしないという不文律《ふぶんりつ》があるが、あえて皇后には任せなかった。

夕麗に手を出したら厳罰に処するという見せしめだ。

（これで終わりではないだろう）

寵妃《ちようひ》は悪意にさらされるさだめだ。垂峰が夕麗をそばに置く限り、同じような事件が繰り返される。今回は匂い袋だったからまだよいが、彼女自身が危険にさらされる恐れもある。

何があろうと守ってやらねばならない。そう約束したのだから。

「主上《しゆじよう》は至尊《しそん》の位にのぼられたことを後悔なさっていますか」

尋ねたのは透雅だった。

「余《よ》は望んで帝位についたんだ。後悔などするはずがない」

それが嘘偽りない言葉ではないことくらい、透雅には気づかれているだろう。

しかし、気安く本音を言うわけにはいかないのだ。実情はどうであれ、万民は垂峰を天子として崇《あが》めている。たとえ戯《ざ》れ言《ごと》でも、皇帝になったことを後悔しているなどと言ったら、曲がりなりにも紹景帝《しょうけいてい》をいただいている万民の立つ瀬がない。

「兄弟みな、悔《く》いのない人生を送っているというわけですね」

秀麒がすがすがしい表情で言う。

そうだな、と笑って、垂峰は茜《あかね》色の空を見上げた。

（悔いのない人生か）

垂峰には無縁の言葉だ。現に今も悔いている。中元節《ちゅうげんせつ》の夜にうっかり口を滑らせてしまった。詳しいことは話していないが、後悔が胸に重くのしかかっている。

夕麗はどう感じただろうか。大罪人に抱かれたことを忌《い》まわしいと思っているだろうか。後ろめたさが邪魔をして、夜伽《よとぎ》にも指名していない。妙なものだ。彼女が秘密をもらすかもしれないことより、彼女がどう思ったかということを気にしている。

（何を恐れているんだ、俺は）

夕麗に好かれていたわけでも、愛されていたわけでもない。

今更、醜《みにく》い過去を知られたところで、いったい何を失うというのだ。

「泉氏が死んだそうですよ」

湯上がりの素肌を雨果《うか》に拭いてもらっていると、衝立《ついたて》の陰から亡炎《ぼうえん》の声が聞こえてきた。

「宦官たちが噂《うわさ》してました。泉氏は浣衣局に行ってからも相変わらず高飛車《たかびしゃ》だったようで、同輩たちに嫌われていたとか。今朝、井戸から死体が見つかったそうです。宮正司《きゅうせいし》は自害ってことで処理したらしいですが、俺が思うに、あれは殺しですよ。泉氏みたいな女は自害なんかしない。おおかた、同輩たちに憎まれて殺されたんでしょう」

「色内監《しょくないかん》！　そのような話を危充華《きじゅうか》さまにお聞かせするものではありませんわ」

雨果が衝立を睨《にら》みつける。

「親切心でご忠告申し上げているんですよ。後宮は男と女が愛し合う場所じゃない。三千人の女たちがたった一人の男をめぐって殺し合う場所です。危充華さまが寵愛《ちょうあい》を受ければ受けるほど、愛されなかった女たちがあなたを妬《ねた》み、憎み、呪ってきます。それだけじゃない。連中のうち何人かは卑劣《ひれつ》な罠《わな》を仕掛けてくる。あなたを奈落の底に引きずりこむために」

「自分の立場くらい、分かっているわ」

「いいや、お分かりになっていませんね。先日の誤診事件だって、よく考えたらおかしいじゃありませんか。あれは本当に偶然ですかね？　誰かが仕組んだ罠では？」

誤診した太医《たいい》は若く経験不足だった。未熟ゆえの過ちとして降格処分となったが……。

「あの太医、誰かに買収されたに違いないですよ。ちょっと拷問《ごうもん》して吐かせましょうか」

「怖いことを言わないで。太医だって人間なんだから、間違えることもあるでしょ」

「そんなのんきな話じゃないんですって。主上が寛大でいらっしゃるからよかったものの、一歩間違えれば逆鱗《げきりん》にふれてましたよ。懐妊《かいにん》してー主上から祝いの品が届いてー幸せの絶頂ーってとこで誤診だと分かって、主上が愛想を尽かすって流れはありがちですから」

下手《へた》をすれば、皇帝の気を惹《ひ》くために夕麗が懐妊を装ったと解釈される可能性もあった。

「わたくしは主上に嘘をついたりしないわ」

「あなた自身が潔白かどうかなんて問題じゃないんですよ。周りから黒だと思われれば、白いものも灰色になってしまうんです。すでに噂が流れてます。誤診事件はあなたの自作自演だとね。最近、危充華さまが進御《しんぎょ》を命じられないのは、そのせいだって」

言い返そうと思ってやめた。この頃、龍床《りゅうしょう》に召されていないのは事実である。

（……主上が恭明《きょうめい》皇后を殺《あや》めたって……どういうことなの）

あれからずっと気になっている。冗談や軽口ではなかった。皇帝は真実を語っているようだった。詳しいことを知りたいが、皇帝が夕麗を訪ねてこないので訊く機会がない。

「中元節の宴《うたげ》で逆鱗にふれたわけじゃないですよね？　あの日からお召しがありませんが」

「ご不興を買うようなことはしてないわ。主上はご機嫌でいらっしゃったし……」

むろん、皇帝が恭明皇后を殺めたと言ったことは、誰にも話していない。

（軽々しく言えるはずがないわ。もし、本当だったら……）

親殺しは十悪《じゅうあく》の中でも悪逆と呼ばれる大罪。これを犯した者は誰であろうと極刑に処せられ、死して後は数千年もの間、地獄の業火に焼かれるといわれている。

恭明皇后は病で薨去《こうきょ》したと聞いた。しかし、皇帝の話が真実なら、病というのは……。

「噂を払拭《ふっしょく》させるためにも、また龍床に侍《はべ》ることです。寵愛をガッチリつかみつつ、周りの女どもにつけこまれないように目を光らせる。後宮で生き残る道は、それしかないですよ」

「変ね。あなたは三年、平穏無事に過ごして東廠《とうしょう》に帰りたいんじゃなかった？」

「『三年何事もなく勤め上げれば』東廠に帰れるんです。あなたが寵を得られなければそのまま三年間やり過ごすこともできましたが、寵を得たからには、少なくとも三年は寵姫《ちょうき》として持ちこたえてもらわないと。女主人をむざむざ死なせたり、秋扇《しゅうせん》にしてしまったりしたら、俺の拷問人生が一気に遠のいちまう。さっさと寵愛を取り戻してもらわないと困るんですよ」

秋扇――秋の扇《おうぎ》は寵愛を失った女人をさす。

（……中元節の夜から、もう半月以上、経つのね）

朝礼に出るたび、昨夜は誰かが龍床に侍ったのではないかと怖くなる。

ばかげていると自分でも分かっている。皇帝が后妃に侍寝《じしん》させるのは当たり前のこと。夕麗だけがその役目を独占できるわけではない。そんなことは百も承知だったではないか。早く失寵して気楽な生活に戻りたいと思っていたではないか。

「色内監ったら、まるで危充華さまが失寵なさったかのようなおっしゃりよう」

雨果は夕麗の洗い髪を拭いてくれている。

「危充華さまは今も立派な寵姫でいらっしゃいますわよ。その証拠に、米太監《べいたいかん》がたびたび剪紙《せんし》用の色紙をお届けにいらっしゃるではありませんか。天寵が篤《あつ》い証《あかし》です」

「主上ご本人に来ていただかないと。色紙じゃ御子は授かりませんよ」

「……主上に来ていただいても、同じことだわ。あれほどご寵愛を賜《たまわ》ったのに、懐妊しなかったんだもの。お姉さま方がおっしゃるように、わたくしは素腹《すばら》なのかもね……」

いつまでも懐妊しない夕麗に、皇帝は愛想を尽かしてしまったのだろうか。

(どうしてこんなことを思うの……。御子を授かりたくて入宮したわけじゃないのに)

入宮したのは、夫にわずらわされず、自由気ままな暮らしを楽しむためだった。夫に愛され、御子を授かりたいなんて、みじんも願っていなかったはず。

それなのになぜ、これほどに虚《うつ》ろなのだろうか。ただ、皇帝に会えないというだけで。

「まだお若いのですから、悲観なさってはいけませんわ。機会にさえ恵まれればよいのです」

「そうそう、主上のご臨幸《りんこう》を賜ることですよ。どうしますかねえ。なんかもういろいろ面倒くさいんで、主上をポカッと殴《なぐ》って連行しましょうか」

「ばかなことを！　玉体《ぎょくたい》を傷つけたりしたら、私たち全員の屍《しかばね》が市中にさらされますわよ」

「待ってたってお見えにならないんだから、こっちから攻めるしかないじゃないですか。あ、そうだ。殴るのがだめなら、媚薬《びやく》はどうです？　その道に詳しいやつを知ってますよ」

「後宮の規則で、媚薬の使用はかたく禁じられています。まったく、ろくなことを言わないんだから。もっと穏便な方法があるでしょう。たとえば……恋文！　危充華さま、主上に恋文をお書きになってはいかがです？　主上への恋心を文にしたためれば――」

「恋しいなんて思ってないわ」

自分に言い聞かせるようにして、夕麗は雨果の声を遮《さえぎ》った。

「今の状況でも、不自由はないの。李賢妃《りけんひ》さまと葉温妃《ようおんひ》さまに剪紙を教えているし、いろんな場所の文様の記録をとるので忙しいし、文蒼閣《ぶんそうかく》（後宮書庫）から借りてきた本もたくさんあるし、丹蓉《たんよう》とお菓子を食べながらおしゃべりするのも楽しいし、毎日充実してる。これこそ、わたくしが求めていた後宮生活よ。主上にお会いできなくたって、ちっとも寂しくないわ」

湯船であたたまった体が急速に冷えていく。

「ご寵愛を賜っていた頃よりも幸せよ。皇后さまに叱《しか》られなくなったし、お姉さま方からのいやがらせは鳴りをひそめたし、夜は一人でぐっすり眠れるし、朝起きて体がぐったり疲れてるっていうこともなくなったし。ご寵愛を賜らないほうが平和に暮らせるのよ。だから、わたくしは今のままで十分だわ。主上のことなんか……」

皇帝に惹かれているなんて認めたくない。皇帝に会いたいなんて口に出したくない。言葉にしてしまったが最後、夕麗の未来は決まってしまう。死ぬまで皇帝を待ち続ける羽目になる。死ぬまで皇帝に裏切られ続ける羽目になる。自分以外の女人が彼の腕に抱かれて眠る夜、冷たい閨《ねや》で独り寝をすることになるのだ。悲しみの涙に溺《おぼ》れながら。

「あなたは嘘ばかりおっしゃる」

亡炎がすっと手巾を差し出した。

「ご自分が泣いていることにも気づかないほど、主上を恋しがっていらっしゃるくせに」

「……泣いてないわよ。濡れ髪から水が落ちてくるの」

手巾を受け取り、涙で濡れた顔を埋める。

「素直になったらどうですか。主上に会いたいんでしょう」

「会いたくないわ。……全然、会いたくない」

亡炎の言う通りだ。夕麗は嘘をついている。

（……恋には懲《こ》りたはずなのに）

日が暮れてから、長い長い夜が始まる。剪紙をしていても、文様を眺めていても、好きな模様を刺繍《ししゅう》していても、皇帝のことを考えてしまう。恋心を抑えつけようとすればするほど、会いたい気持ちが募《つの》る。胸が苦しくて、寂しくて、広すぎる牀榻《しんだい》で眠れない夜を明かす。

「ご自身に嘘をついても、つらくなるだけですわよ」

雨果が優しい手つきで髪に香油をつけてくれる。

「嘘をついてもつかなくても、結果は変わらないわ。どうせ、主上はお見えにならない。きっと、わたくしに飽きてしまわれたのよ。もともと、物珍しさでご寵愛を賜っていたんだもの。飽きられてしまえば、それでおしまい。諦めるしかないわ」

気軽に会える相手ではない。夕麗にできるのは、皇帝の訪《おとな》いを待つことだけ。

「物珍しさか。そういえば、危充華さまの一番の売りはそこでしたね」

拷問具をがちゃがちゃいわせていた亡炎がにやりとした。

「主上がお見えにならないなら、危充華さまが会いにいけばいいんじゃないですか？」

「どうやって？　主上の居場所なんて分からないじゃない」

皇帝の寝殿は複数ある。暗殺を防ぐため、皇帝が今夜どこでやすむのかは、厳格に秘匿《ひとく》されている。こればかりは、いくら賄賂《わいろ》を積もうとも、どうにもならない。

「夜の御座所《ござしょ》は分かりませんが、昼間なら分かりますよ」

「昼間は外朝の暁和殿《ぎょうわでん》にいらっしゃるでしょ。わたくしは行けないわ」

正確には、暁和殿は中朝《ちゅうちょう》と呼ばれる区域に置かれている。中朝は外朝の一部で、皇帝が日中に政務をとる場である。後宮から見れば、どちらも外の世界なのでまとめて外朝と呼ぶ。

「ちょっと小細工《こざいく》すれば行けますよ。条敬妃《じょうけいひ》さまのまねをして」

「まさか……宦官《かんがん》の変装をして抜け出すの？」

「いけませんわ！　妃嬪侍妾《ひひんじしょう》が許可なく銀凰門《ぎんおうもん》をくぐることは禁じられておりますのよ！」

「禁忌《きんき》というのはね、破られたときにこそ、本領を発揮するんです」

物言いたげな雨果を黙らせ、亡炎は好戦的な笑みを浮かべた。

「紅涙《こうるい》を絞《しぼ》りながら主上のご臨幸《りんこう》を待つ？　危充華さまって、そんな奥ゆかしいご婦人でしたっけ？　あなたは如星軒《じょせいけん》の屋根から主上に墨汁《ぼくじゅう》をぶっかけても平然としてた剛《ごう》の者でしょう。銀凰門の一つや二つ突破できないでどうします？」

「危充華さまをそそのかすようなことをおっしゃらないでくださいませ！　万一、事が露見すれば、よくて冷宮送り、最悪の場合は逃亡を図ったと見なされて処刑ですわよ！」

「上等じゃないですか。処刑か、復寵《ふくちょう》か。一世一代の賭《か》けに出てみましょうよ。一か八かの大《おお》博打《ばくち》だとしても、ぼーっと待ちぼうけしてるよりは、はるかにましだ」

頬《ほお》を叩かれたような衝撃を受けた。とたん、三年前の失恋の記憶がよみがえる。

あの日、夕麗はただひたすら剣良《けんりょう》を待っていた。真っ暗闇の中で恐ろしさに震えながら、朝までずっと待ち続けた。しかし、それこそが間違いだったのだ。おとなしく待っていたばかりに、恋人の情にすがってうずくまっていたばかりに、大事なものを失ってしまった。

（待ってるだけじゃ、三年前と同じだわ）

苦い苦い失恋の味を再び味わいたくない。そのためには、自分から行動しなければ。

「亡炎、用意してほしいものがあるわ」

「下級宦官の官服なら、すぐにご用意できますよ」

「それも必要だけど、他にもあるの」

耳打ちすると、亡炎は面白がるふうに口笛を吹いた。

「米太監のほうはお任せください。兄弟子なんで、多少の無理はききます」

「危充華さま！　色内監の口車に乗せられて、早まったまねをなさってはいけませんわ！」

「分別《ふんべつ》のある行為だとはいえないわ。でも、主上を誰かに奪われたくないのよ」

とうとう口に出してしまった。いよいよ、後戻りできないところまで来た。

腹をくくるしかなさそうだ。二度目の恋を、この手でつかむと。

「主上の御心が欲しいの。だから、訪ねていくわ。織女《しょくじょ》のように鵲《かささぎ》の橋を渡って」

明日は八月七日。一月遅れの七夕《たなばた》になるかどうかは、夕麗しだいだ。

「それでは、御前を拝辞いたします」

几帳面《きちょうめん》に拝礼して、李首輔《しゅほ》が退室する。その背中を見送り、垂峰は肘掛けにもたれた。

暁和殿の執務室。入れかわり立ち代わりやってくる高官たちを相手にして、どれくらいの時間が経っただろうか。形式的なやり取りが多いとはいえ、さすがに疲れてくる。

「主上、奉茶女官《ほうちゃにょかん》がまいりました」

闇奴《あんど》の言葉を聞き流して、煙管《きせる》に手を伸ばす。

皇帝のために茶を淹《い》れる女官を奉茶女官という。十五から二十歳《はたち》までの良家令嬢が務め、一度でも天寵を受ければ、妃嬪あるいは侍妾になる。普段はわずらわしいので闇奴に茶を淹れさせているが、今日は闇奴が手を怪我《けが》しているというから、奉茶女官に任せた。

「灑涙茶《さいるいちゃ》か。七夕はとっくに終わっているぞ」

奉茶女官が淑《しと》やかな仕草で捧げ持った盆上の蓋碗《がいわん》を見やり、垂峰は片眉《かたまゆ》をはね上げた。

蓋碗のふたを取るまでもなく中身が分かったのは、茶の銘柄《めいがら》によって用いる茶器が決まっているからだ。灑涙茶は紅茶の一種。七夕節に飲む茶だ。仲睦《なかむつ》まじい男女の象徴である比翼《ひよく》の鳥と連理《れんり》の枝が表された白磁《はくじ》の茶器で供《きょう》される。

「大変失礼いたしました。すぐに淹れなおさせます」

闇奴が目配せすると、奉茶女官がしずしずと後ずさった。奉茶女官は天子の御前で口をきいてはならないため、己が失態について釈明する機会すらない。

「茶托《ちゃたく》の下に剪紙を敷いているな。見せてみよ」

垂峰は奉茶女官を呼びとめた。奉茶女官が面《おもて》を伏せたまま、こちらへ来るので、蓋碗を持ち上げて、茶托の下の剪紙を手に取る。

文様は烏鵲橋《うじゃくきょう》と一輪の百合《ゆり》だった。烏鵲橋はいわゆる鵲の橋。七夕節の夜、鵲は天漢《あまのがわ》に翼を並べて、橋を架けるという。織女は烏鵲橋を渡り、恋しい牽牛《けんぎゅう》に会いにいくのだ。

織女に見立てているのか、百合の花が橋の半ばにあしらわれていた。

（これは……夕麗の剪紙だ）

彼女が切ったものだと一目で分かった。夕麗が部屋に飾っていた剪紙と同じだったから。

「誰がこの剪紙を使えと命じた？」

奉茶女官は答えない。垂峰は舌打ちして席を立った。

（夕麗が近くまで来ている）

雨を浴びてよりいっそう生き生きと咲く百合になりたいと彼女は言っていた。

鵲の橋を渡る百合。それが夕麗を指しているのなら、彼女は垂峰に会いにきたのだ。

（……自惚《うぬぼ》れてもいいのだろうか。あいつにとっての牽牛は、俺だと）

何かの間違いかもしれない。ただの偶然かもしれない。冷静になれと己をなだめようとするけれど、はやる気持ちを抑えきれない。夕麗が会いにきてくれたのだと思いたい。彼女が烏鵲橋を渡って会いにいく男は比《ひ》剣良ではなく、自分なのだと思いたい。

駆け足で執務室を出ようとしたときだ。追いかけてきた奉茶女官が龍衣《りゅうい》の袖《そで》をつかんだ。

「触るな！」

力任せに振り払う。奉茶女官は床に倒れた。そのとき、帯からさげられていた匂《にお》い袋が転げ落ちる。足元に転がった匂い袋の文様が目に入るなり、垂峰は息をのんだ。

四扇《せん》で一まとめの屛風《びょうぶ》様式で、代表的な四季の花——牡丹《ぼたん》、蓮《はす》、菊、梅を描いた四季安泰《しきあんたい》。

これは夕麗の母の形見《かたみ》。つい先日、職人に修繕《しゅうぜん》させて彼女に返したはず。

「なぜおまえがこの匂い袋を持っているんだ⁉　どこで手に入れた⁉」

垂峰は匂い袋を拾い上げた。床に倒れこんだ奉茶女官に詰めよる。

「答えよ！　もし、盗んだのなら……」

奉茶女官の顔を見たとたん、声が出なくなった。

咲き初《そ》めの百合に似た花顔《かがん》は、垂峰が恋い焦がれてやまない女のもの。

しかし、その装《よそお》いは、見慣れた妃嬪の衣装ではない。

「……夕麗？　なぜ、こんな恰好《かっこう》をしている？」

ほっそりとした体を包むのは襦裙《じゅくん》ではなく、襖裙《おうくん》だ。折枝玫瑰文《せっしまいかいもん》の襖（裏地のついた上着）に、細やかなひだが美しい銀襴《ぎんらん》の裙を合わせた、奉茶女官の官服である。黒髪は女官らしくすっきりとした高髻《こうけい》に結い上げ、長い垂れ飾りのついた胡蝶《こちょう》の簪《かんざし》を挿している。

普段よりも宝飾品の少ない楚々《そそ》とした装いは、かえって彼女の麗質を際立《きわだ》たせていた。

「どうやって銀凰門を通ってきた？　門衛に止められなかったか？」

夕麗は何も言わない。いつもなら勝気にこちらを見返す二つの瞳が白露のような涙に溺れ、桜桃《おうとう》の粒よりも赤い唇は、かすかに震えていた。

「すまない。おまえだと知っていたら、振り払ったりしなかったんだが……。どこか怪我《けが》をしていないか？　また足をひねったのなら太医《たいい》を呼ぶぞ」

夕麗は首を横に振った。簪の垂れ飾りが切なげに鳴る。

「頼むから、何か言ってくれ。久しぶりにおまえの声を聞きたい」

「……怒っていらっしゃらないんですか？」

違うと言うと、夕麗は白い喉《のど》を震わせた。

「……でも、さっきはお怒りになって、出ていこうとなさっていましたわ」

「怒って出ていこうとしたんじゃない。あの剪紙《せんし》を見て、おまえが近くまで来ていることに気づいたから、探しにいこうとしたんだ」

まさか目の前にいたとは。奉茶女官は常に面を伏せているものだから気づかなかった。

「余《よ》に会うために……奉茶女官に変装してきたのか？」

夕麗はこくりとうなずいた。それだけの仕草で、焼けるように胸が熱くなる。

「床は冷たいだろう。さあ、立て。あちらで話そう」

夕麗を立ち上がらせ、続き部屋に連れていって長椅子《ながいす》に座らせた。

「奉茶女官の恰好が似合うな」

「一目で気づいてくださると思っていましたわ」

「気づくはずがない。奉茶女官の顔など、いちいち見ないからな」

闇奴が手を怪我しているというのは偽りだろう。色内監《ないかん》が手回しをして、奉茶女官に扮《ふん》した夕麗を暁和殿に寄越したに違いない。

「先ほどの茶はおまえが淹れたものか？　それなら飲もう」

闇奴に命じて、白磁の蓋碗を持ってこさせる。紅翡翠《べにひすい》を溶かしたような茶は星屑《ほしくず》を散らしたようにきらめき渡っていた。一口飲めば、甘露のように甘い。

「今日はお願いがあってまいりましたの」

やけに真剣な面持《おもも》ちで、夕麗がこちらを向く。

「わたくしを殺してくださいませ」

垂峰は絶句した。

「何を言い出すかと思えば……。ああ、無断で後宮を出たからか？　それなら不問にふす。今のところ、騒ぎにはなっていないようだし、そもそも余に会いに来たんだから……」

「いいえ、その件ではありません。主上《しゅじょう》がわたくしに飽きてしまわれたからですわ」

夕麗は強い光を帯びた瞳で垂峰を射貫《いぬ》いた。

「中元節《ちゅうげんせつ》の夜からずっと、わたくしをお召しになりませんでしたわね。きっとわたくしの物珍しさにも飽きが来てしまわれたのでしょう」

「飽きてなどいない。……今日まで召さなかったのは、忙しかったからだ」

嘘だ。時間など、いくらでも作ることができた。会いにいかなかったのは、恐ろしかったからだ。彼女に拒絶されはしないかと、足がすくんでいたからだ。

「お気遣いは結構です。飽きてしまわれたのなら、はっきりとそうおっしゃって。あなたを待って夜を明かすのは、もういやなのです」

「……余を待っていたのか？」

待ってくれているとは思わなかった。むしろ、会いにいかないほうが彼女のためではないかと考えていた。夕麗は今も、三年前に失った恋が忘れられないようだから。

「待っていないとお思いになっていましたの？

「おまえが余を待つ理由がないだろう。いまだに比駙馬《ふば》を慕《した》っているおまえには……」

「わたくしがお慕いしているのは比駙馬ではありません。あなたですわ」

凛《りん》とした声に頭を殴《なぐ》られ、垂峰は目を見開いた。

「二度と恋はしないとかたく誓っていたのに、気づけばあなたを好きになっていました。おかげで、人生設計がめちゃくちゃですわ。この先、わたくしの生き方はあなたに左右されてしまいます。わたくしの喜びも、悲しみも、楽しみも、苦しみも、すべてあなたしだい。これではまるで奴婢《ぬひ》ですわ。いいえ、狗《いぬ》ですわよ。あなたに引き綱《づな》を握られた狗も同然ですわ」

挑みかかるような眼差《まなざ》しから目をそらせない。

「一方的に引き綱を握られるなんて屈辱《くつじょく》ですわ。誰かに心を奪い取られて、傀儡《かいらい》のように生きるのはいやですの。ですから、いっそ殺してください」

「……なぜ、余がおまえを殺さねばならぬのだ」

「あなたがわたくしを愛してくださらないからです」

涙を残した勝気な瞳にとらわれ、呼吸することさえ忘れてしまう。

「わたくしはわがままで欲張りな女です。愛されなくてもあなたをお慕いしますなんて、心にもないことは申せません。秋の扇と人に哀れまれて虚《むな》しく生きるより、恋しい人の手にかかって死ぬことを望みます。そうすれば、失恋の味を二度も味わわずに済みますから」

夕麗は垂峰の足元にひざまずいた。

「わたくしの血で御手を汚したくないとおっしゃるなら、死をお命じください。あなたをわずらわせぬよう、自分で始末をつけますわ」

「……夕麗、おまえは……」

「慰めは欲しくありません。わたくしが欲しいのは、あなたの愛です。ほんの一かけらではいやです。この場限りでもいやです。わたくしの命が続く限り、わたくしを愛して欲しいんです。妃嬪である以上、玉体まで独占したいとは申せませんが、あなたの御心は余すところなくわたくしのものにしたいのです。分不相応な願いであることは百も承知ですわ。こんなことを申すだけでも処罰はまぬかれないでしょう。でも、どんなに頑張っても、自分を騙《だま》せません。あなたの御心が欲しいという気持ちから……逃れられないんです」

玉の涙がこぼれ落ち、白い頰《ほお》を伝う。

「愛か死か、いずれかをわたくしにくださいませ。それ以外のものはいりません」

夕麗が口をつぐむと、室内には底なしの静けさが落ちた。

即座には動けなかった。思いもよらないことに戸惑い、狼狽《ろうばい》し、沈黙するしかない。

言葉の代わりに、彼女に触れようとして手を伸ばした。指先は柔肌《やわはだ》に触れることなく虚空をさまよう。思い出してしまったのだ。四年前、自分が何をしたかを。

「中元節の夜にも話した通り――」

宦官《かんがん》たちを全員下がらせた後、垂峰は吐息まじりに切り出した。

「余は母を殺した男だ。おまえを愛する資格などない」

「恭明皇后はご病気だったのでしょう？　夷狄《いてき》の薬を好んでいらっしゃったと聞きましたわ」

「病的なほどにな。怪しげな生薬だけでは飽き足らず、西域《さいいき》人の処女の肝《きも》だの、南国の美女の目玉だの、北方の童女の生き血だの、東方の美姫《びき》の脳髄《のうずい》だの……ときには、見目麗《みめうるわ》しい女奴隷《おんなどれい》の皮膚《ひふ》をはいで食べたこともあった」

若く美しくなると聞けば、どんなおぞましいものでも進んで口にした。

「何度やめろと言っても聞きはしない。しまいには葉温妃――当時は側妃《そくひ》だったな――にまで手を出そうとした始末だ。金髪碧眼《へきがん》の美少女の心臓が若さをよみがえらせると聞いてな」

垂峰は葉側妃を別邸に移し、母から隠した。

「太上皇さまは、恭明皇后をお咎《とが》めにはならなかったのですか？」

「父上は我関せずだ。ご自身に火の粉が飛んでこぬ限り、何もなさらない。幸か不幸か、母上が薬の材料にしたのは、夷狄の女か女奴隷だった。どちらも安い命だ。母上が自分の若さと美しさのためにいくら犠牲《ぎせい》にしても、法の咎めは及ばない」

「……主上は、恭明皇后をおとめするために」

「そんな高尚な理由じゃない。前にも言っただろう。玉座を得るためだ」

豊始六年はじめ、母は余命一年と宣告された。

『この薬を毎日飲ませてください。そうすれば、あと一年は持ちこたえるでしょう』

太医に渡された薬を、垂峰は異国の名医が処方した妙薬と偽って母に飲ませていた。太医の薬を飲んで流産した経験があるため、母は太医が処方した薬を飲みたがらなかったのだ。

「灰龍《かいりゅう》の案《あん》が起きて、またしても玉座が空になった。ようやく余に……俺に運が巡ってきたんだ。しかし、母上がいた。おまえも聞いているだろう？　俺の母、条氏は父上に最も疎《うと》まれた妃嬪だった。母上が流産したのだって、おそらく、父上の差し金だ。懐妊《かいにん》中の妃嬪につけられる太医がうかつに薬の処方を間違えるはずがない。誰かにそそのかされたのでなければ」

黒幕が対立する妃嬪侍妾だった可能性はなきに等しい。母はただでさえ父帝に疎んじられていた。たとえ皇子を産んでも、これ以上、寵愛《ちょうあい》を受けることはあり得ない。わざわざ流産させる理由がないのだ。条氏に二人目の皇子を産ませたくなかった父帝以外は。

「父上は母上を嫌悪していらっしゃった。母上が産んだ俺を疎んじていらっしゃった。俺が皇位につけば、母上は聖母《せいぼ》皇太后だ。そんな事態を父上が受け入れてくださるわけはない。慈母《じぼ》皇太后であらせられる李太后と並び立つ位に、あの母を据えるはずがないんだ」

母が生きている限り、垂峰の手は帝位に届かない。

「一年後じゃ間に合わない。その頃には、他の誰かが十二旒《りゅう》の冕冠《べんかん》をかぶって黄金の玉座にのぼっている。すぐに死んでもらわなければならなかった。父上が後継者を決める前に」

豊始六年八月末。母は薨去《こうきょ》した。

「太医に処方された薬を飲ませなかったんだ。ただそれだけで、みるみる弱っていったよ」

飲ませているふりをしていたのだ。普段、看病をしていたのは侍女《じじょ》たちだったが、最後の数週間は垂峰が自分で面倒を見た。

「できる限り、母上のそばに侍女を置かなかった。事が露見するのを恐れたからだ。俺が死を願っているとも知らずに、母上は俺を孝行息子だと称賛していたよ。やはり息子を産んでいてよかった、あとは我が子が皇位にのぼるのを見ることだけが望みだと……」

垂峰の即位を心から望んでいていたのは、後にも先にも、母だけだ。

『五爪《ごそう》の龍をまとったあなたは、さぞかし神々《こうごう》しいでしょうね』

それが母の臨終《りんじゅう》の言葉だった。あたかも玉座にのぼった垂峰を見ているかのように、幸せそうな死に顔だった。母の穏やかな顔を見たのは、このときがはじめてだ。

「母上が薨去した後、父上は俺を新帝に指名なさった。やっと念願かなって十二旒の冕冠をかぶることができた。その後のことは、おまえも知っての通りだ」

紹景帝が名ばかりの君王であることは、周知の事実である。

「俺が父上の傀儡に甘んじている理由は想像がつくだろう。父上は俺の罪をご存じだからだ。もちろん、表立ってその話をなさることはない。面と向かって脅《おど》されたことなどない。だが、東廠《とうしょう》をご自分の手足のようにお使いになる父上が、何もご存じないはずはないんだ」

垂峰は己が両手を見おろした。罪深い手だ。この両手が母の息の根を止めた。

「母殺しの罪を承知の上で、父上は俺に玉座をくださった。至尊《しそん》の位にのぼったとき、俺は父上に心臓を差し出したも同然なんだ。今の状態で父上と対立すれば、紹景帝はおしまいだ。母殺しの罪が公《おおやけ》の場であばかれたら、廃位《はいい》では済まない。命さえ危うくなる。親殺しは十悪の一つ――極刑だけが罪を贖《あがな》う道だ」

皮肉めいた笑いがこみ上げてきて、汚らわしい両手を握りしめた。

「これほど滑稽《こっけい》なことが他にあるか？　皇位につくために母を殺《あや》めたのに、今度はその秘密が手かせ足かせとなって父上に逆らえなくなった。気づけば、父上の顔色をうかがっている。逆鱗《げきりん》にふれなかっただろうかと、自分の言動を省《かえり》みている。……何が皇帝だ。何が天子だ。まるで狗《いぬ》じゃないか。主人に引き綱を引かれる飼い狗と、何も違わないじゃないか……」

母は九泉《きゅうせん》で怒りくるっているだろう。母の命と引きかえに手に入れたものがそれかと。

「おまえが屈辱《くつじょく》だと言った一方的に引き綱を握られる生き方こそが、俺の人生だ。父上がご健在である限り、俺は自分の罪業に手足を縛《しば》られて身動きが取れない。その生き方がどれほどみじめで情けなくても、甘んじるしかない。これは因果《いんが》だ。母殺しの報いなんだ」

決して最良の母親ではなかった。愛情を注がれた記憶はない。

しかし、母は垂峰を殺しはしなかった。憂《う》さ晴らしに打擲《ちょうちゃく》することはあっても、傷口に塩を塗りこめることはあっても、我が子の息の根を止めはしなかった。純粋な親心ゆえだったとは思わない。母にとって垂峰は、権力を得るための道具にすぎなかった。母が求めていたのは息子の輝かしい未来ではなく、天子の母となった我が身だった。聖母皇太后の鳳冠をかぶることで、長らく自分を疎んじ、蔑《さげす》んできた者たちに華々しく復讐《ふくしゅう》したかったのだ。

それでも――母がいかに利己的な女だったとしても、垂峰の罪過が軽くなるわけではない。

「……母上だけなんだ。俺が皇位につくことを心から望んでくれていたのは……。父上は言うまでもなく、加氏をはじめとした妻妾《さいしょう》たちも、誰ひとりとして、俺に期待しなかった。永乾帝《えいけんてい》が崩御したときは、高官たちが後継者の名を囁《ささや》き合ったが、俺の名は一度も聞こえてこなかった。灰龍の案が起きたときでさえ、俺が玉座にのぼると予想した者はいなかった。誰も……誰もいなかったんだ。俺に、高垂峰に期待していた者は……母上以外には、誰も」

この世で唯一、期待を寄せてくれていた母を――殺したのだ。

「どんな動機であれ、母上はいつか俺が帝位につくと信じていた。俺を通して夢を見ていたんだ。そんな人間は二人といない。俺に夢を見る者など、あの人の他には……」

母の無責任な期待を恨めしく思っていた。自分が玉座にのぼれないのは母のせいだと憎んだ。けれど同時に、思い知っていたのだ。自分に夢を見る人物は、母だけだと。

「俺を信じてくれた唯一無二の人間を……手にかけてしまった。それなのに、平然と生きている。罪を償うことなく、公《おおやけ》で裁かれることなく、世のそしりを受けることなく、十二旒の冕冠をかぶり、黄金の玉座に腰かけ、万乗《ばんじょう》の君になりすまして……」

悪逆を犯した男が天下の父を名乗っている。国に忠義を尽くせよと万民に命じている。笑止《しょうし》の沙汰《さた》だ。愚にもつかない話だ。実の母を殺した人間が民に孝道《こうどう》を説くなど――。

「ずっと、おひとりで苦しんでいらっしゃったんですね」

膝の上に何かあたたかいものが置かれた。見ると、夕麗がそっと手をそえていた。

「でも、これからはおひとりではありませんわ。わたくしも一緒に苦しみます」

「なぜだ。おまえは関係ないだろう。俺が母を手にかけたとき、おまえはまだ俺に嫁《とつ》いでさえいなかったじゃないか」

もっと早く出会いたかった。彼女が比剣良に初恋を捧げる前に。

「今はあなたの妻ですわ。これから先もずっと」

夕麗は陽だまりのように微笑《ほほえ》んだ。

「夫の罪は妻の罪です。あなたひとりに背負わせはしません」

戸惑いが胸をつまらせる。なぜか彼女の視線を受けることが心苦しくて、目をそらした。

「些末《さまつ》な罪ではない。人倫《じんりん》にもとる大罪だぞ。直接、手を下したわけでも、そそのかしたわけでもないおまえに、そんなものを背負わせられるか」

「お忘れのようですわね。先ほども申した通り、わたくしは欲張りな女ですの。あなたのものなら、何でも欲しいと思ってしまいます」

甘く優しい響きが、体のどこかにしみわたっていく。

「……俺は母を殺した男だぞ。恐ろしいと思わないのか」

「古《いにしえ》より、夫は妻にとっての天と申します。天を恐れて何になるでしょう？　天なしには一日たりとも生きていけないのに」

衣越しに感じる小さなぬくもりに、何もかもをゆだねてしまいたくなる。

「どんなにお慕《した》いしても、あなたを独《ひと》り占《じ》めすることはできません。あなたの隣に並び立つことも、宴席であなたの隣に座すことも、あなたと朝餉《あさげ》をご一緒することも許されません」

皇帝と朝餉をともにすることができるのは、正式な伴侶《はんりょ》たる皇后のみである。

「だからこそ、あなたの罪業に寄り添いたいのです。あなたとともに苦しみたいのです。あなたと分かち合えるものなら、たとえ人の道に背く罪であろうと、わたくしにとっては黄金にも等しい宝。いいえ、それが罪深いものであればあるほど、価値が増しますの」

衝動に抗《あらが》えずに彼女を見下ろすと、しなやかな視線に心をからめとられた。

「あなたが犯した大罪の片割れをわたくしだけをあなたの共犯者にしてください。他の方には一かけらもお与えにならないで。わたくしにお与えになって。命に代えても秘密は守ります。決してあなたを裏切らないと誓います。もし、約定《やくじょう》を違えることがあるなら――」

夕麗は髻《もとどり》から簪《かんざし》を引き抜いた。先端を細い喉笛《のどぶえ》に突きつける。

「死をもって、お詫《わ》びいたします」

決然とした言葉に胸を射貫《いぬ》かれ、時が止まる。

あらゆる感情が押し寄せてきた。何度も声を発しようとしてやりそこなう。

次の瞬間には、くずおれるようにして彼女の傍《かたわ》らに膝をついていた。

「欲張りはお互いさまだ」

手首をつかんで簪の切っ先を柔肌《やわはだ》から引き離し、激情をぶつけるように彼女を抱く。

「不可能だと知りながら、おまえの初恋が欲しくてたまらない。三年前の元宵節《げんしょうせつ》におまえと出会ったのが比駙馬ではなく、俺だったらと……詮無《せんな》いことを考えてしまう」

危夕麗のすべてが欲しいのだ。過去も未来も現在も、余すところなく。

「なぜ比駙馬よりも先に出会えなかったんだ……。あの日は俺も灯籠《とうろう》見物に行ったのに」

豊始六年一月十五日の夜。まだ簡巡王《かんじゅんおう》だった垂峰は、妻妾を連れて都大路に出かけた。

たまには妻妾と過ごす時間を持てと父帝に言われ、しぶしぶ夫の真似事《まねごと》をしたのだ。

ひょっとしたら、煌々《こうこう》ときらめく銀花《ぎんか》の海のどこかで、比剣良と知り合う前の夕麗とすれちがっていたかもしれない。比剣良よりも早く、めぐり合えたかもしれない。

過ぎ去りし日を呪っても得るものはないのに、遅すぎた邂逅《かいこう》を恨まずにはいられない。

「お互いさまですわ、主上《しゅじょう》」

　夕麗が体に腕を回してきた。たおやかな掌が龍衣の上から傷だらけの背中に触れてくる。

「わたくしだって、あなたを独占したくてたまらない気持ちを我慢しているのですから、あなただって、わたくしの初恋を得られなくても、我慢してくださいませ」

「分かっている。分かっているが……耐えられない。なぜ比駙馬に心惹《ひ》かれたりしたんだ。俺と出会うまで待ってくれなかったんだ。たった三年だぞ。あと三年待ってくれれば……」

　たとえ一時であろうと、夕麗の心をつかんだ比剣良に修羅《しゅら》を燃やしてしまう。

「もし比駙馬より先にあなたと出会《いと》っていたら、わたくしの初恋はあなたのものでしたわ」

　甘えるような声音に、いっそう愛しさをかきたてられた。

「最後の恋ではいけませんか？」

　腕の中で、夕麗が顔を上げる。

「わたくしは、もう恋はしません。あなたに捧げる恋が、最後です」

　濡れた瞳を見つめた。滾《たぎ》る熱情に任せて唇を重ねる。

「俺が今、何を考えているか分かるか」

　貪《むさぼ》るような口づけの途中で、垂峰は夕麗の頬《ほお》に掌《てのひら》をあてがった。

「ここが臥室《しんしつ》ならよかったのに」

　夕麗は恥じらいまじりの微笑をこぼす。

「じきに日が暮れますわ」

花蜜よりも甘い唇からもれる呼気を奪い、低く囁《ささや》く。

「夜まで待てない」

夕麗から奉茶女官の官服をはぎとりたい衝動を堪《こら》えるのは、拷問《ごうもん》にも等しかった。

「今夜、翠眉殿を訪ねる。待っていてくれ」

別れ際、夕麗の手を握る。もはや、女の手に恐怖や嫌悪は感じない。なよやかな掌から感じるのは、胸を焦がす恋情だけだ。

「やっとわたくしの手に触れてくださいましたわね」

愛らしく頰を緩《ゆる》め、夕麗は嬉しげに手を握り返した。

もっと早くこうすればよかったと思う。触れてみれば、分かったはずだ。彼女の手は母のそれとは違うと。垂峰を辱《はずかし》め、虐《しいた》げるのではなく、あたたかく包み、癒《いや》してくれるのだと。

「そんなに嬉しいのか？」

「はい。だって、今まで全然、触れてくださらなかったのですもの。わたくしの手がお嫌いなのかと思っていましたわ」

「嫌っていたわけじゃない。怖かったんだよ。おまえに心までつかまれてしまいそうで」

しっかりと重なったぬくもりが、絡み合った感情の糸をほぐしていく。

「もう恐れはしない。心はおまえに渡してしまったから」

「詔勅《しょうちょく》を起草《きそう》せよ。危充華を芳儀に封じる」

夕麗を見送った後、垂峰は閹奴に命じた。

下九嬪《かきゅうひん》の最下位にいるせいで、彼女は肩身の狭い思いをしなければならないのだ。せめて下九嬪の最上位に引き上げてやれば、少しは周りからの扱いも変わるだろう。

（おまえだけが俺の妻だと言えたらいいのに）

欲しくてたまらなかった彼女の心を手に入れてもまだ、満足できない。

夕麗が言っていたように、どれほど愛し合ったとしても、彼女を隣に立たせることはできないし、宴席で彼女を隣席に座らせることも、二人で朝餉《あさげ》をとることもできない。

所詮《しょせん》、妃嬪《ひひん》は皇帝の妾《めかけ》にすぎず、正式な伴侶《はんりょ》ではないからだ。心の隔《へだ》たりがなくなったからこそ、互いの間に横たわった身分の隔たりが痛みを伴《ともな》って感じられる。

「下賜品《かしひん》はいかがいたしましょうか」

「位階に見合ったものでいい。あまり大げさにすると、反感を買うだろう」

本音を言えば、皇后の持ちものにも引けを取らぬ最高級の品々を贈りたい。けれど、寵愛《ちょうあい》をひけらかせばひけらかすほど、夕麗の立場が悪くなってしまう。

（学律《がくりつ》……おまえの気持ちが今なら分かる）

帯からさげた虎文様の匂《にお》い袋を手に取り、垂峰は目を細めた。

(玉座にのぼる者は、すべてを得る代わりに……すべてを失うんだな)

燦然《さんぜん》と輝く帝王の椅子《いす》。それは己に座す者を雁字搦《がんじがら》めに縛める冷酷《れいこく》非情な悪鬼なのだ。

微睡《まどろ》みの中を揺蕩《たゆた》っていると、大きな掌に頬を撫《な》でられているのに気づいた。羽根で触れるように優しい仕草が心地よくて、甘ったるい溜息がもれてしまう。

「主上……お目覚めでしたの」

睡魔に逆らってまぶたを開ける。ぼんやりとした視界に恋しい男の姿が映った。

「おまえの寝顔を見ていたんだ」

ほの暗い閨《ねや》に灯された頼りなげな明かりが、精悍《せいかん》な面輪《おもわ》を艶《つや》っぽく濡らしている。夕麗は褥《しとね》の上で見る夫の顔がことのほか好きだ。この瞬間だけは、高垂峰を独り占めしている気分に浸ることができる。夜半過ぎには覚める夢だとしても、幸せなひとときだ。

「わたくしの寝顔などご覧になっていても、お疲れは取れないでしょう」

「そうだな。恨めしさが募《つの》るばかりだ。おまえが可愛《かわい》い寝姿で俺を惑わすから」

ささやかなお仕置きのつもりか、頬をつねられる。

(夢を見ているようだわ……。主上がこんなにわたくしを愛してくださるなんて)

危芳儀となり、蝶飛殿《ちょうひでん》を賜《たまわ》って一月。毎晩のように皇帝を紅閨《こうけい》に迎えている。

夕麗の立場を慮《おもんばか》って、皇帝はどんなに遅くても四更《しこう》（午前二時ごろ）には寝所を出ていく。

本当は朝まで彼の腕の中で微睡んでいたいけれど、皇子も産んでいない新参者の妃嬪が明け方まで皇帝を独占すれば、身の程知らずだとやり玉に挙げられる。

妃嬪である以上、どれほど離れがたくても、節度は守らなければならない。

「主上もおやすみになってください」

「寝てしまったら、おまえを抱けないじゃないか」

「……夢の中で抱いてくださればいいでしょう」

「ばかめ。現《うつつ》のおまえが傍《かたわ》らにいるのに、幻のおまえを抱けと言うのか」

皇帝が笑みまじりに唇を重ねてくる。夕麗は蕩《とろ》けるような口づけにこたえた。

広い背中に腕を回すと、そこにはひきつれた無数の傷痕が痛々しく刻まれている。

恭明皇后が彼にぶつけた激情の残滓《ざんし》だ。皇帝からその事実を聞かされたとき、夕麗は童女のように泣き伏してしまった。

情け容赦《ようしゃ》なく皇帝を打擲《ちようちやく》したのは、彼をこの世に産み落とした張本人《ちようほんにん》だ。実の母に理不尽な苦痛を与えられ、彼の心は背中に残ったむごたらしい爪痕以上に満身創痍《まんしんそうい》になってしまったに違いない。痛ましい傷痕に触れるたび、やるせなさがこみ上げてきてまぶたが熱くなる。

「なぜ泣く？」

皇帝は夕麗の目尻を指先で拭《ぬぐ》ってくれた。

「あなたの傷痕を半分、わたくしの体に移せたらいいのにと思いましたの」

彼が強《し》いられてきた苦しみを少しでも軽くしてあげたい。

「それはだめだ。おまえの柔肌《やわはだ》に傷痕は似合わない」

夕麗の首筋に唇を押し当て、皇帝は甘く囁《ささや》いた。

「おまえに似合うのは、口づけの痕だよ」

数え切れないほど刻まれた雲雨《うんう》の夢の証《あかし》がまた一つ、もう一つと増えていく。

「主上、そろそろ刻限でございます」

翠帳《すいちょう》の向こうで、米太監の声がした。今日も別れの時刻が来たのだ。

「もし願いが叶うなら、おまえと朝寝がしてみたい」

皇帝は恨めしそうにつぶやいて体を起こす。夕麗も起き上がり、彼の身支度《みじたく》を手伝った。

「主上と朝寝をするなんて、わたくしなどには恐れ多いことですわ」

本当は空が白み始めるまで寄り添っていたい。暁光《ぎょうこう》が差しこむ部屋で、ともに朝餉《あさげ》の席につきたい。……けれど、寝間で本音を口にするわけにはいかない。牀榻《しんだい》のそばに控えた彤史《とうし》が記録した閨中の会話には、必ず加皇后が目を通す。うっかり皇帝と朝まで一緒にいたいなんて真情をもらしてしまったら、皇后の座を狙っていると邪推されてしまう。

「闇奴、例のものを持ってこい」

夕麗が皇帝の髪を梳《くしけず》っていると、米太監がうやうやしく帳《とばり》を開いた。差し出された絹包みを受け取り、皇帝は再び帳を閉めさせる。

「俺の剪紙《せんし》を刺繡《ししゅう》の型紙にして作らせた。文様は孔雀牡丹《くじゃくぼたん》だ」

絹包みから出てきたのは、深紅の内衣《したぎ》だった。

孔雀牡丹は文字通り、孔雀と牡丹を組み合わせた吉祥文様である。孔雀は男性を、牡丹は女性を表し、二つがそろえば男女の睦《むつ》み合いを表す。

「ずいぶん雄々《おお》しい孔雀だわ」

ほのかな明かりを頼りに文様を見て、夕麗はくすりと笑った。

威風堂々《いふうどうどう》と翼を広げた生きものは、孔雀というより、色鮮やかな翼をもつ虎だった。

「おまえはこのほうが好きだろうと思ってこうしたんだ。気に入ったか」

「ええ、とっても。さっそく、着てみますわ」

皇帝に背を向けて、するすると夜着を脱いだ。髪をざっくりと束ねて片方の肩に流し、内衣を胸にあてがって、肩紐を首の後ろで結ぶ。背中の紐は皇帝が結んでくれた。

「似合うな」

夕麗が振り向くと、皇帝は愛《いと》しげに目を細めた。

「いつも身につけていろよ。この孔雀を俺だと思って」

小さくうなずいて、距離を詰める。切なく胸を締めつける情動に任せ、彼の唇を奪った。

「大切にしますわ」

引きとめたい。離れたくない。もっとそばにいてほしい。名残惜《なごりお》しさが口づけを長引かせるけれど、夜が明ける前には、彼を送り出さなければならない。

（あなたが天子さまでなければいいのに）

言葉にできない願いを胸の奥に隠して、次の夜まで触れられない背中にしがみついた。


九月半ば、皇帝は大勢の雲上人《うんじょうびと》を連れて素王山《そおうざん》へ紅葉《もみじ》狩りに出かける。宮廷がまるごと移動する一大行事で、天子専用の狩場では鹿狩りが行われることになっている。

今年も素王山の狩場には、きらびやかな狩装束《かりしょうぞく》に身を包んだ男性皇族たちが集《つど》った。

「いたく危芳儀を気に入っているらしいな」

父帝が年齢を感じさせない軽やかさで愛馬に跨《また》がった。年を重ねても、父帝はまったく体力の衰えを見せない。無駄のない長軀《ちょうく》は長年、皇宮の中心に君臨してきた帝王の威風に満ち満ちており、錦繍で彩られた美景を見渡す横顔には、枯れることのない覇気《はき》があふれていた。

（父上を越えるには、いったいどれほどの年月がかかるのか）

野心なら誰にも負けない。だが、それだけでは皇帝の資質として不十分だということも、痛感している。したたかにならなければ。狡猾《こうかつ》さを身につけなければ。父帝の貫禄《かんろく》に圧倒されるたび焦燥《しょうそう》に駆られるが、結局は経験を積んでいくことが唯一の道なのだ。

「このところは危芳儀にしか進御《しんぎょ》させていないとか。皇后が緋燕《ひえん》にぼやいていたぞ。彤史も赤面するほどの寵愛ぶりで、健康を損《そこ》なうのではないかと心配しているそうだ」

緋燕とは李太后の名である。加皇后は後宮で何事かあれば即座に李太后にご注進にいく。

「学律の例もあるから、あまりうるさいことは言いたくないが……」

父帝はまぶしい秋陽に顔をしかめた。

「天子には愛しい女を慈《いつく》しむ自由さえない。寵妃《ちょうひ》を愛せば愛すほど、彼女を危険にさらすことになる。危芳儀が大事ならなおさら、寵愛の配分に注意を払え」

「……父上はどのようにして後宮を御《ぎょ》していらっしゃったんですか」

李緋燕を愛するあまり、父帝は在位中、皇后を立てなかった。李緋燕が皇子を産めなかったからだ。それでも彼女は天寵を一身に受け、事実上の後宮の女主人だった。

「後宮は魔性のものだ。馬のように御することはできぬ」

「では、どうすればよいのでしょう」

「うまく付き合っていけ。決して対立してはならぬ。決しておもねってはならぬ。ときには歩み寄り、ときには突き放し、適度な距離を保ちながら、持ちつ持たれつの関係を築くんだ」

父帝は馬を歩かせ始めた。垂峰も騎乗してあとを追う。

「まあ、言うは易く行うは難しだな。どうあがいてみても、後宮に平穏は存在せぬ。用心を怠《おこた》らないことだ。灰龍の案が二度と再び起きぬように」

灰龍の案と聞いて、思わず背筋が粟立《あわだ》った。

業火のごとき嫉妬《しっと》によって、夕麗の匂《にお》い袋はずたずたに引き裂かれた。同じことが――あるいはもっと恐ろしいことが彼女自身に起きないと、どうして言えようか。


素王山の離宮へ来てから二日目の夜。

「主上《しゅじょう》は皇后さまの寝殿にお渡りになるそうですわ」

夕麗の爪の手入れをしながら、雨果が気遣わしげに言った。

昼間、皇帝本人から聞いていることなので、驚きはない。

『許されるなら、毎晩おまえと過ごしたいが……それは叶わぬ』

赤々と燃えるように色づいた楓林《かえでばやし》で、皇帝は独り言めいたつぶやきをもらした。人払いしてあるので、恋しい人と二人きりだ。にもかかわらず、夕麗の心は焼けるように痛んでいた。

紅葉狩り初日の夜、段貴妃《だんきひ》が龍床《りゅうしょう》に召された。

その知らせを聞いたとき、夕麗は湯浴みの最中だった。ようやく月の障《さわ》りが終わったので、皇帝を寝所に迎えるため、身を清めていたのだ。

皇帝と会う夜は念入りに肌を磨《みが》き、髪を洗い、湯上がりの素肌には茉莉花《まつりか》の花露《かろ》をたっぷり塗りこんで、孔雀牡丹の内衣を身につけることにしている。あっという間に脱がされてしまうとしても、装いを凝《こ》らすことは忘れない。髪の結い方、寝化粧《ねげしょう》、衣装や装身具、まとう香の種類……入宮以来、女官任せにしていた身仕舞いの一つ一つにこだわるようになった。

少しでも美しい姿で皇帝に会いたいからだ。

（……恋に浮かれすぎていたのね）

覚悟していた。君寵を独占し続けることはできないと理解していた。自分は一妃嬪《ひひん》にすぎないと自覚していたはずだった。それなのに、段貴妃が龍床に召されたらしいと話す女官たちの声を聞いたとたん、花びらを浮かべた湯船が氷水に変わってしまった。

毎晩のように注がれる寵愛を貪っているうちに、目の前の幸せ以外のものが見えなくなっていたのだ。失意に打ちひしがれつつ、夕麗は熱に浮かされていた我が身を省《かえり》みた。

翌日――すなわち今日の午後、皇帝に連れられて楓林を散策した。互いに言葉が重かった。どんな顔をして見つめ合えばいいか分からなくて、気づまりな視線をさまよわせた。

『おまえだけだ』

眼差《まなざ》しを交わらせる代わりに、皇帝は夕麗をきつく抱きしめた。

『夜伽《よとぎ》の相手が誰であろうと、俺が心から抱きたいと思うのは、おまえだけだ』

何と返事をしたのか覚えていない。今にも暴れ出しそうな感情を抑えこむので手いっぱいだったのだ。昨夜はこの腕の中に段貴妃がいたのだと思うと、妃嬪の心得などかなぐり捨てて、胸の内に吹き荒れる嵐のままに泣き叫びたくなった。

（心だけじゃ足りないわ。主上の御体も独り占《ひと》《じ》めしたい……）

天子に嫁《とつ》いだ以上、夫の身も心も独占することは不可能だ。

そんなことは先刻承知だけれど、焦げつく情動が自制心を吹き飛ばそうとする。

自分以外の女人《にょにん》に触れてほしくない。たとえその行為に愛情はないとしても、安心できない。

三年前の傷痕が疼《うず》き出すのだ。また恋を失ってしまうのではないだろうか。彼の心変わりを止めることができず、打ち捨てられてしまうのではないだろうか。皇帝を信じなければと己に言い聞かせても、怯《おび》えて縮こまった心は悪い想像ばかりを吐き出す。

（こんなことを考えてはいけないけれど……皇后さまがうらやましいわ）

厳格すぎる加皇后とはそりが合わないが、後宮をつつがなく運営するためには、折に触れて加皇后の顔を立てなければならないと皇帝が話していた。日ごろから火花を散らす加皇后と段貴妃にそれぞれ気を配ることで、朝廷における加家と段家の対立にもある種の均衡が生まれるのだという。理屈は分かるが、政《まつりごと》に縁のない夕麗は単純に加皇后がうらやましかった。

加皇后は龍床で朝寝することが許され、翌日は皇帝と朝餉《あさげ》をとる。庶人《しょじん》の妻がそうするように料理をよそい、慌ただしい朝のひとときを夫とともに過ごすことができる。

それがどれほど贅沢《ぜいたく》なことか、加皇后は知っているのだろうか。

考えこんでいると気が滅入《めい》る。憂鬱《ゆううつ》を打ち払おうと、夕麗は散歩に出かけることにした。

月夜である。水のように降り注ぐ月華に濡れ、見渡す限りの楓林が艶《なま》めかしく輝いている。

「雨果は舌太監《ぜったいかん》に想いを伝えないの？」

「えっ⁉　わ、私が……⁉」

提灯《ちょうちん》片手に供をする雨果は、幽霊にでも出くわしたかのようにびくっとした。

「とんでもない！　伝えられるはずがありませんわ。私は舌太監より十も年上ですもの」

「恋に年齢は関係ないと思うわ」

「大ありですわよ！　私のようなおばあさんが恋心を打ち明けるなんて、おかしいでしょう」

雨果はふくふくしい顔を真っ赤にした。

「舌太監も雨果のこと、気になってるんじゃないかしら。こないだ、二人がおしゃべりしてるのを見かけたけど、とてもいい雰囲気《ふんいき》だったわよ。両想いなのかも」

「もう、茶化さないでくださいませ！」

「茶化してなんかないわよ。舌太監からの贈り物だって言ってたその匂い袋、文様は双燕《そうえん》よ？　つがいの燕《つばめ》は愛し合う男女の象徴。偶然とは思えないわ。絶対に脈ありよ」

舌太監は刺繍《ししゅう》が得意らしい。雨果がときどき作りすぎた料理を彼に届けているので、返礼に色鮮やかな刺繍をほどこした小物をくれるそうだ。

雨果は舌太監からもらった匂い袋をいつも大切そうに身につけていた。

「はたから見てると、あなたたち、まるで夫婦よ。さっさと結婚すればいいのに」

「まあ！　けっ、結婚ですって……⁉　この年でそんな、と、嫁ぐなんて……」

突然、雨果が息をのんだ。さわさわと揺れる楓の枝の向こうに人影を見つけたからだ。男女だった。やけに親密そうな様子なので、恋人か夫婦だろうか。

「あちらの殿方《とのがた》、尹《いん》将軍ではありませんか？」

尹将軍は武門として名高い尹家の出身。当主の異母弟で、尹皇貴妃の叔父《おじ》だ。年齢は皇帝と同じくらい。武人にしては細身の美男なので、女官たちにたいそう人気がある。

「奥方さまと二人きりで紅葉狩りをなさっているのかしら。素敵ですこと」

「……ちょっと待って。あのご婦人、尹皇貴妃さまじゃない？」

目深《まぶか》に蓋頭《がいとう》をかぶっているが、温和そうな美貌《びぼう》は尹皇貴妃のものだ。

「まさか……」

二人が口づけを交わしたので、夕麗は思わずあっと声を上げた。

とたん、尹将軍がこちらに顔を向ける。夕麗と雨果は反射的に身を隠した。

（……嘘でしょう。尹皇貴妃さまが密通なさっているなんて……）

しかも相手は実の叔父だ。后妃侍妾《じしょう》の不義密通は死罪だというのに、紅葉狩りに乗じて密会するとは、なんと大胆《だいたん》なことだろう。何事にも控えめで慎重な尹皇貴妃からは想像もつかない暴挙だ。驚愕《きょうがく》のあまりおろおろしていると、尹将軍がこちらに近づいてきた。

ここで顔を合わせては気まずい。夕麗は雨果の手を引っ張り、急いでその場を離れた。

「驚きましたわね……！　尹皇貴妃さまが……あんなことをなさっているなんて！」

夢中になって駆けてきたので、二人とも息が上がってしまった。

「さっきのことは他言無用よ。尹皇貴妃さまを苦しめたくないから」

堅実な尹皇貴妃らしくない行動に面食らってしまったが、秘密をあばくつもりはない。自分のせいで誰かが不幸になるのは寝覚めが悪いし、尹皇貴妃には何の恨みもないのだ。

「あら⁉　匂い袋がないわ！」

雨果が真っ青になった。走ってくるときに、どこかで落としたらしい。

「手分けして探しましょう。大丈夫、すぐに見つかるわ」

泣きそうな顔をした雨果をなだめて二手に分かれ、紅葉の絨毯《じゆうたん》が敷かれた地面を見て回る。

舌太監の気持ちがこもっている匂い袋だ。必ず見つけなければ。

あえかな金風が枝を揺らす。月明かりがたなびき、はらりはらりと紅の葉が散った。

屈みこんで木の根元を見ていると、後ろでかすかな足音が聞こえた。

「雨果？　そっちはどう？　あった？」

返事はない。よほど気落ちしているようだと心配になって振り返ろうとしたときだ。

何かが後ろから首に巻きついてきた。それが人の腕だと気づいた瞬間、息苦しさに襲われる。

頭が真っ白になった。悲鳴を上げようにも、首を絞《し》められていて声が出ない。

死ぬかもしれない。恐怖と混乱が全身を駆けめぐった直後。

はさみで断ち切られたかのように、ぷっつりと意識が途絶えた。

目覚めると、やわらかい褥《しとね》の上にいた。さやかな月光が差しこむ牀榻《しんだい》は、蓮花《れんか》と桂花《けいか》を組み合わせた連生貴子《れんせいきし》で彩られ、片方だけ下ろされた帳《とばり》には双魚文《そうぎょ》が舞っている。

ここは危芳儀にあてがわれた部屋ではない。

いったいどこなのだろう。いぶかしみつつ、夕麗は半身を起こした。

とたん、小さく悲鳴を上げる。衣服が乱れていたのだ。帯はほどかれ、衣の合わせ目は荒々しく開かれている。なお恐ろしいことに、内衣《したぎ》をつけていない。

心臓が凍りついた。最悪の事態を想像してしまい、強烈な吐き気がこみ上げてくる。

「大丈夫かい？」

ふいに男の声がして、夕麗は鞭打《むちう》たれたようにびくっとした。

「……こ、来ないで……!!」

とびすさるようにして牀榻の隅まで後ずさる。歯の根が合わないほど震えていた。

どうして生きているのだろう。いっそ一思いに殺されていたほうがましだった。

辱《はずかし》めを受けるくらいなら。

「怖がらないで。私だよ、夕麗」

薄闇に男の姿がぼうっと浮かび上がる。

すらりとした長身の持ち主だが、武骨な印象はない。趣味の良い身なりで、顔立ちは優しげに整っている。どこか困ったように微笑《ほほえ》む面差《おもざ》しに、記憶を刺激された。

「あ、あなた……剣良さま……⁉」

弱々しい月明かりを背にしてこちらを見下ろす青年は、常円侯《じょうえんこう》・比剣良だった。

「……ど、どうして、あなたが……」

愕然《がくぜん》とした。思考がぐちゃぐちゃにかき乱され、息がとまる。

「早とちりしないで。私が来たときには、君はここにいたんだよ。その……服も乱れていた。仰天《ぎょうてん》したよ。主上の寵姫《ちょうき》さまがこんなところにいるなんて」

剣良の視線を感じ、夕麗は慌てて衣の襟《えり》をかき合わせた。

「あなたはどうしてここにいるの？」

「待ち合わせしていたんだよ。でも、その人はいなくて、なぜか君がいた。部屋を間違えたのかと思って出ていこうとしたんだけど、出られなくてね」

「え？　出られないって……どういうこと？」

「外から扉に鍵《かぎ》がかけられているみたいなんだ」

夕麗は牀榻から飛びだした。何度も転びそうになりながら出入口のほうへ駆けていく。朱塗りの扉を押したり引いたりしてみるが、びくともしない。

「無駄だよ。その窓ははめ殺しだ」

窓には硝子《ガラス》が入っている。たとえ叩き割ったとしても、小さすぎて外には出られない。

「まいったな。寵姫どのと二人きりで部屋に閉じこめられるなんて」

剣良は長椅子《ながいす》に身を投げ出した。

「誰かに見られたら、一巻の終わりだよ。早く何とかしないと……」

「待ち合わせしていたって言ったわね？　誰と会う予定だったの？」

夜更けに人目を忍んで会う相手とは、いったい誰なのだろうか。

「ええと……友人だよ。内密の話があったから」

剣良は目を泳がせた。明らかに嘘をついている。

「ひょっとして、不義を働いているの？」

珊命長公主《さんめいちょうこうしゅ》は夫が妾《めかけ》を持つことを禁じている。現に剣良は珊命長公主以外の女性を娶《めと》っていないばかりか、若い女性と接触する機会すら制限されているという。

「不義というのは女人《にょにん》だけが犯すものさ。いつの時代も、男が多くの妻妾《さいしょう》を持つのは普通のことなんだ。なのに、長公主さまと来たら……」

夫が他の女人と親しく話をしただけで、珊命長公主は癇癪《かんしゃく》を起こすらしい。一度、悋気《りんき》を爆発させると泣きわめいて大暴れするので手に負えないと剣良はぼやいた。

「自分で選んだ妻でしょう。愛しているから結婚したんじゃないの」

「愛していたよ。はじめのうちは……。だけど、だんだん嫌気がさしてきたんだ。長公主さまはまるで女王のようにふるまうんだよ。気まぐれで、わがままで、自分勝手で、癇癪持ちで、うんざりするほど嫉妬《しっと》深いんだ。妾一人持たせてくれないなんてありえないだろう？　おかげで私は世間の笑いものさ。恐妻の尻に敷かれる腰抜け男だって」

剣良は長い溜息をついて、衝立《ついたて》のそばに立つ夕麗を見やった。

「三年前、私は間違った選択をしてしまった。君と結婚するべきだったよ。分別《ふんべつ》のある君なら、夫に恥をかかせることはしなかっただろうに」

夕麗と結婚していたら好き放題に妾を持てたのにと、悔《くや》しがっているわけだ。

（主上がおっしゃっていた通りだわ。この人と結婚しなくてよかったのよ）

くどくどしく愚痴《ぐち》をこぼす剣良に、心底呆《あき》れ果てた。

高貴なる皇族から妻を迎えているがゆえに、駙馬は妾を持つことを遠慮するものだ。妻との間に子ができないのならともかく、珊命長公主は二人も男児を産んでいる。彼女は十分に妻の務めを果たしているはずで、まだ結婚して三年しか経っていないのに、夫に妾を勧める理由はない。彼女がどれほど嫉妬深くても、同情する気は起きない。

「よくそんな身勝手なことが言えるわね。珊命長公主さまはご懐妊《かいにん》中でしょう」

「だから、うるさいんだよ。身籠《みご》もっていると、彼女は普段以上に怒りっぽくなるんだ」

「懐妊中に浮気されたら、誰だって怒りっぽくなるわよ」

「いやに冷たいね。まだ三年前のことを恨んでいるのかい」

「とっくに忘れたわ。今はとても幸せだもの」

真実が半分、嘘が半分だ。

「君はうまくやったな。入宮して主上の寵姫におさまるとはね。いったいどうやって主上を籠絡《ろうらく》したんだい。今まで寵姫をお持ちにならなかった主上が夢中になるほどだ。君にはたいそう魅力があるんだろう。もし機会があるなら、おこぼれにあずかりたいね」

下品な言い方に苛立《いらだ》つ。なぜこんな男に恋をしたのだろうかと昔の自分に腹が立った。

「わたくしに指一本でも触れたら、あなたは二度と不義を働けなくなるわよ」

「私だって、主上の寵姫どのに手を出すほど愚かじゃないよ。しかしね、君のほうはどうなんだい。あられもない姿で牀榻に横たわっていたけど、誰かと逢瀬《おうせ》を楽しんでいたの？」

「そんなわけないでしょう!!　わたくしは気絶させられてここに連れこまれたのよ!!」

「で、気を失っている間に取り返しのつかないことになったってわけかい？　それじゃあ、君は不貞《ふてい》を働いたも同然だな。かわいそうに。この部屋から無事に出られたとしても、今夜のことは秘密にしておいたほうがいいね。主上に知られたら、寵愛《ちょうあい》を失うだけでは済まないよ」

言い返せなかった。絶望が喉《のど》まで突き上げてきて、視界がぐにゃりとゆがむ。

何かの間違いだと思いたい。これは悪夢なのだと。だが現に、衣服は乱れていて――。

はたと思いつくことがあり、夕麗は衝立の後ろに駆けこんだ。

（……よかった……！　何もされてないんだわ……！）

体に触れてみて確信した。忌《い》まわしい行為の痕跡はない。衣服が乱れていただけなのだ。

安堵《あんど》が全身に染み渡り、夕麗は自分で自分の両肩を抱いた。この体は今も皇帝ひとりのもの。他の誰にも穢《けが》されてはいない。その事実を嚙《か》みしめると、涙がこぼれそうになる。

「とにかく、人を呼びましょう。大声を上げれば、誰かが駆けつけてくれるはずよ」

「誰も来ないよ。この辺りは夜になると人気《ひとけ》がなくなるんだ。まあ、気長に待つしかないだろうね。朝になれば、下女たちが通りかかるだろうし」

剣良の言うことを無視して、夕麗は扉を叩いた。大声で人を呼ぶが、反応はない。

（……誰の仕業《しわざ》？）

犯人は夕麗と剣良を同じ部屋に閉じこめた。その狙いが何なのか、考えるまでもない。

（外に出たら、できるだけ早く主上にお会いして事情を説明しなきゃ）

皇帝に秘密を作りたくない。あらぬ誤解を招かぬよう、正直に話さなければ。

（……今ごろ、主上は皇后さまと過ごしていらっしゃるのよね……）

心がきしんだ。皇帝は加皇后にどんな言葉をかけるのだろう。どんなふうに触れるのだろう。どんなふうに朝まで過ごすのだろう。どんな顔で朝餉《あさげ》をともにするのだろう。

考えてはいけないと思えば思うほど、くすぶり続ける心火がいっそう強くなる。

（皇后になりたい……）

妃嬪《ひひん》では足りない。皇后の鳳冠《ほうかん》をかぶり、皇帝の隣に立ちたい。そうすれば、皇帝と朝寝ができるのだ。皇帝と朝餉をともにすることができるのだ。

決して抱いてはならぬ大それた望みが胸に芽生《めば》え、夕麗は唇を噛んだ。秋の夜は蕭々《しょうしょう》と更けていく。断腸《だんちょう》の思いを引きずりながら。

「主上、お目覚めのお時間ですわ。お召しかえをなさいませ」

まんじりともせずに褥《しとね》に横たわっていると、加皇后が先に体を起こした。互いに夜着をまとっている。夫婦の務めが済めば、すみやかに衣服を整えるのが垂峰の癖《くせ》である。いつまでも衣をまとわずにいるのは、夕麗と過ごす夜だけだ。

皇后の紅閨《こうけい》で一晩を明かしたら、皇帝は必ず朝寝をしなければならない。もし、朝を待たずにそそくさと起き出せば、皇后に恥をかかせてしまう。

（夕麗が恒春宮《こうしゅんきゅう》の主だったら、昼過ぎまで褥を離れられないだろうな）

虚《むな》しい夢だ。危夕麗の立后《りっこう》はありえない。皇太子は凡庸《ぼんよう》だが、段貴妃が産んだ二人の皇子は才気に恵まれており、李賢妃が産んだ子も含めれば、あと三人は皇子がいる。たとえ夕麗が優秀な皇子を産んだとしても、彼女を立后するには障害が多すぎる。

身支度《みじたく》を整え、朝餉の席につく。加皇后はかいがいしく夫の世話をした。

今でこそ絵に描いたような良妻ぶりだが、彼女が進んで夫に仕えるようになったのは、皇后になってからである。親王夫妻時代、気位の高い加氏は、朝廷から軽んじられる垂峰に嫁がされたことをいたく恨んでいる様子だった。夫の身支度を手伝わないばかりか、朝餉の席についても給仕もせず、垂峰が出かけるときには見送りもしなかった。

夫を蔑《さげす》む悪妻を良妻に早変わりさせるほどだ。皇后の鳳冠には神通力でもあるのだろう。

（……夕麗を傷つけてしまった）

皇帝が大勢の后妃侍妾《じしょう》に進御《しんぎょ》させるのは至極《しごく》健全なこと。垂峰は皇帝の義務を果たしただけなのに、ひどく後ろめたい。まるで大罪を犯した気分だ。

夕麗は恨み言など言わなかったが、彼女の心が傷を負ってしまったことは間違いない。何とかして傷痕を癒《いや》してやりたいが、どうすればいいか分からない。

「主上、危芳儀の件はいかがいたします？」

気取った所作《しょさ》で粥《かゆ》をよそいながら、加皇后がこちらに視線を投げた。

『危芳儀は避妊《ひにん》薬を服用しているそうですわ』

昨夜、床入り《とこい》前に加皇后から聞いた話だ。

老齢の太医《たいい》が夕麗の体調の記録をふりかえり、その特徴から避妊薬を常用しているのではないかと仮説を立てたという。もっとも、夕麗付きの女官には真っ向から否定されたそうだ。かといって捨て置くわけにもいかず、老齢の太医は加皇后に相談した。

『あれほどご寵愛を賜《たまわ》っているのに、いつまでも懐妊しないのはおかしいと以前から不審に思っておりましたが、まさか避妊薬を服用していたなんて。もしかして、比駙馬に義理立てしているのでしょうか。妃嬪の位にありながら、かつての恋人に心を残しているとしたら、不義密通にも等しい大罪です。厳しく罰しなければなりません』

加皇后は怒りをあらわにしていたが、垂峰は聞き流していた。

（誰かの陰謀《いんぼう》だろう）

寵愛を一身に受ける夕麗は、嫉妬の的《まと》である。垂峰の心を彼女から引き離すために何者かが画策していたとしても、不思議ではない。

「危芳儀は不貞を働いたも同然ですから、浣衣局《かんいきょく》送りが妥当《だとう》かと存じますが、いかがです？」

「まずは事実を確かめるのが先ではないか。本当に避妊薬を服用していたのかどうか」

「当人に問いただしても、正直に白状しないでしょう。危芳儀はご聖恩を裏切ったのですから、情けをおかけになってはいけません。厳格な態度で臨《のぞ》むべきですわ」

加皇后は誰彼かまわず手厳しく責め立てるわけではない。

自分に従順な者や位の低い者には、慈心《じしん》を持って接する。逆に鼻っぱしが強く反抗的な者、己が地位を脅《おびや》かさんとする者には、あからさまに牙をむく。段貴妃と対立するのも、彼女が加皇后を公然と侮《あなど》り、鳳冠への野心を燃やしているからである。

夕麗は加皇后に反抗せず、従順にふるまっている。彼女の位は下九嬪《かきゅうひん》にすぎないのだから、敵意を向ける相手にはならないはずだが、加皇后は誰の目にも明らかなほどに夕麗を敵視している。その原因は、夕麗本人ではなく、垂峰にありそうだ。

「恒春宮はおまえのものだ、皇后」

ろくに味も分からないまま、垂峰は食事を続けた。

「危芳儀の立后など考えていない」

「……なぜ急にそのようなお話をなさるのです？」

「余《よ》が寝間で、危芳儀と朝寝がしたいと言ったから、気にしているのだろう。あれは閨中《けいちゅう》の戯《ざ》れ言《ごと》だ。本気にするな」

戯れ言ではない。本心だ。しかし、周囲の反対を押し切って夕麗を立后するつもりはない。皇后は国を支える柱の一つ。個人的な好悪《こうお》で決められるものではない。

歴史上、群臣《ぐんしん》の諫言《かんげん》に逆らって現皇后を廃し、寵愛する美姫《びき》に鳳冠をかぶせた皇帝は確かにいたが、いずれも政《まつりごと》の混乱を招き、数々の不幸を生む結果に終わった。朝廷の支持なしに夕麗を立后すれば、彼女は皇帝をたぶらかした悪女として史書に名を刻まれることになる。

夕麗に汚名を着せるわけにはいかない。ゆえに、彼女と朝寝する日は――来ない。

「おまえは皇太子を産み、後宮をよく治め、立派に国母の務めを果たしている。余は危芳儀を寵愛しているが、後宮の女主を軽んじるつもりはない。また、危芳儀自身も野心のない女だ。おまえを脅かしはしない。安心していろ。余の皇后は加氏、おまえだ」

皇后の威厳を示すためにも今少し寛容になれ、と言外に含ませる。

「主上《しゅじょう》の御心をお疑いしたことなんて、ございませんわ」

明らかに安堵した様子で、加皇后はおっとりと微笑《ほほえ》んだ。

「危芳儀の件は詳しく調べてみましょう。もしかしたら太医の誤診かも――」

「皇后さま！　大変です！」

そのとき、皇后付きの女官が慌てた様子で入室してきた。

「主上の御前です。静かになさい」

加皇后が叱《しか》ると、女官はひざまずいて謝罪した。

「火急の用件なのです。その……急いで皇后さまにお伝えしなければと」

「余は席を外したほうがよさそうだな」

「主上に隠し立てすることはありませんわ。どうぞ、お食事をお続けくださいませ」

正直なところ、早く去りたかったのだが。引きとめられては、とどまるしかない。

「どんな用件ですか。手短に申しなさい」

はい、と女官は強張《こわば》った面持《おもも》ちでうなずいた。垂峰のほうを気にしながら、口を開く。

「先ほど、危芳儀さまと比駙馬が同じ部屋から出てくるところを見ました」

「何ですって⁉」

「昨夜は危芳儀さまがいなくなったと、芳儀付きの女官たちが騒いでいましたが……どうやら、比駙馬と密会していたようです」

「まさか一晩中、二人きりだったのですか⁉」

「おそらく……。あの付近は夜になると人気がなくなるので、密会にはあつらえむきかと」

「なんて恥知らずなのかしら！　あれだけ寵愛《ちょうあい》を賜っておきながら、不貞《ふてい》を働くとは！」

加皇后は激昂《げっこう》して席を立った。

「尋問しなければなりません。ただちに危芳儀を連れてきなさい」

「比駙馬も連れてこい。余が二人から話を聞く」

「主上の御手をわずらわせはしません。わたくしが処理いたします」

「余が聞くと言っている」

あえて語気を強めると、加皇后はかすかに息をつめた。

「重大事件ゆえ、密室で裁くわけにはいかぬ。他の妃嬪も呼べ。事のしだいを明らかにし、公平に裁かねばならない」

砂を噛むような朝餉《あさげ》を切り上げ、垂峰は皇后の寝殿をあとにした。

（夕麗が比駙馬と密会だと？　ばかばかしい）

ありえないことだと自分に言い聞かせ、胸に生じた疑念を努めて払いのけようとした。


「あの部屋は外から施錠《せじょう》されていました」

冷たい床にひざまずき、夕麗は昨夜の事件について洗いざらい話した。

東向きの窓から朝日が差しこむ大広間。龍鳳呈祥《りゅうほうていしょう》の文様が描かれた衝立《ついたて》の前に、皇帝と加皇后が腰かけている。尹皇貴妃以下の妃嬪は、宝座の下で左右に分かれて並んでいた。

「どうやっても開かないので、仕方なく朝を待ったのです」

朝になったので外に呼びかけようとしたら、扉があっさり開いた。

そこで部屋から出ると、加皇后付きの女官に出くわしてしまった。女官は夕麗と剣良を見るなり勘違いして、夕麗の弁解も聞かずに立ち去った。夕麗は自分の部屋に戻り、雨果に事情を説明した。昨夜、雨果は眠らずに夕麗を探していたらしい。誤解を避けるため、すぐさま皇帝に事件のことを話しにいこうとしたが、遣いを送る前に加皇后から呼び出された。

「危芳儀さまがおっしゃったことは、本当です。私は友人の名を騙《かた》った文であの部屋に呼び出され、中に入ったところ、扉の鍵《かぎ》をかけられて、外に出られなくなったのです」

同じくひざまずいた剣良が青い顔で釈明した。

「天に誓って申し上げます。危芳儀さまには指一本触れておりません」

「そなたたちはかつて恋人同士だったと聞いていますが？」

加皇后が疑いの目を向ける。

「過去のことです。今は友人ですらありません」

夕麗はきっぱりと否定して皇帝を振り仰《あお》いだ。泰然としていようと心掛けたが、胸の内は不安でいっぱいだった。皇帝は夕麗を信じてくれるだろうか。彼の心情を読もうとしてすがるように見つめたけれど、暗く沈んだ龍眼《りゅうがん》からは何もうかがえない。

「主上。比駙馬の持ちものから、こちらが見つかったそうです」

宮正司《きゅうせいし》の宦官《かんがん》が駆けこんできた。米太監に絹包みを手渡す。

米太監が絹包みを開いて深紅の内衣《したぎ》を差し出した。皇帝はそれを手に取り、荒っぽく投げ捨てる。ひらりと床に落ちた内衣の文様は――孔雀牡丹《くじゃくぼたん》。

皇帝から賜った内衣だ。昨夜も身につけていた。そして、何者かに奪われた。

戦慄が全身を駆けめぐる。今改めて、自分が黒幕の術中にはまっていることを悟った。

昨夜、衣が乱されていたのは、乱暴されかかったせいではなく、犯人に――あるいはその手先に内衣を奪われたためだったのだ。首謀者《しゅぼうしゃ》の目的は、はじめから内衣だった。

膝が笑った。喉《のど》が引きつり、声が出なくなる。違うと言わなければ。罠《わな》だと言わなければ。潔白だと訴えなければ。焦れば焦るほど舌がもつれ、何ひとつ言葉にならない。

「まあ、はしたない。これは誰の内衣なのですか？」

加皇后が柳眉《りゅうび》をひそめる。

「危芳儀のものではないかしら。主上にいただいた孔雀牡丹の内衣でしょう」

「なぜ危芳儀の内衣を比駙馬が持っているのです？」

「私は何も存じません！　そのようなもの、見たこともないのです！」

剣良は必死で首を横に振った。

「陰謀に違いありません！　邪《よこしま》な者が私を陥《おとしい》れようとして――」

「お黙りなさい」

加皇后は底冷えのする眼光を夕麗に差し向けた。

「危芳儀と比駙馬は同じ部屋で一夜を明かし、危芳儀は自分の内衣を比駙馬に渡したのですね」

「いいえ、渡していません。わたくしは何者かに内衣を奪い取られたのです」

夕麗はまっすぐに皇帝を見つめた。後ろめたいことは何もないと、彼に伝えたくて。

「わたくしは不義密通など犯しておりません」

「見苦しい。せめて素直に罪を認め、主上にお詫《わ》びを申し上げたらどうなの」

「主上からいただいたものを間男《まおとこ》に贈るなんて、どうかしてるわ」

「身に余るご寵愛を賜って増長したのね。浅ましいこと」

皇后派の妃嬪《ひひん》も貴妃派の妃嬪も、ここぞとばかりに夕麗を罵《ののし》った。

尹皇貴妃と李賢妃は、我関せずといったふうに沈黙を守ったままだ。下級宦官がなりすましている条敬妃は遠慮《えんりょ》がちに夕麗を見やり、葉温妃は怯《おび》えた様子で李賢妃にしがみつく。

「皇后さま！　夕麗お姉さまは潔白です！」

丹蓉が宝座の下に身を投げ出した。青ざめた花顔《かがん》で加皇后を見上げる。

「そなたは危芳儀と親しかったわね。以前から危芳儀と比駙馬の不義を知っていたのでは？」

「存じません！　夕麗お姉さまは密通などなさっていないのです！」

「比駙馬の持ちものから危芳儀の内衣が出てきたのです。これは明らかに不貞の証拠ですよ」

「きっと夕麗お姉さまを妬《ねた》んだ誰かの仕業《しわざ》です！　お姉さまの内衣を盗んで比駙馬の持ちものに紛《まぎ》れこませたのですわ！　もっとよくお調べになれば、濡れ衣だと――」

「密通の証拠が出ている以上、罰しないわけにはまいりません」

丹蓉の声を遮《さえぎ》り、加皇后は冷徹に言い放った。

「危芳儀から妃嬪の身分を剝奪《はくだつ》し、浣衣局にて三月の労役を命じます」

后妃侍妾《じしょう》の密通は極刑だが、罪人は刑が執行される前に浣衣局にて苦役《くえき》を課せられる。この規則は光順《こうじゅん》年間から始まった。慈悲《じひ》深き光順帝は姦通《かんつう》を犯した妃嬪侍妾を憐《あわ》れみ、処刑前に浣衣局送りにした。これは処刑までの猶予《ゆうよ》期間で、多くの場合、罪人は自害した。

つまり、「浣衣局にて三月の労役」とは、「極刑」を意味するのだ。

「結論を出すのは早計ですわよ、皇后さま。爪閑儀が申しているように、もっとよくお調べになるべきではありませんか？　何かの間違いかもしれないのですから」

段貴妃が口を挟むと、加皇后はまなじりを吊り上げた。

「主上、わたくしの裁断に間違いがありましたら、おっしゃってくださいませ」

皇帝は射貫《いぬ》くように夕麗を見ていた。感情のうかがえない目で。

「本当に密通など犯していないのです」

后妃たちに疑われ、罵倒《ばとう》されてもいい。けれど、皇帝にだけは信じてほしい。

「比駙馬には指一本触れられておりません。この体は主上おひとりのものです。体だけではなく、心もすべて主上に差し上げています。わたくしはあなたの」

「間違いはない」

皇帝が玉座から立ち上がった。苛立《いらだ》たしげに壇上《だんじょう》からおりて、夕麗のそばを通りすぎる。

「姦婦《かんぷ》は処刑だ」

いびつに歪んだ視界で、五爪《ごそう》の龍が冷ややかに身をひるがえす。

后妃侍妾の不義密通は極刑――すなわち凌遅刑《りょうちけい》である。


後宮の北門の西に位置する浣衣局は、〈宮女の墓場〉とも呼ばれている。

年老いた宮女や罪を得た宮女が死ぬまで飼い殺しにされる場所だ。彼女たちは最低の生活をしながら、朝から晩まで宦官の衣服を洗い続け、命を削《けず》っていく。

「お姉さま！」

側仕《そばづか》えの女官を連れた丹蓉が子犬のように駆けてきた。

浣衣局に入って半月。丹蓉は数日おきに夕麗を訪ねてきてくれる。

「まあ、手がこんなに荒れているわ！　痛いでしょう？」

「平気よ。たいしたことないわ」

凍《い》てつく水で衣服を洗う過酷《かこく》な労働のせいで、綺麗《きれい》に整えられていた爪は割れ、手の皮膚《ひふ》はひび割れてしまっている。とはいえ、働けば手が荒れるのは当然だ。実家でも洗濯《せんたく》や掃除《そうじ》くらい自分でやっていたから、蝶よ花よと育てられた令嬢ほど、こたえてはいない。

「今度、塗り薬を持ってくるわね」

「妹妹《まいまい》の気持ちはありがたいけれど、ここへはもう来ないほうがいいわ。罪人をしょっちゅう訪ねていると、妹妹まで巻きこまれてしまうかもしれないもの」

丹蓉が訪ねてきてくれるのは嬉しい。艱難辛苦《かんなんしんく》の最中にいても、自分を気遣ってくれる人がいるという事実に励《はげ》まされる。けれど、夕麗は今や処刑を待つ罪人。しかも不義密通の罪を言い渡された身だ。丹蓉に迷惑をかけないためにも、かかわりを断たなければ。

「お姉さまは罪人じゃないわ！」

つぶらな黒い瞳に真珠《しんじゅ》のような涙があふれた。

「陥れられただけよ！　妃嬪たちの誰かが策略をめぐらせたに決まっているのに……！」

極刑を言い渡された日、丹蓉は真っ先に夕麗をかばってくれた。いつも部屋の隅で小さくなっている丹蓉が加皇后の前に進み出て、必死に夕麗の無実を訴えてくれたのだ。

彼女の勇気と友情には数え切れないほど感謝した。それでもまだ、足りない。

「憎いわ……。お姉さまをこんな目に遭《あ》わせた誰かが、憎くてたまらない」

「ありがとう、丹蓉。わたくしのために憤《いきどお》ってくれて」

夕麗は丹蓉の手をやんわりと握った。

「わたくしは恵まれているわ。妹妹がわたくしの潔白を信じてくれているんだもの」

今や、夕麗を信じてくれるのは丹蓉ただひとりだ。

（……主上《しゅじょう》はわたくしのことを信じてくださらない）

つらい仕事よりも、十二月の処刑よりも、夕麗を苦しめているのは、皇帝の心が離れてしまったという事実だった。夜ごと抱きしめてくれたのに、会うたびに愛《いと》しいと囁《ささや》いてくれたのに、たった一つの誤解でいとも容易《たやす》く壊れてしまうほどもろいものだったのだ、この恋は。

所詮《しょせん》、恋情はうたかたの夢。約束は破られるもの。揺るがぬ信頼など、存在しない。

（だから……いつかこうなるから、主上を好きになってはいけなかったのよ）

皇帝に恋をしたことがそもそもの過ちだったのだ。またしても、夕麗は心を明け渡した男に手ひどく捨てられた。二度目にして最後の失恋だ。

「お姉さまが処刑されたら、私も死ぬわ」

「ばかなことを言わないで。妹妹はまだ夜伽《よとぎ》もしていないのよ。これからだわ」

「夜伽なんかしないわ。私の願いはお姉さまとずっと一緒にいること。それだけなの」

丹蓉がはらはらと涙を流すから、夕麗は喉を詰まらせる感情を堪《こら》え切れなくなった。

こんなはずではなかった。皇帝を愛さなければ、分不相応な寵愛《ちょうあい》を求めなければ、奈落の底に落ちずに済んだのに。何もかも、恋のせいだ。皇帝を愛した夕麗のせいなのだ。

「お姉さまを刑場へ行かせはしないわ。十二月までに、一緒に死にましょう」

「だめよ、妹妹。あなたは関係ないんだから」

「関係あるわよ。後宮は怖いところだもの。無実のお姉さまが悪人の策略で姦婦にさせられてしまう場所だわ。ここには嘘と裏切りしかない。誰も信じられないし、誰にも頼れない。私みたいな非力な女がお姉さまの助けなしに生きていけるとは思えないわ」

夕麗の弱さと愚かさが丹蓉まで不幸にしてしまう。謝らなければならないと思うのに、出てくるのは涙ばかり。少しでも謝罪の気持ちを伝えたくて、夕麗は丹蓉を抱きしめた。

「十二のとき、凌遅にされる罪人を見たことがあるの」

丹蓉がしがみついてくる。背中に回された両手が震えていた。

「凌遅って、体を寸刻みにされるのよ。死なないように止血されながら、少しずつ肉を削《そ》ぎ落とされていくの……。お姉さまが刑場に引っ立てられるところなんか見たくない。あれは地獄絵図よ。この世の光景じゃないわ。お姉さまがあんな目に遭うなんて、絶対にいや……!!」

丹蓉の震えが伝染したかのように、夕麗は身震いした。

恋を失っただけでは済まない。じきに命まで失うのだ。


夜。雑魚寝《ざこね》部屋の片隅で、夕麗は自分の体を抱くようにして横たわっていた。

二月経てば、この体は刑場で一寸刻みにされてしまう。群衆の目の前で切り刻まれる未来を想像してしまい、がたがたと全身がわななくのを止められない。

（わたくしを陥れたのは誰なの）

考えたところで何の意味もないのに、思考をめぐらせてしまう。夕麗をさらい、剣良を呼び出し、部屋に閉じこめ、皇帝から贈られた内衣《したぎ》を剣良の部屋に仕込んだ人物は誰なのか。疑わしい顔がいくらでも浮かんでくる。後宮では誰もかれもが黒幕だ。

（そういえば、あのとき……）

姦通を疑われた日の記憶がよみがえった瞬間、勢いよく飛び起きた。

（主上にお伝えしなくちゃ！）

夕麗は雑魚寝部屋から駆け出した。衝動的に大門《だいもん》へ向かおうとして、途中で足が止まる。浣衣局は周りをぐるりと高い塀《へい》で囲われており、出入り口はそびえたつ大門のほかにない。むろん、宮女の外出は認められていない。いったん入ったら、よほど幸運に恵まれて外からの迎えが来るか、あるいは死んで骸《むくろ》となる以外に、大門を出る道はないのだ。

いったいどうやって皇帝に目通り願うというのか。浣衣局《かんいきょく》から一歩も出られないのに。

孤月の光に導かれ、夕麗は酩酊《めいてい》したような足取りで井戸屋形へ向かった。

ここは泉芳儀が命を落とした場所だ。中をのぞきこんでみると、底なしの闇がぽっかり口を開けていた。浣衣局入りしてから、何度この井戸をのぞきこんだか分からない。

凌遅刑に処されるより、自害したほうがましだ。少なくとも、野次馬の男たちに素肌をさらさずに済む。辱《はずかし》めを受けながら、じわじわ殺されるよりは、楽な最期を迎えられるはず。

「井戸はやめましょうよ、危芳儀さま」

聞き慣れた声に背中を叩かれ、夕麗は弾かれたように振り返った。

「死体を引き上げるのも結構手間なんですから。自害ならおさだまりの縊死《いし》ってところですかね。自死より、拷問《ごうもん》死のほうがもっとおすすめですけど。俺の趣味的な意味で」

井戸屋形の柱に長身の宦官《かんがん》が寄りかかっていた。月影を帯びていっそう明るく輝く金髪と、退屈そうな美しい横顔。左手にひっさげているのは、見るからにおぞましい拷問具。

「亡炎！　どうしてここに⁉」

「届けものを持ってきたんですよ」

懐かしさに後押しされて駆けよると、亡炎が一枚の剪紙《せんし》を差し出した。

文様は向かい合うつがいの鵲《かささぎ》――喜相逢《きそうほう》。別れることのない、かたい契《ちぎ》りを意味する。

「……主上」

鵲の顔はどことなく虎に似ている。皇帝が手ずから切った剪紙に違いない。

「主上はあなたをお見捨てになっていません。早まったまねはなさらないでください」

「わたくしを陥《おとしい》れたのが誰なのか、分かったの？」

「捜査中ですので、まだ何とも。どの道、主上があなたを処刑なさるおつもりがないことは確かですよ。遠からず濡れ衣を晴らして、ここから出してくださるでしょう」

どっと涙があふれた。くずおれそうになったのを、亡炎が支えてくれる。

「主上にお伝えしてほしいことがあるの」

夕麗は先ほど気づいたことを亡炎に耳打ちした。

「それだけでよろしいので？　愛してるとか会いたいとか、その手の言葉はいいんですか？」

「喜相逢をくださるくらいだもの。主上はわたくしの想いをご存じだわ」

亡炎が立ち去った後、夕麗は喜相逢の剪紙をそっと胸に抱いた。

皇帝は夕麗を信じてくれている。不格好な喜相逢が今もなお切れていない二人の絆《きずな》の証《あかし》だ。

骨を食らうような怖気《おぞけ》はたちまち吹き飛び、踊り出したいような心地になった。

（一日も早くお会いできますように）

再会の日が待ちどおしい。一日千秋《いちじつせんしゅう》の思いを抱えながら、井戸屋形を出る。

直後、何者かが背後に回る気配を感じた。とっさに身がまえたときには、紐のようなものが首に巻きつけられている。後ろから容赦《ようしゃ》なく絞《し》め上げられ、息苦しさで肺腑《はいふ》が焼けた。

（死にたくない……！）

素王山で襲われたときとはわけが違う。あの夜よりももっと強い力でぎりぎりと首を絞め上げられる。気絶させることが目的ではない。殺すつもりなのだ。

夕麗は殺人者から逃れようと死にものぐるいでもがいた。もがけばもがくほど喉《のど》を圧迫され、恐怖が暴れ回る。目尻から涙がこぼれ、気が遠くなった刹那《せつな》。ふっと拘束《こうそく》が緩《ゆる》んだ。

「はい、確保」

首を解放されて激しく咳《せ》きこむ夕麗のそばで、亡炎が黒服の人物に縄を打っていた。

「亡炎……⁉　帰ったんじゃなかったの？」

「こいつが危芳儀さまを襲うのを待ってたんですよ」

亡炎は荒っぽく下手人《げしゅにん》の頭をつかんで月明にさらす。自害を防ぐためか、猿ぐつわを嚙《か》まされている。月の光があらわにした人相を見て、夕麗は目を見開いた。

加皇后付きの次席宦官だ。朝礼の席では加皇后の傍《かたわ》らにひかえていたので覚えている。

「わたくしを殺そうとしていたのは、皇后さまだったの……⁉」

「詳しいことは、こいつに訊いてみますよ」

亡炎が楽しげに下手人の頭を揺さぶった。

「どっからはじめよっかなぁ？　爪剝《つめは》ぎは小手調べとして、指責めと足責めはどっちを先にしようか？　海老《えび》みたいに吊り上げる責め苦の後は、定番のあぶり責めか焼きごてだなぁ」

舌なめずりせんばかりの猟奇《りょうき》的な笑みが端整な容貌を染め上げる。

「凌遅に勝るとも劣らない苦痛を味わえる龍のひげも捨てがたいが、俺のお気に入りはたが責めでね。聞いたことあるだろ？　頭に鉄のたがをはめて、左右から引っ張るやつさ。三、四回締め上げりゃ、頭がふくれ上がって目玉がぽーんと飛び出すんだ。試してみるか？」

下手人は顔面蒼白になってガタガタ震えている。夕麗はそろりと後ずさった。

「……あ、あまりひどいことはしないでね」

「安心してくださいよ。殺《ばら》しはしませんから。ちょっと地獄を見せてやるだけです」

亡炎は拷問具をがちゃがちゃと鳴らす。とたん、声にならない悲鳴が響き渡った。


危芳儀の密通事件は、一月後にはすべて解決していた。

今日は十月十五日。災厄《さいやく》を祓《はら》う神・水官大帝《すいかんたいてい》の生日たる下元節《かげんせつ》だ。天下の道観《どうかん》では斎醮《さいしょう》（加《か》持祈禱《じきとう》）が行われ、宮中では大規模な斎醮とともに、豪華な宴《うたげ》が催《もよお》される。

宴のために身支度《みじたく》をした後、丹蓉は危芳儀が住まう蝶飛殿《ちょうひでん》に向かった。

「今夜は一段と素敵ね、お姉さま」

丹蓉が笑顔で称賛すると、夕麗は恥ずかしそうに微笑《ほほえ》んだ。

細い体を包んだ上襦《じょうじゅ》は幾重にもなっている。足元まで垂れる広い袖《そで》には清らかな白鷲《しろわし》と艶《あで》やかな楓《かえで》が戯《たわむ》れ、長く裾《すそ》を引きずる柿色の裙《くん》には金糸で刺繡《ししゅう》された桂花《きんもくせい》が舞い散る。

蝙蝠《こうもり》の形をした佩玉《はいぎょく》、紅瑪瑙《べにめのう》の帯飾り、天漢を巻きつけたように輝く銀の腕輪、灯燭《とうしょく》の光を集める藍玻璃《らんはり》の耳飾り……彼女を飾るものは、天女の宝飾品にも劣らぬ一級品ばかり。

「あら？　その簪《かんざし》、初めて見たわ」

高椎髻《こうすいけい》に結われた黒髪では華麗《かれい》な髪飾りがさかんに美を競っているが、丹蓉の目を惹《ひ》いたのは、向かい合うつがいの鵲の目に翡翠《ひすい》をあしらった、喜相逢の金簪《きんしん》だった。

「主上にいただいたのよ」

夕麗が嬉しそうに頰《ほお》を緩めるので、丹蓉の心はぎりっときしんだ。

「宴席に行く前に二人きりで話したいんだけど、少しいいかしら？」

「ええ、いいわよ。ちょうど私もお姉さまと二人だけで話したいことがあるの」

人払いを済ませ、連れ立って内院《なかにわ》を散策する。吊り灯籠《どうろう》がぼんやりと照らし出す内院では、寒木瓜《かんぼけ》がほころびはじめていた。宵闇《よいやみ》に浮かび上がる花は鮮血を浴びたように赤い。

「ついさっき聞いたんだけど……段貴妃さまが冷宮《れいきゅう》で自害なさったそうね」

浣衣局で色内監《ないかん》に捕らえられた加皇后付きの次席宦官が白状したところによると、密通事件の黒幕は段貴妃だった。

『貴妃よ、この内衣の文様が孔雀牡丹《くじゃくぼたん》だとなぜ分かった？』

夕麗の密通事件を裁いた場で、段貴妃は赤い内衣を見てそれが夕麗の持ちものだと即座に言い当てた。この時点で、皇帝は段貴妃に疑いの目を向けたのだという。

『彤史《とうし》の記録には〈孔雀牡丹の内衣〉としか書かれていない。彤史は余《よ》と危芳儀の会話を聞いて記録を書いている。内衣そのものは見ていない。現に皇后はこの文様を見ても孔雀牡丹とは分からなかった。ここに縫《ぬ》い取られているのは、孔雀の翼を持つ虎だからな』

夕麗の内衣を盗ませた張本人《ちょうほんにん》であればこそ、段貴妃は一目で見抜くことができたのだ。

しかし、言葉尻をとらえるだけでは、貴妃の位にある者を弾劾《だんがい》できない。皇帝はあえて段貴妃の策に気づかないふりをし、夕麗を浣衣局送りにした。

『余がわざわざおまえの前で危氏への未練を吐露したのは、なぜだか分かるな？　危氏に復寵の兆しありと知れば、おまえは必ず彼女の命を狙うだろうと踏んだからだ』

皇帝の狙い通り、段貴妃の手下が浣衣局で夕麗を襲った。捕らえられたのは段貴妃付きの宦官ではなく、加皇后付きの宦官だった。夕麗殺しの罪を加皇后に着せるつもりで皇后付きの宦官を使ったのだと、段貴妃は自白した。

皇帝の寵姫《ちょうき》を陥《おとし》れて殺そうとした咎《とが》で、段貴妃は冷宮送りになった。皇子の母であることをかんがみて妃嬪《ひひん》の位までは剝奪《はくだつ》されなかったものの、俸禄《ほうろく》は最低限の生活を営《いとな》むのに必要な額とされ、皇子たちや親族との面会および連絡は禁じられた。

罪人となった段貴妃が自害したという知らせは、丹蓉の耳にも入っている。

「数日前、熱湯をかぶって顔に大火傷《おおやけど》をなさったらしいの。それで……自害なさったたって」

喉に棘《とげ》が刺さったみたいに、夕麗は苦しげな面持《おもも》ちをしている。

「お姉さまのお話って、段貴妃さまのこと？」

「……いいえ。別のことよ。……実はね、妹妹《まいまい》に尋ねたいことがあるの」

夕麗は言いにくそうに目をそらした。

「妹妹がいつも持ってきてくれていたお菓子に……薬なんて入ってなかったわよね？」

「薬？　どういうこと？」

「……七月はじめ、わたくしに仕えている春鶯《しゅんおう》という女官が流産したの。医者には堕胎《だたい》薬を飲んだのではないかと言われたそうよ。もちろん、自分から口にするわけないわ。春鶯はある武官の妻でね、二人は昨年の末に結婚したばかりだった。身籠《みご》ったと知ったときはあちこちに触れ回っていたわ。そろそろおなかが目立ちはじめるから、休みに入るところだったのよ」

ふうん、と丹蓉は聞き流した。女官のことなんか、死ぬほどどうでもいい。

「口にしたものの中で、疑わしいものはなかったか探したけど、はっきりしなかった。ただ、具合を悪くする直前に食べていたものの一つに、妹妹が持ってきてくれた橙糕《とうこう》があったの。わたくしの食べ残しを春鶯が欲しがっていたから……あげたのよ」

「橙糕に堕胎薬が入っていたっていうの？」

「……そうとは言えないわ。亡炎が毒見してたでしょ？　亡炎は毒に詳しいから、毒物が入っていたら食べれば分かるの。だけど、橙糕には堕胎薬なんて入っていなかったって亡炎は言うのよ。だから、春鶯の流産と橙糕は関係ないんだと思うけれど……」

この件を調べた宮正司《きゅうせいし》の宦官は、春鶯が食べた橙糕――夕麗の食べ残しに堕胎薬が入っていたのではないかと指摘したという。

「もし、わたくしが口をつけた橙糕に毒が入っていたのなら、春鶯の流産も説明がつくの。だけど、無理よね？　わたくしが食べる橙糕だけに堕胎薬を盛るなんて。橙糕は切り分けて無造《むぞう》作《さ》に器《うつわ》に盛られていた。わたくしがどれを手に取るかなんて、分かるはずが……」

「そんなこと分かる必要はないわ、お姉さま」

丹蓉はにっこりと微笑んだ。立ち止まって夕麗に抱きつく。

「お姉さまの手に毒を塗っておけば、どれを取っても毒にあたるわよ」

夕麗が息をのむ気配がした。驚愕《きょうがく》のせいか、はたまた、腹部を襲った痛みのせいか。

「あのとき、お姉さまは私を慰めるために手を握ってくれたわね？　私はそっと握り返した」

手に毒を塗っておいたのだ。毒見が無駄になるように。

「……どうして？　妹妹はわたくしの懐妊《かいにん》を喜んでくれたはず。あれは……嘘だったの？」

「嘘に決まってるじゃない。お姉さまの懐妊なんて、私が喜ぶわけないわ」

夕麗の腹部に突き刺した短刀の柄をぐっと押しこむ。衣をいくつも重ねているから、致命傷を与えるには力がいる。柄を握った手に、丹蓉は煮え滾《たぎ》る怨憎《えんぞう》をこめた。

「……妹妹も、主上《しゅじょう》をお慕《した》いしていたの……？　だったら、そう言ってくれれば……」

「私が主上を？　冗談じゃないわ。男なんか気持ち悪い」

丹蓉は顔をゆがめた。男のことを考えるだけで反吐《へど》が出る。

「私が好きなのは、夕麗お姉さまよ。だって、お姉さまは優しくって親切で楽しい方だもの。亡くなったお姉さまもね、夕麗お姉さまみたいな人だったの。私を叔父《おじ》さまから守ってくださったのは、お姉さまなのよ。私、お姉さまのことが大好きだったわ。本当に本当に大好きだった。ずっとずっとお姉さまと一緒にいたかった。お姉さま以外には何もいらなかったの」

夕麗が苦しそうにうめいている。かわいそうに。きっと痛いのだろう。

「一生、お姉さまと二人で暮らしていきたかった。……なのに、お姉さまはお父さまの命令で嫁《とつ》いでしまわれたの。かわいそうなお姉さま。好きでもない男に嫁がされて、さぞかしつらかったでしょう。だけど、私にはどうしようもなかった。しょっちゅう会いにいくことくらいしかできなかった。毎日のように会いにいったわ。二人でお菓子を食べておしゃべりしたの。夏には水遊びをして、冬には雪遊びをした。お姉さまと私。私とお姉さま。二人きりで」

幸せだった。今がずっと続くと信じていた。姉が産気づくまでは。

「お姉さまは懐妊なさったの。その頃はそれがどういうことなのか分からなかった。お姉さまが喜んでいたから、嬉しいことなんだって思った。だけど、大間違いだったわ。懐妊は喜ばしいことじゃない。忌《い》まわしいことよ。だって、お姉さまは身籠ったせいで死んだんだもの」

難産の末、姉は男児を産み落とした。そして、そのまま鬼籍《きせき》に入ってしまった。

「私は最期までお姉さまのそばにいたわ。片時も離れなかった。真っ白な手を握って、『死ないで』って泣きながらお願いしたの。……でも、死んでしまった。いいえ、殺されたのよ。お姉さまの体に宿った、あの小さくて醜《みにく》い生きものに」

衰えることのない悲憤《ひふん》が柄を握る手を震わせた。

「私からお姉さまを奪ったあいつが憎かった。あの化け物を身籠らなければ、お姉さまは死なずに済んだのよ。あいつのせいだわ。あいつが私のお姉さまを殺した」

獣のような泣き声。悪鬼妖怪に似た顔。巨大な芋虫《いもむし》を思わせる手足。

「憎たらしいから、やり返してやったわ。簡単よ。口と鼻をふさいだの。うるさいわめき声がやんですっきりしたわ。けれど、お姉さまは生き返らなかった。あいつが死んでも、お姉さまは冷たいまま。目が溶けてしまいそうなほど泣いたわ。お姉さまが恋しくてたまらなかった。お姉さまに戻ってきてほしかった。お姉さまがいないと私、生きられないんだもの……」

いつしか、丹蓉ははらはらと涙を流していた。

「お姉さまのいない世界に価値はない。何度も死のうとしたわ。この世に未練なんてなかったから。だけど、思いとどまってよかった。だって、生きていたからこそ、夕麗お姉さまと出会えたんだもの。後宮には怖い女の人しかいないから、夕麗お姉さまに助けてもらって嬉しかったわ。あっという間に大好きになったの。お姉さま以外は何もいらなくなった」

後宮なら男に邪魔されることなく、大好きな姉と仲睦《なかむつ》まじく暮らせると思ったのに。

「夕麗お姉さまが龍床《りゅうしょう》に召されたときは青くなったわ。主上と同衾《どうきん》したら、身籠ってしまうかもしれない。懐妊したらおしまいよ。私はまた、お姉さまを喪《うしな》ってしまう」

同じ間違いは繰り返さない。丹蓉は夕麗に避妊薬《ひにん》を盛っていた。

「……まさか、妹妹が持ってきてくれたお菓子には……」

「お姉さまのためよ。化け物を身籠らないため。あれは恐ろしい怪物なのよ。お姉さまの命を食らって生まれてくるの。あいつからお姉さまを守りたかった。お姉さまを死なせたくなかった。薬はちゃんと飲ませていたつもりだったのに、お姉さまが身籠ったと聞いて、目の前が真っ暗になったわ。それで堕胎薬を盛ったの。邪悪な妖魔を始末しようとして」

ふふふ、と丹蓉は肩を揺らして笑う。

「杞憂《きゆう》だったけれど。お姉さまは懐妊していなかった。妖魔なんか宿していなかったのよ」

夕麗の懐妊は誤診だったと知り、心底ほっとした。これで姉を喪わずに済むのだ。

「身籠りさえしなければ、ずっとずっとお姉さまと一緒にいられる。そう思っていたけど、後宮って、おぞましい場所よね。お姉さまはいつも誰かに妬《ねた》まれて、憎まれて、陥れられる。周りは敵だらけよ。泉芳儀はお姉さまの匂《にお》い袋をズタズタに引き裂いたでしょ？　お姉さまの大事なものを壊すなんて許せない。だから始末したの」

「……どういう、こと……」

「井戸に突き落としてやったのよ。まぬけな顔をして落ちていったわ。死ぬ寸前まで、どうしてこんな目に遭《あ》うのか分からなかったみたい。ばかよね。自業自得《じごうじとく》なのに」

泉氏の汚らしい死に顔を思い出して、丹蓉は笑い転げた。

「自業自得といえば、段貴妃もそうだわ。あの性悪女《しょうわる》はお姉さまを陥れた。お姉さまは危うく死罪になるところだったのよ。お姉さまの敵は私の敵。顔に熱湯をぶちまけてやったわ。醜《みにく》くただれた顔の不様《ぶざま》なこと！　あれこそが、段貴妃の本当の顔だったのよ！」

晴れやかな笑いがふいに途切れる。

「加皇后にも、毒入りのお菓子を送ったわ。毒見に引っかからないように工夫《くふう》したものをね。今頃、恒春宮は大騒ぎになっているんじゃないかしら？」

「……嘘でしょう。皇后さまに毒を盛るなんて……」

「加皇后が悪いのよ。お姉さまのことを何度も叱《しか》ったから。前々から腹が立っていたの。いつか始末してやろうと思っていたけど、致死量は入れてないわ。一生、床から起き上がれない体になるだけよ。だって、そのほうが効果的でしょ？　皇后の鳳冠《ほうかん》にしがみつく権高女《けんだか》には

いっそ死にたいと思うだろう。皇后の印璽《いんじ》すら持てない体では。

「始末しても始末しても敵は減らないわ。何せ後宮には、三千もの女たちがいるんですもの。いつまた陰謀《いんぼう》に巻きこまれるか分からない。安心してお姉さまと暮らせない。どうすればいいかしらって、私、悩んだの。いっぱい考えて、いいこと思いついちゃった。お姉さまとずっとずっと一緒にいるための、とっておきの方法」

丹蓉は笑顔で短刀を引き抜いた。大きく傾《かし》いだ夕麗の体を支えてあげる。

「一緒に死んじゃえばいいのよ。名案だと思わない？　後宮なんかで生きているから、不幸に怯《おび》えなきゃいけないんだわ。二人で九泉《きゅうせん》へ行ってしまえば、心配事はなくなるわよ」

「……やめて、妹妹。正気じゃないわ」

「私は正気よ。お姉さまと死ぬの、とっても楽しみにしてたの。さあ、二人で冥府《めいふ》へ行きましょう。あの世へ行けば、私たちが引き裂かれることはなくなるわ。二人きりで、憂《うれ》いのない場

所で永遠に……ああ、そうだわ。二人きりじゃないわね。あの世には、亡くなったお姉さまもいる。紹介するわ。きっと仲良くなれるわよ。私たち、三姉妹ね」

丹蓉はころころと笑う。夕麗は刺された部分を手でおさえて、少しずつ後ずさった。

「お姉さま？　どうして私から離れるの？」

「……あ、あなたは、どうかしてるわ……。一緒に、死ぬ、なんて……」

弱々しくかすれた声。幽霊に出くわしたかのように強張《こわば》った花のかんばせ。

「お姉さまったら、死ぬのが怖いの？」

丹蓉が一歩ずつ近づくと、夕麗は震える足で後ろに下がる。途中、裙《くん》に足を取られて転んだ。大ぶりの結い髪が崩れ、月光に浮かび上がる喜相逢の金簪がぽろりと転げ落ちる。

「大丈夫。怖くないわよ」

うずくまって痛みにうめく夕麗のそばに、ふわりとしゃがみこむ。

「お姉さまをひとりぼっちにはしない。私、すぐに追いかけるわ」

口元をほころばせたまま、丹蓉は血濡れた短刀を振り上げた。

「だから、安心して死んでね、お姉さま」

あの世に行ったら、おいしい菓子を作ろう。大好きな二人の姉のために。

三人姉妹でずっと仲良く暮らすのだ。ずっとずっと、永久に幸せだけを貪《むさぼ》り続けるのだ。

夕麗の眼前で、鮮血を滴《したた》らせた短刀が高く振りかぶられる。体は凍りついて微動だにしない。腸《はらわた》を焼き尽くす激痛が吹き飛ぶほどに、恐怖が全身を支配していた。

「やめろ、爪閑儀!!」

鋭い声が飛んできたと同時に、振り下ろされた丹蓉の手を誰かがつかんだ。抵抗する暇さえ与えずに素早く短刀を奪い取ったのは、五爪《ごそう》の龍をまとった万乗《ばんじょう》の君。

「夕麗!! しっかりしろ!!」

力強い腕に抱き起こされる。その頼もしさに胸が熱くなり、目尻から涙がこぼれた。

「何も言うな。太医《たいい》のところに連れていってやる」

皇帝は大事そうに夕麗を抱き上げた。宮正司《きゅうせいし》の宦官《かんがん》に取り押さえられた丹蓉に背を向ける。

「いやっ!! 触らないでっ!! 私の、私のお姉さまを返してぇっ!!」

頭に突き刺さる悲鳴。すくみ上がる心臓。

「お姉さまっ!! 戻ってきてっ!! お姉さまぁっ!!」

丹蓉が何度も何度も夕麗を呼ぶ。繰り返し繰り返し、血を吐くような金切《かなき》り声が響き渡る。

怖い。怖くてたまらない。あんなに好きだった丹蓉のことが、本当の妹のように思っていた彼女のことが。声を聞くだけで、気配を感じるだけで、全身が粟立《あわだ》つ。

「大丈夫だ、夕麗」

耳朶《じだ》を撫《な》でる低い囁《ささや》き。このぬくもりだけが戦慄を癒《いや》してくれる。

「俺がそばにいる」

夕麗は必死で龍衣にしがみついた。震えが治まっていくにつれて、意識が遠のいていく。

十二月も半ばを過ぎ、内院《なかにわ》は一面の銀世界となった。可愛《かわい》らしい花をつけた蠟梅《ろうばい》の枝も重たげな雪をかぶり、寒牡丹《かんぼたん》はいっそう赤々と雪明かりに照り映えている。

「わたくしのせいですわ」

皇帝の胸に寄りかかって、夕麗は開け放たれた窓の向こうを眺めていた。

「あの日、亡炎がいない時間を見計らって、丹蓉と二人きりになってしまったから……」

丹蓉が堕胎《だたい》薬を盛ったのではと疑いを持った宮正司は、丹蓉を尋問しようとした。夕麗は彼らに尋問を待ってもらえないかと打診した。まずは自分が話を聞いてみるからと。

宮正司の取り調べは過酷《かこく》だ。手弱女《たおやめ》の丹蓉には耐えられないだろうと思った。事あるごとに拷問《ごうもん》したがる亡炎を遠ざけて丹蓉を迎えたのも、同様の理由である。

夕麗の予想では、丹蓉は疑惑を否定するはずだった。彼女が堕胎薬を盛るわけはない、彼女は陥《おとし》れられたに違いないと思いこんでいたのだ。

しかし、夕麗は間違っていた。丹蓉は自ら罪を認めたばかりか、余罪まで暴露した。

「うかつでしたわ。後宮では、誰に対しても警戒を怠《おこた》ってはならないのに……」

丹蓉は極刑を言い渡された。現在は浣衣局《かんいきょく》で苦役《くえき》に従事し、処刑の日を待っている。彼女が犯した最も重い罪は、泉芳儀や段貴妃の殺害にかかわったことでも、夕麗を殺そうとしたことでもない。加皇后に毒を盛ったことである。

一命をとりとめたものの、加皇后は生涯、床から起き上がれない体になってしまった。務めが果たせなくなった自分を恥じた加皇后は、廃后《はいこう》を願い出た。

だが、皇帝は彼女の十年に渡る内助《ないじょ》の功《こう》をねぎらい、今まで通り恒春宮に住まうことを許し、妃嬪侍妾《ひひんじしょう》および百官には、加氏を皇后として敬《うやま》い続けるよう命じた。

皇后の責務は尹皇貴妃が引き継ぎ、後宮は新たな女主によってつつがなく運営されている。

丹蓉は夕麗を亡き姉と重ねていた。行き過ぎた親愛は彼女の心を蝕《むしば》み、恐るべき罪へ駆り立てた。夕麗の存在が丹蓉に凶行を促したのだ。

（……わたくしが丹蓉に道を踏み誤らせたんだわ）

泉芳儀に喜相逢の簪を取り上げられていた丹蓉を助けなければ、彼女と姉妹のように仲良くしなければ、爪丹蓉は罪人にならずに済んだかもしれない。

悔悟《かいご》の念が次から次に押し寄せてきて、ほとんど癒《い》えたはずの腹部の傷が鈍く疼《うず》いている。

「爪氏は亡き姉の身代わりを探していた。おまえがその役割を引き受けなければ、他の誰かが姉代わりを演じることになっていただろう。どの道、行きつく先は同じだ」

広い胸板に背中をあずけていると、ここから動きたくない心地になる。

「丹蓉に食事を届けてもよろしいですか？　浣衣局の食事は粗末ですから」

「俺が手配しておこう。おまえは何も心配するな」

「いいえ、わたくしに届けさせてください」

夕麗は振り返った。熱く滾《たぎ》る瞳で、皇帝を振り仰《あお》ぐ。

「あの子の姉代わりとして、わたくしが責任を取ります」

いくら寵愛《ちょうあい》を頼んでも、丹蓉の罪をなかったことにはできない。夕麗だけならまだしも、彼女は国母《こくぼ》たる加皇后の命さえ危うくしたのだ。

それでも、丹蓉を刑場へ送りたくない。男性を恐れている彼女が目をぎらつかせた野次馬たちに囲まれたら、死の苦しみにも勝る酷烈《こくれつ》な恐怖に襲われるだろう。犯した罪の重さは心得ているけれど、実の姉のように慕《した》ってくれた丹蓉に地獄を見せたくはない。

（人任せにはできないわ。わたくし自身が手を下さなければ）

他人に罪を背負わせて、自分だけは身綺麗《みぎれい》なままでいる卑怯者《ひきょうもの》になりたくない。覚悟を決めなければならない。たとえ冷酷《れいこく》な鬼女と罵《ののし》られても、自ら罪を背負うと。

「おまえも罪人になるのか」

皇帝が手を握ってくるので、夕麗はそっと握り返した。

「あなたに似合いの妻でしょう？」

じきに夕麗も人殺しになる。皇帝がそうであるように。

返事の代わりに、唇をふさがれた。互いの虚《うつ》ろを埋め合うような口づけを交わす。

これが最後でないことは分かっている。妃嬪という位が青天白日《せいてんはくじつ》であることを許してくれない。自身を守るために、誰かを守るために、夕麗は手を汚し続けるだろう。

(もし、いつか、尹皇貴妃さまの密通が公《おおやけ》になったら……わたくしは)

浣衣局の宮女から危芳儀に戻った直後、尹皇貴妃が訪ねてきた。

『素王山で見たことは忘れてほしいの』

尹皇貴妃は叔父《おじ》との密会現場を夕麗に見られたのではないかと気に病んでいた。加皇后が無実の罪で夕麗を糾弾《きゅうだん》したときには、口封じのため、夕麗の味方をしようか迷ったという。

『……結局、何もしなかったわ。あまりにもあなたに不利な証拠がそろっていたから、皇后さまと対立するばかりで勝算はないと思ったの。それに……あなたが罪人になってしまえば、秘密をあばかれることもなくなると計算したのよ』

しかし、夕麗は寵姫《ちょうき》の座に舞い戻った。

『今更……虫が良すぎるわよね。身勝手だということは自覚しているの。だけど、なりふり構ってはいられない。秘密を守ってもらうためなら、何でもするわ』

人払いした部屋で、尹皇貴妃はひざまずいた。

『今後は万事、あなたの指示を仰ぐわ。あなたの意にそむくことは決してしないと誓う。だからどうか……私の罪を見逃してちょうだい』

涙ながらに訴える尹皇貴妃を、突き放すことはできなかった。

『あなたの罪をあばきはしません。そんなことをしてまで、皇貴妃の宝冠を得たいとは思いませんから。でも、万一、あなたの罪が公になったとき、かばい立てするつもりもございません。あなたがわたくしに対してなさったように、沈黙を貫きます』

軽々しく約束はできない。窮地《きゅうち》に陥《おちい》ったら助けてあげるなんて。

『ありがとう。それで十分だわ』

立ち上がらせようとして夕麗が手を差し伸べると、尹皇貴妃は深々と頭を下げた。

『ごめんなさい……。濡れ衣だったのに、味方になってあげられなくて』

尹皇貴妃を非難するつもりはない。彼女もまた、身を守るので手いっぱいだったのだ。

『後宮ではみな、自分を守るために必死です。ただ、それだけのことですわ』

誰もが善良ではいられない。良心より保身を優先しなければならない局面はいくつもある。清潔な者はいない。罪なき者はいない。天にそむかずに、生きていける場所ではない。

だから、せめて、共感したいと思う。同じく帝王の花園に囚われた者として。

「本当に別の殿舎《でんしゃ》に移らなくていいのか？」

事件の後、皇帝は夕麗の住まいをよそに移そうとした。蝶飛殿で起きた凶行ゆえ、ここにいれば事件を忘れられないだろうと案じてくれたのだ。

皇帝の気遣いには感謝しつつ、夕麗は丁重に断った。

「忘れたくないんです。事件のことも、丹蓉のことも」

誰一人として忘れたくないのだ。後宮で出会い、別れた人たちのことは。

これから先の苦難を乗りこえていくためにも、戒《いまし》めとして記憶しておきたい。

「おまえは灯籠《とうろう》のような女だな」

皇帝はぽつりとつぶやいた。

「灯籠？　ぼんやりしているということですか？」

むっとしたふうに訊き返すと、ひたいに笑みまじりの口づけが落ちる。

「暗がりを照らす光のようだと言ったんだ」

唇が触れた個所《かしょ》から、熱があふれてくるようだ。

「わたくしが光なら、主上《しゅじょう》は何かしら」

「光に吸いよせられる羽虫といったところだろう」

「羽虫だなんて、美しくありませんわ。そうですわね、暗がりはいかが？」

「暗がりだと？　陰気な男だと言いたいのか？」

皇帝がむっとしたふうに片眉《かたまゆ》を吊り上げるので、夕麗はふうわりと微笑した。

「灯籠を輝かせるのは暗がりですと申したいのですわ」

暗がりなしに灯籠が輝けないように、夕麗も皇帝のいない世界では笑顔になれない。

末永く彼のそばにいたいものだ。許されることなら、この命が燃え尽きるまで。

年が明けて、紹景四年となった。

正月七日、人勝節《じんしょうせつ》。例年通り、都の景勝地《けいしょうち》たる蘭翠池《らんすいち》にて賜宴《しえん》が開かれた。

宴席を離れ、垂峰は夕麗を連れて寒緋桜《かんひざくら》の林へ足を運んだ。さわやかな初春の陽気である。可憐《かれん》な花をつけた寒緋桜が蒼天に向かって枝を広げ、嬌艶《きょうえん》な文様を描いていた。

「おまえの人勝は、おまえに似ているな」

人勝とは、綾絹や金箔《きんぱく》を人型に切ったものだ。人勝節では魔除《まよ》けのため、髪に飾る。夕麗は金箔で婦人をかたどった人勝を結い髪に飾っていた。

「そうですか？　わたくしに似せて作ったわけではありませんが」

小首をかしげる仕草がひどく愛らしい。

「そっくりだぞ。おまえのように光り輝いている」

「人勝が輝くのは当たり前でしょう。金箔で作っているのですもの」

「可愛《かわい》げのない返答をするな。頬《ほお》を染めるとか、恥じらうとか、他にあるだろう」

「可愛げのある反応をお望みなら、もっと気のきいた台詞《せりふ》をおっしゃったら？」

鴛鴦貴子《えんおうきし》の絹団扇《きぬうちわ》で口元を隠しつつ、夕麗は少しばかり意地悪く目を細めた。

「しばし、待て。最高の口説《くど》き文句を囁《ささや》いてやる」

小ばかにされたまま引き下がるわけにはいかない。垂峰は腕組みをして考えこんだ。女心がかっと燃え上がるような甘い台詞を探してみるが、なかなか出てこない。

「まだですの？」

「せっかちなやつめ。熟考しているんだよ」

「早くしてくださいね。待ちくたびれてしまいますわ」

これ見よがしにあくびなどしてみせる。そんなさますら可愛いから、むしょうに腹が立つ。

たっぷり時間をかけて悩んだ結果、一つの答えにたどりついた。

「よし、思いついたぞ」

夕麗に向き直り、真剣に彼女を見つめる。朗《ほが》らかな日差しを浴び、二つの瞳はつやつやと輝いている。瑞々《みずみず》しい期待に満ちたきらめきは、垂峰をとらえて離さない。

「……ここで言うのはやめておく」

垂峰が背を向けると、夕麗が不満げな声を上げた。

「今、お聞きしたいのですけど」

「夜まで待て。真っ昼間から言うことじゃない」

「まあ！　不埒《ふらち》な発言をなさるおつもりでしたのね？」

「不埒なものか。至極《しごく》まっとうな発言だとも」

「じゃあ、真っ昼間からおっしゃってもよいではありませんか」

「よくない。こういうことは、しかるべきときに言うべきだからな」

平静を装《よそお》って、花を眺めるふりをしていると、夕麗が前に回ってきた。

「さては、何も思いつかなかったのでしょう」

「思いついたと言ったじゃないか」

「具体的な内容はおっしゃらないくせに」

「夜になれば教えてやる」

「やっぱり、いやらしいことをおっしゃるおつもりだったんだわ」

「断じていやらしくない」

「だったら、仰《おお》せになってくださいませ」

「いやだ。言いたくない」

逃げるようにして寒緋桜の林を歩く。追いかけてきた夕麗が行く手に立ちふさがった。

「おっしゃってくださらないなら、わたくし、主上を嫌いになってしまいますわよ」

挑むような眼差《まなざ》しで射貫《いぬ》いてくる。しばらく睨《にら》み合い、垂峰はとうとう降参した。

「分かった。言うから、目を閉じていろ」

「なぜ目を閉じなければならないのです？」

「いいから、黙って目をつぶれ。さもないと、夜になっても言わないぞ」

夕麗は怪訝《けげん》そうに眉をひそめつつ、花びらのようなまぶたを閉じた。

求婚する男さながらに緊張していた。数か月後には、名実ともに夫婦になって一年が経つというのに、まだ彼女の手すら握ったことがないような心地さえする。

「愛している」

「……え？」

「おい、誰が目を開けていいと言った。閉じたままでいろ」

「まだ何かおっしゃるおつもりなの？」

「もうない。言うべきことは言った」

ひらりと身をひるがえし、来た道を引き返す。夕麗は駆け足でついてきた。

「わたくしの反応をご覧にならなくてよろしいのですか？」

「どうせまた、可愛げのないことを言うんだろう」

「可愛げがあるかどうかは、ご覧になってから決めてください」

夕麗は垂峰を追い越して立ちどまった。こちらを見る花のかんばせは心なしか上気している。

「……あとで申しますわ」

「もったいつけるな。今、言え」

「こ、ここでは申せません。夜までお待ちになって」

くるりと背を向けて歩き出す。垂峰はすぐさま追いついて彼女の隣に並んだ。

「さては、はしたない発言をしようとしたな？」

「なっ、何がはしたない発言ですか。変なことをおっしゃらないで」

「だったら、夜まで引っ張る必要はないだろう。早く聞かせろ」

「いやですわ。こんなところで話すことではありません」

「どんなところなら、話す気になるんだ？」

「……部屋の中で、二人きりのときにならし申します」

「ならば、ここで話せるな。天下は皇帝の私物。どこであろうと部屋の中みたいなものだ」

「屁理屈をおっしゃっても、だめなものはだめですから」

つれない返事をして逃げ出そうとするので、腕をつかんでぐいと引き寄せた。

「頼む。聞かせてくれ」

憑《つ》かれたように見つめる。彼女以外のものは、何も目に入らない。

「……愛しています」

可憐な声を響かせた瞬間、頬に艶紅《つやべに》の花が咲いた。

「い、いつまでも主上を独占していては申し訳ありませんわ。そろそろ、宴席に……」

ひとたび唇を重ねれば、歯止めがきかなくなってしまう。

「月が恋しいな」

夜の帳《とばり》が降りるまで、あとどれくらい待てばいいのだろうか。

薄紅《うすべに》色の枝を染め上げる陽光がひどく恨めしく思われた。

終章

白頭富貴《はくとうふうき》

星の数ほどの絵灯籠が闇を彩る元宵《げんしょう》。私は主上《しゅじょう》の御供をして都大路に出かけた。

「危芳儀《きほうぎ》さまがお産みになるのは、皇子さまでしょうか、公主さまでしょうか」

舌太監《ぜったいかん》が不健康そうな顔で私に尋ねた。

「皇子さまに決まってますよ。うちの女主人は男腹だと思います。根拠はないですけど」

色内監《しょくないかん》はやけに自信たっぷりに言う。

お忍びの御供なので、私たちは宦官《かんがん》の官服ではなく、豪商の従者風のいでたちである。

「お生まれになるのが皇子さまでも公主さまでも、主上のご寵愛《ちょうあい》は変わらないと思いますよ」

私は微笑《ほほえ》みながら、主上と危芳儀を見やった。

豪商と令嬢に身をやつした二人は、民にまじって天灯を飛ばしている。つい先日、危芳儀の懐妊《かいにん》が分かったばかりだ。主上は危芳儀を気遣い、愛おしげに何事か囁《ささや》きかけていた。

（主上は危芳儀さまを愛し抜かれるだろう）

なぜか確信していた。危夕麗《せきれい》は紹景帝《しょうけいてい》の最初で最後の寵姫《ちょうき》となると。

後宮では幾多の恋が息をひそめている。誰もが恋をするが、誰もが恋を叶えられるわけではない。なればこそ、想いが通じ合うことは何ものにも代えがたい幸せなのだ。

たとえ、その至福が玉響《たまゆら》の幻だったとしても。

(主上と危芳儀さまを見ていると、貴女《あなた》を思い出すよ)

私は亡き妻に想いをはせた。妻は普寧妃《ふねいひ》付きの女官だった。

愛し愛される仲だった。共白髪《ともしらが》まで添い遂《と》げようと誓って夫婦の契《ちぎ》りを結んだ。

だが、約束は果たされなかった。普寧妃を助けられなかった我が身を恥じて、妻は自死したのだ。妻の骸《むくろ》を見つけたとき、私は息絶えたも同然だった。愛する妻がいないのに、どうして生きていけるものかと自暴自棄になった。自害を図ったことも一度や二度ではない。

それでもまだ、私は生きている。妻の記憶を胸に。

(貴女と知り合ったのも、灯籠見物の最中だったな)

胸を焦がす懐かしさが夜空にのぼっていく天灯をにじませた。

生と死。邂逅《かいこう》と離別。幸と不幸。現世《うつしよ》のすべては表裏一体。天がさだめた掟《おきて》に逆らうつもりはないけれども、人の心を持つ者の一人として、希《こいねが》わずにはいられない。

今夜、新たにめぐり合う恋人たちの蜜月が幾久しく続くことを。

彼らが愛《いと》しい人と幽明境《ゆうめいさかい》を異《こと》にすることなく、天命をまっとうすることを。

それこそが叶わなかった私の夢。来世にたくした切なる願いだ。

あとがき

こんにちは。はるおかりのです。後宮シリーズ九巻目のテーマは「吉祥文様」です。

まず、お詫《わ》びしたいことがあります。『後宮樂華伝』と『後宮刷華伝』に間違いがありました。前者は崇成《すうせい》十年ではなく「崇成十一年」、後者は崇成二十三年ではなく「崇成二十四年」ですね。それから、前作のあとがきで角蛮述《かくばんじゅつ》は番外編『免罪の杯』で初登場と書いてしまいましたが、正しくは『後宮樂華伝』が初登場です。挿絵にもなっていますね（女装姿で）。こちらは読者さまからご指摘いただきました。細かいミスが多くて本当にすみません……。

さて、本作は前作『後宮麗華伝』の五年後が舞台です。二作続けて出ていた高垂峰《こうすいほう》が棚《たな》ぼたで皇帝になっています。『後宮刷華伝』では、異母弟の高秀麒《しゅうき》と不仲でしたが、現在はそうでもないようです。カバーの夕麗《せきれい》が持っている提灯《ちょうちん》の文様は孔雀牡丹《くじゃくぼたん》です。漢服における女性の下着は時代によって少しずつ違いますが、基本的にはキャミソール型ですね。作中では清《しん》代の下着（肚《と》兜《とう》）を使っています。肚兜はホルターネックのキャミソールという感じです。

宦官《かんがん》キャラについて、簡単に補足しておきます。

米太監《べいたいかん》（米闇奴《あんど》）は『免罪の杯』で名前だけ登場していました。仲間内では酒乱で有名な人でしたが、奥さんが亡くなってからは一滴も飲まなくなりました。舌《ぜつ》太監は『後宮幻華伝』で出てきた暦《れき》太監の親族です。彼が起こした事件に連座されて奴婢《ぬひ》になり、のちに志願して宦官になりました。色亡炎《しょくぼうえん》は商人の息子で、祖国に妻がいました。当時は拷問《ごうもん》好きではなかったんですが、戦争に巻きこまれ、凱《がい》の俘虜《ふりょ》になってしまった結果、今に至ります。

作中には出てきませんでしたが、李太后《りたいこう》付きの主席宦官は笑《しょう》太監です。長年、崇成帝に仕えた刀《とう》太監は、紹景《しょうけい》元年に退官しており、奥さんと隠居《いんきょ》生活を送っています。

由利子《ゆりこ》先生は今回も美人をたくさん描いてくださいました。美女が勢ぞろいする朝礼シーンのイラストがお気に入りです。電子短編集『紅き断章　すべて華の如し』のカバーも素晴らしいです！　艶《なま》めかしく美しい嬌月《きょうげつ》に惚《ほ》れ惚《ぼ》れしました。いつも後宮シリーズを美麗《びれい》なイラストで彩《いろど》ってくださって、本当にありがとうございます！

担当さまには感謝しかありません。後宮シリーズを支えてくださってありがとうございます。

読者の皆さまにも、深く感謝いたします。九巻まで続けることができたのは、読者の皆さまのおかげです。今までは時系列順に書いてきましたが、次作では時代をさかのぼってみたいと思います。また次作でお会いできますよう、心から祈っています。

はるおかりの

※この作品はフィクションです。実在の人物・団体・事件などにはいっさい関係ありません。

はるおか・りの

7月2日生まれ。熊本県出身。蟹座。AB型。『三千寵愛在一身』で、2010年度ロマン大賞受賞。コバルト文庫に『三千寵愛在一身』シリーズ、『A collection of love stories』シリーズ、禁断の花嫁三部作、『後宮』シリーズがある。趣味は懸賞に応募すること、チラシ集め、祖母と電話で話すこと。わけもなくよく転ぶので、階段が怖い。

後宮瑞華伝

戦戦恐恐たる花嫁の謎まとう吉祥文様

COBALT-SERIES

2018年6月10日　第1刷発行

★定価はカバーに表示してあります

著　者　はるおかりの

発行者　北畠輝幸

発行所　株式会社　集英社

〒101－8050

東京都千代田区一ツ橋2－5－10

電話　【編集部】03-3230-6268

【読者係】03-3230-6080

【販売部】03-3230-6393（書店専用）

印刷所　株式会社美松堂

中央精版印刷株式会社

ISBN978-4-08-608071-2　C0193

はるおかりの

イラスト／由利子

電子オリジナル

後宮シリーズ短編集

紅き断章 すべて華の如し

栄華を極めた王朝の後宮で儚く咲く
禁じられた恋、叶わぬ恋、秘めた恋…。
大人気「後宮」シリーズの愛すべき
登場人物たちがおくる
日常や切ない想いを描いた短編集。

e-cobaltより**6月29日**配信開始
詳しくはコチラ→
http://ebooks.shueisha.co.jp/cobalt/